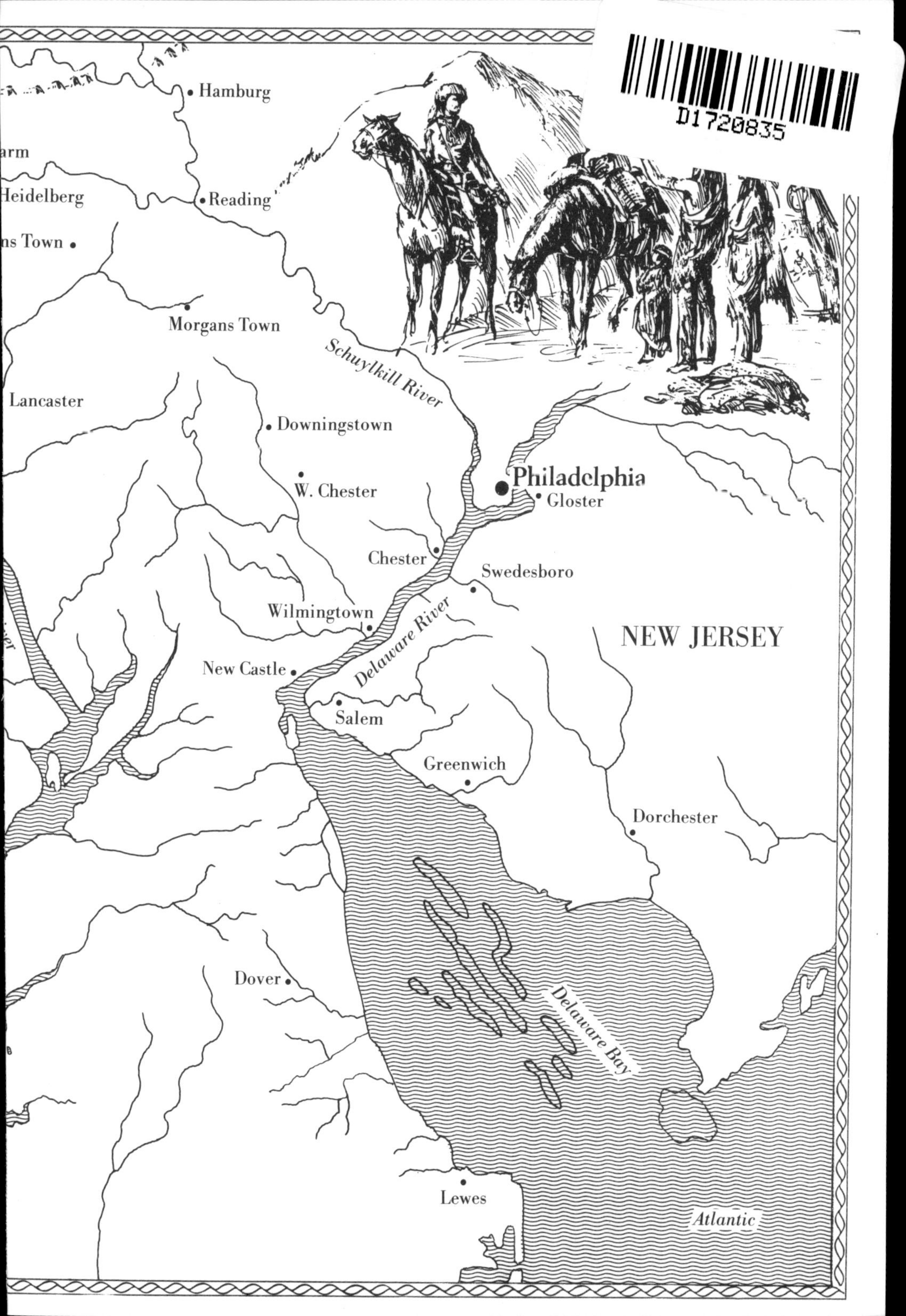

Hamburg
arm
Heidelberg
Reading
ns Town
Morgans Town
Schuylkill River
Lancaster
Downingstown
Philadelphia
W. Chester
Gloster
Chester
Swedesboro
Wilmingtown
Delaware River
NEW JERSEY
New Castle
Salem
Greenwich
Dorchester
Dover
Delaware Bay
Lewes
Atlantic
D1720835

Günter Sachse

HINTER DEN BERGEN DIE FREIHEIT

C. Bertelsmann Verlag

Wortverzeichnis und Sacherklärungen im Anhang ab Seite 171

Lektorat: Ursula Heckel
Karte von Heinz Bogner, München
Gesamtherstellung Mohndruck Graphische Betriebe GmbH,
Gütersloh
ISBN 3-570-02668-X · Printed in Germany

Vorbemerkung

Seitdem David, unser Ältester, die Wirtschaft übernommen hat und ich mich nur noch unserer kleinen Schule widme, werde ich gedrängt, die Erlebnisse meiner Jugend aufzuschreiben. Besonders meine Pfälzer Landsleute sind der Meinung, ich könnte das wohl, und es wäre für unsere Kinder und Kindeskinder gut und nützlich. Ich habe das immer von mir gewiesen, obwohl mir mein Katechismusbüchlein, in das ich damals meine Wege und Zeiten eingetragen habe, hilfreich dabei sein konnte.

Erst als ich vor einiger Zeit im *Staatsanzeiger* las, daß wieder Schiffe mit Auswanderern in Philadelphia angekommen waren, zum erstenmal seit dem Ende des Krieges, wurde ich anderen Sinnes. Und als ich dann wieder die gleichen Anzeigen wie damals fand, in denen die Menschen wie das liebe Vieh zum Kauf angeboten wurden, stand mir auf einmal die Vergangenheit ganz lebhaft vor Augen. Ich weiß, daß vieles heute noch so ist wie damals, als ich mit Änne und Katrin auf der *Aurora* darauf wartete, daß uns jemand kaufte, oder als ich mit Tom durchs Land zog, um die Freiheit hinter den Bergen zu finden. Deshalb schreibe ich, Henry Lindner, dies nieder.

Es ist in unserem Land viel von Freiheit geredet worden, und gewiß haben wir einen großen Kampf gekämpft, um die äußere Freiheit, unsere Unabhängigkeit, zu erreichen. Aber die großen Worte, die am Beginn dieses Kampfes gestanden haben und heute die Wände so vieler Bürgerhäuser zieren, klingen mir hohl, wenn ich an die armen Menschen denke, die nun wieder als Ware die Anzeigenspalten unserer Zeitungen füllen. Deshalb will ich diese Worte an den Anfang meiner Niederschrift setzen:

Wir halten diese Wahrheiten für aus sich selbst einleuchtend: daß alle Menschen gleich geschaffen sind, daß sie von ihrem Schöpfer mit gewissen unveräußerlichen Rechten ausgestattet sind, daß zu diesen Rechten Leben, Freiheit und das Streben nach Glück gehören!

Unabängigskeitserklärung der Vereinigten Staaten von Amerika, 4. 7. 1776

1. Kapitel

Alles fing damit an, daß am Sonntag Laetare des Jahres 1744 eine Karosse vierspännig in unser Dorf einfuhr. Der Kutscher hielt vor der Kirche an, aus der in diesem Augenblick die kleine Gemeinde herauskam, nachdem der Gottesdienst beendet war. Er sprang vom Kutschbock, riß die Tür auf, und heraus stieg ein vornehm gekleideter Herr mit einem Dreispitz auf der gepuderten Perücke; über den stattlichen Bauch spannte sich eine schwere goldene Kette.

Die Kirchgänger wichen scheu zur Seite, aber der Kutscher, ein in unserm Dorf nicht unbekannter Mann aus der nahen Stadt Alzey namens Link, rief mit lauter Stimme: Alle sollten näher kommen und hören, was sein Herr über das schöne Land Benselfania zu sagen habe, das drüben in der Neuen Welt Amerika auf alle warte, die ihr Glück machen wollten.

Mehr als der eifrige Kutscher bewirkte das Zauberwort Amerika, das in jener Zeit in meiner pfälzischen Heimat von Mund zu Mund ging und für viele eine Hoffnung bedeutete. Denn seit den Schreckenszeiten Mélacs, von denen die Alten erzählten, hatte sich das Land nie richtig erholen können. Immer wieder zogen die Heere, Franzosen, Kaiserliche oder Österreicher, wie die Heuschrecken durch die Dörfer oder lagen gar als Einquartierung in Haus und Scheuer, bis alles leergefressen war. Die Bauern mußten das Saatgetreide verstecken, um die Äcker einsäen zu können. Und war wirklich einmal ein Jahr Ruhe, dann konnte man sicher erwarten, daß die nächste Ernte dem Feind gehörte. Oft genug hatte ich den Vater, wenn das Korn glücklich eingebracht war, sagen hören: »'s ist doch nur für die Soldaten.«

Dies war der Boden, auf den die nun folgenden Worte des dikken Mannes mit der Goldkette fielen. Kein Wunder, daß sich alsbald die Gemeinde ebenso geschlossen um ihn scharte, wie sie zuvor dem Pfarrer gelauscht hatte, der als einziger abseits stand und mit zornigem Blick auf die Versammlung sah.

Vielleich galt sein Zorn auch mir, weil ich wieder einmal die Kirche geschwänzt hatte, aber meine Neugier nicht zähmen konnte und mich nun zwischen die Reihen der Zuschauer stahl, ängstlich bemüht, der Hand des Vaters zu entgehen, die ich fast schon im Nacken spürte. Doch da sah ich ihn, er stand ganz vorn und lauschte mit offenem Mund der Rede des vornehmen Herrn mit dem Goldbauch. Und ich sah, wie er seine großen Hände aneinander rieb und daß sein Atem ganz kurz ging vor Aufregung.

Der Mann sprach ähnlich wie die Schiffer vom Niederrhein, die ich in Oppenheim bisweilen gehört hatte, in fremder Mundart, aber verständlich. Er sei Holländer, hatte er zu Anfang gesagt, und er spreche als Botschafter eines großen Handelshauses in Rotterdam. Vor wenigen Wochen erst sei er von drüben gekommen, aus der Neuen Welt, wo er das schöne Land Pennsylvania besucht habe. Dort habe er mit vielen unserer pfälzischen Landsleute gesprochen und sei von ihnen beauftragt worden, Grüße an die Daheimgebliebenen zu überbringen und ihnen zu sagen: Sie sollten um Gottes willen alle Not, Armut und Unterdrückung in der alten Heimat hinter sich lassen und denen nachfolgen, die schon vor Jahren oder auch zur Zeit ihrer Väter über das Meer gefahren seien. Denn das Leben hier und dort sei so verschieden wie Hölle und Himmel.

»Ihr könnt euch nicht vorstellen«, rief der dicke Mann, »was aus euren Brüdern und Schwestern geworden ist, die heute schon die Früchte ihres Fleißes ernten können. Wer hier ein Knecht war, ist dort ein Herr, wer sich hier gequält hat auf seinem geringen und steinigen Boden, dort hat er viele hundert Acker Land zu eigen. Und wem hier Steuer und Zehntrecht das letzte Schwein aus dem Stall, den letzten Heller aus der Tasche gezogen haben – dort ist er frei von Zins und Zehnt. Und frei ist auch die Religion, jeder kann glauben und sagen, was er will. Die Obrigkeit wird vom Volk gewählt und nach Belieben wieder abgesetzt.«

Hier machte er eine Pause, um die Wirkung seiner Worte abzuwarten. Aber die Leute standen nur da mit offenem Mund und rührten sich nicht. Dabei war das, was der vornehme Herr da erzählte, gar nicht so neu. Seit vielen Jahren wurde in den Schenken und Spinnstuben von dem Paradies jenseits des Meeres gesprochen, vom gelobten Land in der Neuen Welt. Und im Grunde stand ja in den Briefen, die hin und wieder von Freunden und Verwandten aus dem fernen Land Benselfania eintrafen und von Hand zu Hand oder von Mund zu Mund gingen, auch nichts anderes, wenn auch nicht mit so großen Worten. Sie wußten schon, worum es ging, unsere Leute, aber sie blieben stumm. Die Männer waren gewöhnt, den Buckel krumm zu machen und den Kopf einzuziehen, und die Frauen ließen in allem den Männern den Vortritt.

Nur Peter Büchsel, der Flickschuster aus der alten Mühle, fragte: »Und wie soll unsereins je in das gelobte Land kommen? Die wir hier nichts zu beißen haben, wir armen Schlucker, woher sollen wir das Geld für die Fracht nehmen?«

Doch das war nur Wasser auf die Mühle des dicken Mannes mit der Goldkette, an der er jetzt eine Sackuhr aus der Tasche zog. Er öffnete sie, warf einen Blick darauf und sagte dann mit lauter Stimme: »Eben deshalb bin ich ja zu euch gekommen, um euch aus Armut und Enge in die Freiheit der Neuen Welt zu führen. Das neue Land ruft euch, es braucht euch, denn da ist unermeßlicher Boden, und es fehlt an Menschen, die ihn beackern. Da sind unermeßliche Wälder, und es fehlt an Menschen, sie zu roden und in Äcker und Wiesen zu verwandeln. Was sind schon die sechzig Gulden Passage, wenn ihr erst drüben seid und mit eurem Fleiß und Geschick zu Wohlstand kommt!

Nein, keiner soll deswegen hierbleiben, weil er die Überfahrt nicht bezahlen kann. Mein Herr Jan van Amstel, der ein großes Handelshaus besitzt und viele Schiffe fahren läßt, ist bereit, jedem, der in die Neue Welt auswandern will, die Fracht vorzustrecken. Er muß sich nur verpflichten, seine Schuld drüben durch Arbeit abzutragen.«

In der Menge erhob sich Gemurmel. Dann sah ich meinen Vater auf den dicken Mann mit der Goldkette zugehen wie auf ein festgefaßtes Ziel. Er sprach lange mit ihm, andere kamen hinzu, der Kutscher holte Tisch und Stuhl aus der Gepäcklade der Kutsche und breitete Papiere aus. Der Neuländer – jedermann wußte, daß der Dicke diesen Beruf ausübte – nahm Platz und begann zu schreiben.

Ich gab meinem Freund Jörg, der neben der Kutsche stand, ein Zeichen, schlüpfte durch die Menge und lief zum alten Mühlenwehr, wo wir im hohlen Stamm einer Buche unsern Treffpunkt hatten. Jörg, mit dem ich zwei Winter über in Oppenheim auf der Lateinschule gewesen war, hockte schon am Eingang auf der großen Wurzel.

»Ich gehe mit«, sagte er.

»Auf dich warten die gerade, mit deinen dreizehn Jahren!« rief ich. Immerhin war ich schon vierzehn und einen halben Kopf größer als Jörg. Aber sonst war er mir in allem über: er war flink und gewandt, während ich schlaksig und unbeholfen war. Sein Verstand war so hell wie seine Augen und sein Haar, richtig hübsch sah er aus.

»Hab doch gehört«, sagte Jörg, »wie der Dicke gesagt hat: am liebsten nehmen sie junge Leute von zehn bis fünfundzwanzig. Das hat er gesagt!«

»Du bist verrückt!« sagte ich. »Ausgerechnet der Sohn des Riedmüllers. Wo doch die Mühle auf dich kommt!«

»Ich pfeif auf die Mühle. Die kann der Jakob haben oder sonstwer, hab ja Brüder genug. Glaubst du, ich will wieder in die Schule? Raus will ich, weg von hier. Wir gehen zusammen!«

»Ich kann nicht«, sagte ich. »Jetzt, wo Mutter gestorben ist, kann ich dem Vater nicht weglaufen.«

»Der geht auch!«

»Unsinn, mein Vater geht nicht vom Hof, niemals!«

»Hab doch gehört, wie er gesagt hat: ›Schreibt mich auf, Herr.‹ Sollst sehen, er macht Kontrakt, heute noch!«

Ich verstand nichts mehr. »Aber du doch nicht«, sagte ich verwirrt, »nie läßt dein Vater dich weg, eher schließt er dich in Stock und Eisen!«

Jörg packte meinen Arm und preßte ihn, oh, er hatte Kraft, der Jörg. »Kein Wort darüber, versprich es mir! Ich weiß schon, wie ich's mache. Eh er es merkt, bin ich im Mainzischen oder weiter, den Rhein hinab. Kein Wort, schwör es mir!«

Ich schwor, aber ich glaubte seinen Worten nicht. Warum sollte auch der Sohn des reichen Riedmüllers, des einzigen im Dorf, der niemals Hunger gelitten hatte, warum sollte ausgerechnet er, der Mühlenerbe, weglaufen in eine ungewisse Zukunft? Und daß mein Vater sich entschließen würde wegzugehen, glaubte ich ebensowenig.

Aber er behielt recht, mein Freund Jörg. Ehe eine Woche vergangen war, lag alles fest. Es war wie ein Bergrutsch. Alles, was ich in meinem Leben für unveränderlich gehalten hatte, der Hof, unser Dorf, der Wald, die Äcker und Gärten, der Himmel darüber, sollte nun für immer daraus verschwinden.

Nie hätte ich geglaubt, daß mein Vater, der ja nicht zu den armen Leuten zählte, seinen Hof aufgeben und in die Fremde gehen würde. Und hätte meine Mutter noch gelebt, es wäre nicht dazu gekommen. Aber es war wohl zuviel gewesen, was in den letzten Jahren an Unglück über uns gekommen war. Die Mißernte des Jahres 43, nachdem wir den ganzen Winter über Franzosen im Dorf gehabt hatten, die nichts Eßbares übrigließen. Dann der Hungerwinter, in dem das Vieh notgeschlachtet werden mußte, weil es kein Futter gab und damit die Menschen am Leben blieben. Soweit nicht das Fieber sie dahinraffte, weil der Tod mit den ausgezehrten Leibern leichtes Spiel hatte. Am Neujahrstag begruben wir meine beiden jüngsten Geschwister, ein und drei Jahre alt, das brach meiner Mutter das Herz. Sie siechte noch einen Monat dahin, dann trugen wir auch sie auf den Gottesacker.

Vielleicht, daß mein Vater Trauer und Leid überwunden hätte, er war eine starke Natur. Aber Unrecht und Willkür konnte er nicht ertragen. Als im Herbst die Saujagd aufging, zertrampelte die herrschaftliche Jagdgesellschaft die Wintersaat auf seinen Feldern. Und als er den Treibern wehren wollte, schlug ihm der Jägermeister die Reitpeitsche ins Gesicht und jagte ihn mit Hunden von seinem Acker. Er war tagelang krank vor Zorn damals.

Und nun?

Vater überließ den Lindnerhof, auf dem schon der Großvater seines Großvaters gewirtschaftet hatte, seinem Schwiegersohn Konrad, dem Mann meiner ältesten Schwester. Denn in der langen Nacht, die auf den Sonntag Laetare folgte, war dies verhandelt worden: Andreas und Philipp, meine beiden älteren Brüder, wollten um keinen Preis den Hof übernehmen und bleiben, wenn schon der Vater Not und Willkür nicht mehr ertragen konnte. Zu schwer was das Dasein eines Bauern, der seine harte Arbeit doch nur für eine fremde Soldateska und für den Hofstaat seines Kurfürsten leisten mußte und dabei selbst Mangel litt. Sie wollten in der Neuen Welt ihr Glück machen. Und der Vater fühlte sich zusammen mit seinen Ältesten imstande, jede Wildnis in Acker zu verwandeln.

So wurde der Lindnerhof vorm Amtmann in Alzey an Konrad Kloss überschrieben, verkauft um 700 Gulden. Marielies, meine Schwester, die ihm schon zwei Kinder geboren hatte, wäre wohl auch lieber mit ins Paradies gezogen, aber sie fügte sich. Wir andern wurden nicht gefragt. Änne, die schon siebzehn war und seit Mutters Tod den Haushalt führte, hätte den Vater nie allein gelassen. Sie war tüchtig und stark wie ein Ackergaul, aber auch so rund wie unsere lahme Liese. So hatte sich kein Bursch gefunden, an den sie ihr Herz hängen konnte. Ja, und Katrin, unser Küken, war gut zwei Jahre jünger als ich, ein Kind von eben zwölf Jahren.

2. Kapitel

An einem kühlen Morgen zu Anfang Mai versammelte sich der Zug der Auswanderer auf dem Kirchplatz. Außer uns Lindners waren es noch vier weitere Familien, lauter Häusler, darunter Peter Büchsel mit Frau und Kindern, und etliche Tagelöhner. Der einzige Bauer, der von seinem Hof ging, war mein Vater. Er sprach kein Wort, man sah es ihm an, wie schwer ihm der Abschied wurde. Aber als der Herr Pfarrer, der für uns alle ein Gebet gesprochen und uns den Segen erteilt hatte, ihm nun die Hand drückte und fragte: »Nun, David, tut es dir nicht leid, daß du deinen Hof, deinen Besitz verläßt?«, erwiderte er mit fester Stimme: »Nein, Herr, besitzen kann nur, wer frei ist. Die Freiheit, sie ist der höchste Besitz. Für sie gebe ich alles hin.«

Der Pfarrer nickte mit ernster Miene und sagte: »Gebe Gott, daß ihr sie findet!«

Konrad hatte die beiden Rappen vor den großen Wagen gespannt, der mit Kisten, Fässern und Säcken und mit einem halben Fuder Stroh beladen war, das wir für die Rheinfahrt benötigten. Änne saß auf dem Bock und führte die Zügel, wir andern liefen nebenher. Marielies stand am Zaun, hatte die Kinder auf dem Arm und weinte. Los ging's, wir setzten uns an die Spitze des Zuges und zogen dem Rhein zu. Auf dem Mühlenwehr hockte mein Freund Jörg und kniff mir ein Auge zu. Das sollte heißen: Wirst sehen, wie ich's mache!

Wir zogen auf Feldwegen an Alzey vorüber. Keiner wollte riskieren, daß wir angehalten und alle die zurückgeschickt wurden, die wild auswanderten, weil sie die Gebühr nicht zahlen konnten oder wollten. Wir Lindners hatten freilich nichts zu befürchten; denn mein Vater hatte alles vor dem Amtmann in Alzey geregelt.

Vater drängte zur Eile. Wir mußten vor dem Abend in Oppenheim sein, weil wir durch die Stadt und durch den Zoll mußten und die Tore bei Einbruch der Dunkelheit geschlossen wurden. Deshalb legten wir nur kurze Rasten ein, um die Pferde zu füttern und zu tränken.

Als wir auf der Schiffslände eintrafen, lag unser Schiff schon bereit. Es hatte zwei Masten und lag ziemlich tief im Wasser, weil es bereits Ladung führte. Doch waren noch keine Fahrgäste an Bord. Der Schiffer hieß uns sofort mit dem Laden beginnen, und bis in die Dunkelheit hinein wurde das Gepäck verstaut.

Wir richteten für die Frauen und Kinder ein Strohlager unter Deck im Vorschiff her. Doch wir Männer, denn dazu fühlte ich mich nun gehörig, ließen uns auf Deck nieder, um die Nacht so gut es ging zu verbringen. An Schlaf war nicht zu denken, meinte ich. Aber der Tag war lang und mühsam gewesen. Das letzte, was ich von der alten Heimat sah und hörte, war der Umriß und das Poltern des Wagens, mit dem Konrad in der Nacht verschwand.

Ich muß dann doch wohl eingeschlafen sein. Denn ich wachte auf, weil mir kalt war trotz Mantel und Stroh und weil mich jemand an der Schulter rüttelte.

Es war Jörg, er grinste mich an und sagte: »Wird Zeit, daß du aufwachst. Wir sind schon an Nierstein vorbei. Wirst noch die ganze Fahrt verschlafen!«

Ich schüttelte Stroh und Mantel ab und erhob mich. Es war schon hell. Tatsächlich fuhren wir. Wir lagen mitten im Strom, die Schifferknechte waren gerade dabei, Segel zu setzen. Ich ging mit Jörg auf das Vorschiff, und wir setzten uns auf zwei Poller. Der Morgen war kalt, aber über dem Auwald stand schon die blanke Sonne. »Wie hast du das gemacht?« fragte ich. Denn bis in die Nacht hinein hatte ich vergeblich darauf gewartet, daß Jörg irgendwo auftauchte.

»Ich bin erst bei Nacht losgeritten«, erwiderte er und rieb sich vergnügt die Hände, »als keiner mehr wach war in der Mühle. Kam gerade rechtzeitig an Bord, als sie die Leinen losmachten.«

»Ja, aber haben sie dich denn mitgenommen, so ohne Geld? Oder hast du die zehn Gulden Frachtpreis bis Rotterdam gehabt? Hast du dein Pferd versetzt?« fragte ich.

Er lachte. »Was du denkst!« sagte er. »Steht alles in meinem Kontrakt, den ich mit dem Neuländer gemacht hab.«

»Du, einen Kontrakt?« Es verschlug mir die Sprache.

»Ja, da staunst du, was? Und ob ich einen Kontrakt hab! Gleich bis Rotterdam, und ich krieg sogar vom Schiffer mein Essen. Hab ja nichts mitnehmen können wie ihr andern alle.«

»Na, dich hätten wir schon durchgefüttert!« Schließlich hatten wir Fässer voll Mehl, Schmalz und Rauchfleisch mit und säkkeweise Dörrobst und Graupen. Denn während der Rheinfahrt mußten wir uns selbst verpflegen, und auch auf See wollte keiner Hunger leiden.

»Nichts da«, sagte Jörg, »will keinem zur Last fallen und betteln gehen müssen. Den Fuchs freilich hab ich in Zahlung gegeben, das war so verabredet. Der Diener des Neuländers – du weißt, der Link aus Alzey, der ihn kutschiert – hat ihn mitgenommen heute früh. Er hat auch meine Reise mit dem Schiffer ausgemacht.«

Mir fiel ein, daß ich den Link am Abend, während wir das Gepäck verluden, im Gespräch mit dem Schiffer gesehen hatte. Gewiß hatte er auch unsere Abreise überwacht, damit alles nach dem Kontrakt ging, den wir mit dem Neuländer geschlossen hatten. »Bis Rotterdam«, hatte mein Vater gesagt, »dort müssen wir für die Überfahrt einen neuen Kontrakt mit dem Kapitän machen.« Nun, mir war nicht bange darum, wo Vater doch das viele Geld für den Hof bekommen hatte.

Das gab ein Hallo, als die andern Jörg entdeckten! Aber er wich allen Fragen aus, weil er immer noch fürchtete, an Land gesetzt zu werden, und tat ganz so, als wäre er mit Wissen seines Vaters auf die Reise gegangen. Mein Vater schüttelte zwar den Kopf, als er ihn sah, aber er sagte nichts. Der Riedmüller war nie sein Freund gewesen, seine Angelegenheiten kümmerten ihn nicht.

Für mich jedenfalls war es schön, daß der Jörg dabei war. Den ersten Tag der Rheinfahrt werde ich nie vergessen. Das Schiff lief unter Segel so flott, daß es eine schäumende Bugwelle vor sich herschob. Die Sonne lachte, am Himmel segelten weiße Wolken, und als wir die mainzische Schiffsbrücke und den Zoll passiert hatten, lagen die Rebhügel des Rheingaus zur Rechten und dahinter die blauen Berge. Die kleinen Städtchen am Ufer, die Schlösser und Klöster im Grün gaben ein so liebliches Bild ab; daß manchem ganz weh ums Herz wurde bei dem Gedanken, dies alles nie wieder sehen zu sollen. Ich aber spürte nur Freude, das Leben erschien mir schöner als je zuvor.

Die Frauen und Mädchen fingen an zu singen. Caspar Graff holte seine Geige hervor und fiedelte lustige Weisen. Die Männer saßen Pfeife rauchend auf dem gewölbten Deck und machten Pläne vom Leben in der Freiheit der Neuen Welt. Mancherlei Schiffe waren auf dem Rhein zu sehen, schwer beladene Kähne, die tief im Wasser lagen und behäbig, ohne Mast und Segel, mit dem Strom schwammen, aber auch flinke Nachen oder Marktschiffe mit hohen Masten, von deren Oberdeck die Reisenden uns fröhlich zuwinkten.

Stromauf freilich mußte getreidelt werden. Auf dem linken Ufer zogen die Gespanne, oft mit zehn oder zwölf Pferden, den Leinpfad entlang und schleppten an langen Tauen Kähne und Schiffe gegen den Strom zu Berg. Laut klang das Rufen der Pferdeknechte und das Knallen der Peitschen über das Wasser.

Wenn es so weiterging und der südliche Wind anhielt, so glaubten wir, konnten wir gewiß in längstens einer Woche in Rotterdam sein. Aber es kam ganz anders. Zunächst mußten wir in Bingen schon wieder durch den Zoll. Es war Nachmittag, mehrere Schiffe lagen schon vor uns und warteten auf die Abfertigung. Schließlich wurde das Zollhaus geschlossen, unser Schiff wurde an die Kette gelegt und erst am anderen Morgen abgefertigt. Es war wieder der Kurmainzische Zoll, der diesmal an das Mainzer Domkapitel ging. Soviel war dem Schimpfen des Schiffers zu entnehmen.

Nun, von uns armen Auswanderern kann der Zoll nicht viel eingenommen haben. Überdies waren die Zollgebühren im Frachtpreis enthalten. Aber die Zollbediensteten sind auch so auf ihre Kosten gekommen, hier und anderswo. Denn der Schiffer, der ja seine Ware verzollen mußte, steckte ihnen immer nebenbei etwas in die Tasche.

Während der Nacht drehte der Wind auf Nordwest und brachte Regen. Jetzt war es vorbei mit dem Segeln. Nun ging die Fahrt sehr viel langsamer, der kalte Wind pfiff um Taue und Masten, Regenböen hüllten das Vorschiff ein. Jörg und ich mußten unsern Platz auf dem Poller mit einem geschützten Winkel vertauschen.

Die fröhliche Stimmung des ersten Reisetages kam nicht wieder auf. Steile, felsige Hänge engten den Strom ein. Hinter Regenschleiern und Wolkenfetzen zogen die Berge und Burgen des Rheins an uns vorüber. Das düstere Tal, die schroffen Höhen und die vielen Ruinen legten sich aufs Gemüt. Ich sehnte die Sonne herbei, aber sie wollte nicht kommen.

Als wir am Vormittag den Zoll in Bacharach anliefen, verschwand Jörg in den Tiefen des Laderaums. Er wußte, daß dies wieder kurpfälzisches Gebiet war, und fürchtete noch immer, herausgeholt zu werden. Doch nichts dergleichen geschah. Wohl aber mußten wir wieder viele Stunden auf die Abfertigung warten. Als wir schließlich die Fahrt fortsetzten, war Jörg wie umgewandelt. Er achtete nicht auf Regen und Wind, sprang auf dem Vorschiff umher und lachte übermütig. Jetzt erst fühlte er sich sicher und frei. Hätte er nur recht damit gehabt!

Denn kaum waren wir eine halbe Stunde gefahren, als wir schon wieder eine Zollstation anliefen, diesmal auf dem rechten Ufer. Es war Kaub. Und es mußte eine wichtige Station sein; denn mitten im Strom stand auf einer kleinen Insel eine wehrhafte Feste mit steilen Mauern, Schießscharten, vielen kleinen Türmchen und einem großen Turm. Gewiß hat schon in alter Zeit ein Zollherr sie erbaut, um desto sicherer die Schiffer schröpfen zu können. Als wir uns näherten, hallten die Schläge einer Glocke über das Wasser: das Schiff wurde dem Zoll in Kaub gemeldet.

Die Feste hieß der Pfalzgrafenstein, wie mir ein Schifferknecht erklärte, oder einfach die Pfalz. Der Rhein geht hier mit starker Strömung und Wirbeln, wir fuhren zwischen der Pfalz und der Stadt hindurch und legten am Ufer bei der Zollstation an.

»Verschwinde!« sagte ich zu Jörg, der unbekümmert auf dem Vorschiff saß und das Kommen und Gehen der Schiffe beobachtete; der Regen hatte aufgehört, die Abendsonne brach durch das Gewölk über den Bergen am jenseitigen Ufer.

»Warum?« fragte Jörg. »Hier holt mich keiner mehr, die kurpfälzische Herrschaft liegt drüben. Glaubst, ich will mich im Dunkeln verkriechen, wo's hier soviel zu sehen gibt? Sieh dort!«

Er wies stromauf, wo ein großes Schiff an einem langen Tau mitten im Strom trieb, vielmehr schräg lag und gegen die starke Strömung gehalten wurde. Das Tau war an einem eisernen Ring in der Mauer der Pfalz befestigt, und das Schiff trieb nun, vom Tau gehalten und vom Druck des Wassers bewegt, ziemlich schnell vom linken Ufer auf das rechte zu.

»Was machen die da?« fragte ich den Schifferknecht, der mir schon die Feste erklärt hatte.

»Sie müssen hier überschlagen«, erwiderte er. »Von Köln ab geht der Leinpfad für die Bergfahrt auf dem linken Ufer. Aber wegen der Wirbel bei Bacharach läuft er von hier ab auf dem rechten Ufer, bis das Binger Loch überstanden ist. Dann geht es wieder aufs andere Ufer, hast es ja gestern gesehen.«

Das war etwas für uns Jungen, die Manöver der stromauf gehenden Schiffe zu beobachten, die hier vom einen Ufer auf das andere wechselten. Bis zum Abend hockten wir da und guckten und merkten kaum, daß unser Schiff abermals nicht mehr durch den Zoll kam. Wir mußten hier übernachten. Diesmal ging mein Vater an Land, um Brot einzukaufen, und als er wiederkam und uns beide noch immer auf dem Vorschiff sah, brummte er im Vorübergehen: »Solltest besser unter Deck bleiben, Jörg, als dich hier zu zeigen!«

Mehr sagte er nicht. Wir gingen hinunter und legten uns nach der Brotzeit früh schlafen; denn wir waren beide rechtschaffen müde. Als am Morgen die Zöllner aufs Schiff kamen, stand plötzlich der Riedmüller am Laufsteg, zeigte mit der Hand auf Jörg, der gerade verschlafen an Deck kam, und sagte: »Das ist er!«

Ja, da war es aus mit Jörgs Reise in die Freiheit. Er war blaß wie ein Leinentuch und zitterte am ganzen Leibe, so sehr hatte ihn der Schreck überfallen. So leid tat er mir, daß ich den Arm um ihn legte und sagte: »Mach dir nichts draus, wer weiß, was uns allen bevorsteht!« Ich wollte ihn trösten und wußte nicht, wie recht ich hatte.

Jörg hatte sich schnell wieder in der Gewalt. Mit erhobenem Kopf ging er von Bord und an seinem Vater vorüber, der ihn am Arm ergriff und mit sich führte. Denn Kaub gehörte zur kurpfälzischen Herrschaft, und der Riedmüller hatte das Recht auf seiner Seite und genügend blanke Gulden, seinen Willen durchzusetzen.

Ich wußte, daß Jörg mir sehr fehlen würde. Und eine Ahnung stieg in mir auf, daß die Tage der Kindheit vorüber waren.

3. Kapitel

Von da an ist mir die Rheinfahrt in Erinnerung als eine unendliche Kette von Tagen, die einander mehr oder weniger glichen. Seit Jörg von Bord geholt worden war, hatte ich angefangen, die Stationen in das kleine Katechismusbüchlein zu schreiben, das mir der Pfarrer zum Abschied geschenkt hatte. Ich blieb meist für mich allein. Kinder gab es genug an Bord, aber keine Jungen in meinem Alter, und die Mädchen waren mir gleichgültig. Meist saßen sie da und strickten Strümpfe, steckten die Köpfe zusammen und kicherten. Da stand ich lieber vorn auf der Back oder saß auf dem Poller, ließ die Beine baumeln und besah mir die Welt.

Schlimm aber war das Warten. Längst wären wir in Rotterdam gewesen, hätten uns nicht die vielen Zollstationen immer wieder aufgehalten, so daß wir an manchen Tagen nicht eine Schiffslänge vorankamen. So brauchten wir zwei Wochen bis Bonn und hatten doch, wie Peter Büchsel sagte, kaum ein Drittel der Strecke zurückgelegt. Der dürre Flickschuster war der einzige, der sich auf dem Rheinstrom auskannte. Er war als fahrender Geselle bis in die Niederlande gekommen und hatte mehr von der Welt gesehen als irgendeiner sonst in unserem Dorf, den Pfarrer eingeschlossen. Mit dem hatte er überhaupt nichts im Sinn, der Peter, zur Kirche ging er nie, und seine Kinder hatte er nicht taufen lassen. Es hieß, er sei ein Tunker und gegen den Ehestand, doch das konnte nicht sein, denn er war gut zu seiner Frau. Aber ich habe ihn selbst sagen hören, der inwendige Gott sei ihm näher als der äußere Gottesdienst, den der Pfarrer aus der Bibel halte. Jedenfalls munkelte man allerlei über ihn im Dorf, er lebte für sich und hatte kaum Freunde.

In Köln lagen wir einige Tage, weil der Schiffer die Ladung löschen mußte. An Stelle der Waren kam eine Gesellschaft von ungefähr zwanzig frommen Leuten aus dem Wittgensteiner Land an Bord, so daß wir nun über fünfzig waren. Sie nannten sich Brüder, aber Peter – er sprach jetzt oft mit mir und erklärte mir mancherlei –, Peter sagte, es seien Wiedertäufer, Tunker wie er. Er war froh über die Ankunft seiner Glaubensbrüder. »Sie wollen alle in das Neue Land«, sagte er, »dort sind schon viele Brüder, weil jeder ungehindert seinem Glauben nachgehen kann.«

Je länger die Reise dauerte, um so sorgenvoller wurde die Miene meines Vaters. Einmal, als wir wieder den ganzen Tag vor dem Zoll lagen, es war in Kaiserswerth, ging er nach achtern zum Schiffer und redete heftig auf ihn ein. Ich verstand nicht, was er sagte, jedenfalls machte er ihm wohl Vorwürfe – aber was der Schiffer antwortete, konnte jeder an Bord verstehen:

»Wenn es dir nicht paßt, kannst du jederzeit von Bord gehen, ich halte dich nicht. Aber vergiß nicht, deine Leut und deinen Kram mitzunehmen. Ich brauche euch nicht.«

Am Abend fragte ich meinen Bruder Philipp: »Warum ist Vater so aufgebracht? Der Schiffer kann doch nichts dafür!«

»Du Narr«, erwiderte Philipp, »kannst dir wohl nicht denken, daß jeder Tag Geld kostet? Wir müssen täglich einkaufen, sonst sind unsere Vorräte alle, noch ehe wir auf See sind, und das Geld wird immer weniger. Soll er sich da keine Sorgen machen?«

»Sorgen, um Geld, der Vater? Aber er hat doch das viele Geld vom Konrad gekriegt für den Hof – was sollen erst die andern sagen, die nichts haben?«

»Das viele Geld«, sagte Philipp mürrisch, »welches viele Geld?«

»Na, siebenhundert Gulden hat der Konrad für den Hof bezahlt, das weiß doch jeder im Dorf!«

Philipp schnaubte verächtlich durch die Nase. »Der, bezahlt! Wo sollte er die wohl hernehmen? Ganze hundert Gulden hat er bezahlt, und die hat er noch leihen müssen vom Juden in Oppenheim. Den Rest soll er später zahlen, nachschicken in die Neue Welt – ich sage dir, Henner, der Vater sieht nicht einen roten Heller mehr davon!«

Ich schwieg erschrocken. Ja, wenn das so war! Dann waren wir ja nicht besser dran als Peter Büchsel und die übrigen. Denn sechzig Gulden verschlang schon die Fracht auf dem Rhein. Und ich hatte mich so sicher gefühlt und – so erhaben über die armen Schlucker. Immer hatte ich auf die Häusler im Dorf, auf die Tagelöhner und Besitzlosen herabgesehen, weil mein Vater ein Bauer war und alle Rechte des Hofbesitzers in der Gemeinde genoß. Mochte der Hof auch klein sein, zu klein, eine große Familie zu ernähren – es war doch etwas anderes, ein Bauer zu sein als ein Habenichts.

»Ist es wahr, Vater«, fragte ich am nächsten Morgen, als wir zusammen den Uferpfad entlanggingen, »daß unser Geld knapp wird?«

»Wer hat das gesagt?« fragte der Vater unwirsch.

»Der Philipp«, erwiderte ich. »Und ich hab geglaubt, du hast das viele Geld vom Konrad bekommen für den Hof.«

»Ich will nicht, daß darüber geredet wird«, sagte der Vater, »das geht niemand etwas an.« Freundlicher fuhr er fort: »Schau an, Bub, der Konrad muß sehen, wie er sich und die Kinder und den Hof durchbringt, die Zeiten sind schlecht. Wo soll er das viele Geld hernehmen, hat jetzt schon böse Schulden machen müssen, und die Gebühr für unsere Entlassung muß er auch noch zahlen. Um uns brauchst dir keine Sorgen machen. Wenn wir erst in Rotterdam sind, haben wir's geschafft, und bis dahin langt es allemal.«

»Und was wird in Rotterdam?« wollte ich wissen.

»Da geht's aufs Schiff, in volle Kost, gute Kost, hat mir der Neuländer versichert . . .«

»Der kann viel reden«, platzte ich heraus, »den sehn wir doch nie wieder!« Das hatte ich den Peter Büchsel sagen hören.

»Unsinn, Bub, er will uns nach Philadelphia bringen und reist selbst mit auf dem Schiff. Um alles will er sich kümmern, auch um den Kontrakt mit dem Kapitän.«

So war mein Vater. Er vertraute jedem Menschen so lange, bis der ihn vom Gegenteil überzeugt hatte. Und auf den Neuländer – Mynheer Groothus, wie er ihn nannte – hielt er große Stücke. War nicht der Kontrakt über die Reise nach Rotterdam bisher in allen Stücken erfüllt worden? Daß wir durch die vielen Zollstationen aufgehalten wurden, war nicht seine Schuld. Er hatte versprochen, uns in Rotterdam zu empfangen, und er würde auch für alles weitere sorgen.

Wir brauchten gar nicht weit zu gehen, um Brot und Gemüse einzukaufen. Denn vor dem Zollhaus hatte ein Marketender seinen Stand aufgeschlagen, der Lebensmittel, Wein, Bier und Gewürze feilbot. Mit lauter Stimme pries er seinen spanischen Pfeffer an. Gepfeffert waren auch seine Preise, wie wir bald feststellen mußten. Aber was nützte es? Er hatte seine Konzession, niemand anderes durfte im Bereich der Zollstation Waren verkaufen. Einige Käufer murrten, Peter Büchsel schalt ihn gar einen Halsabschneider, aber der Mann drohte, ihn als Randalierer festnehmen zu lassen. Da schwieg Peter still. Denn er wollte lieber seinen letzten Heller hergeben als seine Freiheit, von der er gerade einen Zipfel in der Hand hielt.

»Paß auf, David«, sagte er zu meinem Vater auf dem Rückweg, »das ist nur ein kleiner Vorgeschmack auf das, was uns erwartet. Sie werden uns ausnehmen wie ein Kiebitznest, bis wir in dem Neuen Land sind. Nun, mir kann das gleich sein, bei mir ist nichts zu holen. Aber du, David, du mußt dich vorsehen. Trau keinem übern Weg, sie wollen alle nur dein Geld.« Er war ins Schwatzen gekommen, wie es seine Art war, wenn er Zuhörer fand, was nicht oft vorkam. »Mir kann nichts passieren«, fuhr er fort, »Schuhe brauchen sie überall, und Schuster sind drüben selten, hab ich mir sagen lassen. Braucht ja keiner was zu lernen, Zünfte gibt es nicht, jeder kann eine Werkstatt oder einen Laden aufmachen, wie er will. Alles Gewerbe ist frei. Mir kann's recht sein. Hab ein Sprichwort gehört, das drüben umgehen soll.« Er kicherte. »Benselfania ist für Bauern der Himmel, heißt es, und für Handwerker das Paradies.«

Aber es lag noch weit, dieses Paradies. Viele sprachen, alle träumten schon von ihm. Daß der Weg zu ihm durch die Hölle führen würde, hätte sich keiner träumen lassen.

4. Kapitel

Es war Anfang Juni, als wir endlich in Rotterdam ankamen. Schon von weitem sahen wir die Masten der großen Seeschiffe, die vor der Stadt auf Reede lagen, in den Himmel ragen. Der Strom war hier breit wie ein See, irgendwo im Westen sollte er in das unendliche Meer übergehen. Mir schlug das Herz höher bei dem Gedanken, vielleicht schon morgen mit einem dieser stolzen Dreimaster in See zu gehen.

Doch soweit war es noch nicht. Wer gedacht hatte, wir könnten nun gleich von einem Schiff auf das andere gehen, wurde enttäuscht. Zwar kamen wir schnell durch den Zoll, dafür hatte Mynheer Groothus gesorgt, wie es hieß. Aber dann ruderten die Schifferknechte unser Schiff durch endlose Kanäle, bis wir vor einem der vielen Gasthöfe festmachten, wo uns der Link, der vor uns angekommen war, schon erwartete. Unsere Gruppe wurde hier, in Spellmanns Gasthof, untergebracht, die Tunker ein paar Häuser weiter. Wir konnten jedoch nur kleines Gepäck mitnehmen, alles übrige blieb auf dem Schiff und sollte irgendwo in einem Lagerhaus bis zu unserer Einschiffung aufbewahrt werden.

Das war alles gar nicht nach meines Vaters Geschmack. Er wurde ziemlich grob, schnauzte den Link an, was das bedeuten solle. Wir wollten nicht ins Quartier, sondern aufs Schiff, und schon gar nicht wollten wir uns von unserem Gepäck trennen.

»Was denkst du dir«, erwiderte der Link, der solche Auftritte wohl gewöhnt war, »das Schiff muß erst kommen. Glaubst du, es liegt hier wochenlang herum und wartet, bis ihr endlich da seid? Jeden Tag kann es eintreffen. Und um euer Gepäck braucht ihr euch nicht sorgen. In solch einem Hafen werden ganz andere Frachten umgeschlagen als eure paar Brocken, wertvolle Ladungen – da geht nichts verloren. Morgen machen wir eine Liste und nehmen alles auf, und ihr kriegt eine Bescheinigung. Schließlich seid ihr nicht die ersten hier, hab schon mehr Transporte durchgebracht.«

Also zogen wir in Spellmanns Gasthof ein. Es dämmerte bereits, der Wirt stand in der Tür und geleitete uns über dunkle Treppen und Gänge in unsere Zimmer. Unsere Familie bezog eine niedrige, aber geräumige Stube mit drei Betten, richtigen Betten, deren Anblick uns sogleich mit unserem Schicksal versöhnte. Natürlich mußten wir zu zweien in einem Bett schlafen, aber das waren wir von daheim nicht anders gewöhnt. Ich durfte mit Vater zusammen schlafen.

Von der Stadt Rotterdam sahen wir nicht viel. Der Link hatte uns davor gewarnt, uns zu weit oder zu lange von unserm Quartier zu entfernen; das Schiff könne täglich eintreffen, dann müßten wir schnell an Bord gehen. Auf keinen Fall sollten wir allein in die Stadt gehen, sondern stets nur in Gruppen zu mehreren. Denn die große Hafenstadt sei voller Gesindel aus aller Herren Länder, Seeleute und Abenteurer, denen das Messer lose sitze. Er ermahnte die Männer, jeden Streit zu vermeiden und sich vor allem vor den Preßkommandos zu hüten, die ihre Opfer einlüden und betrunken machten, um sie in die Armee oder in die Flotte zu pressen.

Dabei sah er meine großen Brüder, Andreas und Philipp, an und sagte: »Euch würde ich am liebsten in eure Stube einsperren. Junge Burschen wie euch nehmen sie besonders aufs Korn, die sind überall begehrt. Seht euch vor, sonst ist eure Reise in die Freiheit schnell zu Ende!«

Die beiden grinsten nur. Ich glaubte nicht, daß sie sich Links Warnung besonders zu Herzen nehmen würden, aber der Vater war ja da, er würde schon aufpassen.

Vorerst hatte mein Vater genug zu tun, mit dem Wirt alles zu regeln. Noch glaubten wir ja, es gelte nur für wenige Tage. Der Preis für Kost und Logis erschien uns deshalb nicht allzu hoch. Wir bekamen abends eine warme Mahlzeit, morgens sollten wir uns selbst verpflegen. Dennoch wurde meines Vaters Miene mit jedem Tag sorgenvoller. Der Link hatte für die meisten das Geld vorgestreckt, und mancher machte sich darum wenig Gedanken. Aber mein Vater dachte weiter. Er sah sein eigenes Geld zusammenschmelzen, dachte an die lange Seereise und sagte, wenn wir allein auf unserer Stube waren: »Wohin soll das führen? Wie sollen wir je diesen Berg Schulden abtragen?«

Wir waren nicht die einzigen Gäste in Spellmanns Gasthof. Am Nachbartisch, wenn wir des Abends mit hungrigem Magen auf unser Essen warteten, schien eine lustige Gesellschaft beisammen zu sein. Es waren fünf Männer ganz unterschiedlichen Alters. Ein junger Bursche mit pfiffigem Gesicht saß barhäuptig zwischen einem uniformierten Schnauzbart und einem rundlichen Herrn, dessen blauer Samtrock fleckig und abgewetzt war und vermuten ließ, daß sein Besitzer schon bessere Tage gesehen hatte. Auf der anderen Seite des Tisches, mit dem Rücken zu uns, schien ein Mönch zu sitzen, jedenfalls ließen die braune Kutte und die halb zugewachsene Tonsur darauf schließen. Neben ihm hockte ein kleines Männlein, von dem ich nur die hochgezogenen Schultern, die filzige Perücke und hin und wieder die lange spitze Nase sehen konnte, wenn er nämlich seinem Nachbarn, dem Mönch, etwas ins Ohr flüsterte, was diesen jedesmal in Gelächter ausbrechen ließ. Mangel schien die Runde nicht zu leiden, ihre Bierkrüge wurden immer wieder von der Schankmagd gefüllt.

Verstehen konnte ich kaum etwas von der Unterhaltung dieser Leute, dazu war der Lärm in der Gaststube zu groß. Nur die Stimme des schnauzbärtigen Offiziers drang zuweilen bis an mein Ohr mit Worten wie »Kanonade«, »Aufspießen« und »Feuer«, die er jedesmal mit einem kräftigen Faustschlag auf den Tisch unterstrich, daß die Bierkrüge das Tanzen kriegten. Der junge Bursche, der weder eine Perücke noch eine Kopfbedeckung trug, blinzelte mir jedesmal vergnügt zu, wenn der Schnauzbart an seiner Seite wieder einmal eine Kanone abgeschossen hatte, während der Mönch immerfort den Kopf schüttelte.

Anders war es, wenn die Männer am Nachbartisch, nachdem die Speisen abgetragen waren, anfingen zu würfeln oder Karten zu spielen. Dann war es mit den Kanonaden des Schnauzbartes vorbei, er verstummte und setzte bald eine Leichenbittermiene auf. Der Mönch senkte den Kopf auf die Tischplatte und entschlief, während der Herr im blauen Samtrock und das Männlein einander immerzu scharf fixierten und zu belauern schienen. Offenbar waren sie beide Spielernaturen und kannten kein höheres Ziel, als dem andern das Geld aus der Tasche zu ziehen oder die Zeche zuzuschieben. Der junge Bursche verschwand dann meistens schnell aus der Runde.

Nie hätte ich geglaubt, daß die Männer am Nachbartisch auch zu den Auswanderern gehörten, die in Spellmanns Gasthof auf die Überfahrt warteten. Doch am dritten Tag traf ich den jungen Burschen auf der Treppe, er sprach mich an, und ich erfuhr, daß er ein Student aus Halle war und ebenfalls nach Amerika wollte. Er hieß Berthold Feinhals, und was ich nach und nach von ihm erfuhr, warf kein gutes Licht auf ihn. Doch kam er mir so freundlich entgegen, daß ich mich gern ein wenig an ihn anschloß, zumal mir seine Weltkenntnis und sein Wissen großen Eindruck machten. Auch dachte ich mir zunächst nicht viel dabei, als er erzählte, er habe in Halle und anderswo so fleißig studiert, daß er tief in die Seele der Menschen und besonders der Frauen eingedrungen sei, bis ihn schließlich die Klagen etlicher Kindsmütter und die Habgier seiner Gläubiger aus der Stadt getrieben hätten. Er habe an seinen Namen denken und aus Sorge um seinen Hals bei Nacht und Nebel verschwinden müssen. Denn so hoch hinaus, wie der Rat der Stadt ihm zugedacht hätte, habe er nicht wollen. Erst später ist mir der Sinn der Worte aufgegangen: daß er vor dem Galgen weggelaufen war.

Auch was er mir über die anderen Mitglieder seiner Tischrunde erzählte, war wenig geeignet, meinen Respekt vor den Herren zu vergrößern. Der Schnauzbart war ein entlassener russischer Rittmeister aus Westfalen, der fortwährend Beschwerdebriefe mit Geldforderungen an die Zarin schrieb und von nichts anderem sprach als von Kanonen und Aufspießen mit Bajonetten, was er fleißig gegen die Türken getrieben haben wollte. Der rundliche Herr im blauen Samtrock war ein bankrotter Kaufmann aus Frankfurt, der unter falschem Namen reiste. Ihm gegenüber saß der entlaufene Mönch aus Augsburg, der auf den Namen Bruder Jonathan hörte, und das Männlein an seiner Seite bezeichnete sich als Astrologen und Wahrsager, war aber ein aus dem Amt gejagter Zollschreiber. Alle wollten in der Neuen Welt ein neues Leben beginnen und hatten Gründe, ihre Spur zu verwischen.

Änne und Katrin halfen fleißig in der Küche bei den Essensvorbereitungen. Mein Vater tat alles, um die Kosten der Beherbergung so niedrig wie möglich zu halten. Peter Büchsel und einige andere hatten schon das Geld für die Rheinfahrt nicht aufbringen können und sich bei Mynheer Groothus verschuldet, und bald waren alle soweit, daß sie auf Borg lebten, alle außer uns. Denn mein Vater versuchte immer noch, durch Sparsamkeit mit seinen letzten Gulden auszukommen. Um so härter war es für ihn, daß auch nach zwei Wochen noch kein Schiff für uns eingetroffen war.

Bert Feinhals, mit dem ich darüber sprach, sagte: »Hast du noch immer nicht gemerkt, daß dahinter Methode steckt? Der Seelenverkäufer will so viel Geld wie möglich an uns verdienen. Je weniger wir selbst haben, um so tiefer geraten wir in seine Schuld, und um so mehr kann er aus uns herausholen, wenn er uns drüben verkauft.« Und als ich ihn fragte, warum er das mitmache und wie er sich aus der Schlinge ziehen wolle, wenn das wirklich so sei, antwortete er: »Wie soll ich das jetzt schon wissen? Kommt Zeit, kommt Rat. Merk dir, du lebst heute. Was morgen ist, weißt du nicht; darum lebe, so gut du irgend kannst. Und wenn jemand für dich bezahlen will, bist du ein Narr, wenn du ihn daran hinderst.«

Das war nun ganz gewiß ein schlechter Rat. Denn am Abend des Tages, an dem Bert das gesagt hatte, kamen Andreas und Philipp erst in der Nacht aus der Stadt zurück. Mir fiel ein Stein vom Herzen, als sie in die Kammer geschlichen kamen. Beim Abendessen hatte ich kaum einen Bissen heruntergekriegt, weil sie nicht erschienen waren und der Vater nur stumm vor sich auf den Tisch blickte, ohne das Essen anzurühren. Die beiden schlüpften ins Bett, ohne einen Ton zu sagen, und auch mein Vater schwieg, obwohl er wach war.

Am andern Morgen erzählten meine Brüder dann, was ihnen

passiert war. Wie sahen sie aus! Die Kleidung zerrissen, Andreas hatte ein zugeschwollenes Auge, Philipp eine große Platzwunde auf der Stirn. Sie waren vor einer Schenke von einem Mann angesprochen worden, der sich als Steuermann ausgab und sie zu einem Krug Bier einlud. Die beiden konnten der Versuchung, sich einen Spaß zu leisten, nicht widerstehen, obwohl sie sich denken konnten, daß es sich um einen Werber handelte. Sie fühlten sich zu zweit durchaus in der Lage, jedem Zwang zu entgehen, selbst als sich herausstellte, daß ihr Gastgeber noch zwei stämmige Maate bei sich hatte. Kurzum, sie tranken ihr Bier, noch eins und ein drittes, und der Steuermann, ein geschmeidiger Mann, der das Deutsche wie ein Franzose sprach, schilderte das Seemannsleben in den schönsten Farben. Die Brüder zwinkerten einander zu, sie wollten den Spaß auf die Spitze treiben und gaben zu verstehen, daß sie eine gute Mahlzeit nicht zurückweisen würden. Sie bekamen ihr Essen, noch ein Bier, und dann legte man ihnen den Heuervertrag zur Unterschrift vor.

Jetzt taten die beiden ganz erstaunt, erklärten das Ganze für ein Mißverständnis und wollten sich aus dem Staube machen. Da hatten sie freilich die Rechnung ohne den Wirt gemacht. Gegen die geübten Maate des Preßkommandos, denen auch der Schankwirt und sein Hausknecht zu Hilfe kamen, konnten sie wenig ausrichten. Sie bezogen eine gehörige Tracht Prügel und fanden sich alsbald gebunden auf den Dielen eines Hinterzimmers liegen, wo ihnen der Steuermann abermals den Heuervertrag zur Unterschrift vorlegte. Jetzt war Holland in Not, denn hier kamen sie nicht lebend heraus, wenn sie nicht unterschrieben.

Da verlegten sie sich aufs Bitten, erzählten, daß sie Auswanderer seien und in Spellmanns Gasthof auf ihr Schiff warteten, und nannten beiläufig auch den Namen des Neuländers, Mynheer Groothus. Daraufhin fing der Steuermann ganz schrecklich an zu fluchen, auf französisch, versteht sich, schrie sie an, das komme alles mit auf die Rechnung und sie sähen sich noch wieder. Dann jagte er sie mit dem Knüppel zur Tür hinaus.

5. Kapitel

Einen Tag später stand plötzlich der Link in der Tür und rief, wir sollten uns beeilen und mit allem, was wir bei uns führten, an den Kai kommen. Dort lägen die Boote bereit, die uns aufs Schiff bringen würden. Gleich darauf kam der Wirt herein und präsentierte die Rechnung, die meinen Vater erbleichen ließ. Er nestelte an seinem Geldbeutel, den er stets umgehängt auf der blanken Brust trug, drückte dem Wirt einen Betrag in die Hand und sagte, mehr habe er nicht, und wenn er damit nicht zufrieden sei, möge er sich an Mynheer Groothus wenden. Der Wirt brummte etwas Unfreundliches und verschwand eilig, um seine übrigen Forderungen einzutreiben. Nach dem Gebrüll zu schließen, das durch Flure und Treppen hallte, schien es nicht überall so glatt zu gehen wie bei uns.

»Was wird mit unserm großen Gepäck?« fragte Vater den Link, bevor wir in das Ruderboot stiegen, das an der Kaitreppe lag.

»Weiß nicht«, erwiderte der Link gleichmütig, »wenn's nicht schon an Bord ist, wird es wohl noch kommen.« Und als der Vater aufbrausen wollte, fügte er beschwichtigend hinzu: »Reg dich nicht auf, ist bisher noch alles mitgekommen, und ihr habt ja den Schein.« Ja, den hatten wir, aber es stand nichts weiter darauf, als daß wir vier Kisten, drei Fässer und drei Säcke abgegeben hatten, und das noch in holländischer Sprache.

Es war erstaunlich, wie viele Menschen mit ihren Bündeln, Koffern und Taschen das große Boot faßte. Bis auf Peter Büchsel und seine Familie ging unsere gesamte Gruppe hinein. Kaum hatten wir abgelegt und die sechs Matrosen zu rudern begonnen, als auch schon das nächste Boot an der Treppe festmachte. Noch waren wir nicht in den nächsten Kanal eingebogen, als wir lautes Gebrüll am Ufer hörten und sahen, wie der Wirt den dicken Mönch vor sich hertrieb, ihn mit Faustschlägen traktierte und mit einem Fußtritt die Kaitreppe hinunterstieß, daß er wie eine Kugel ins Boot rollte. Sein Bündel flog hinterher.

Bei den Unsern erhob sich Gelächter. Man gönnte es beiden, dem Wirt, daß er um seine wucherische Zeche geprellt, und dem entlaufenen Mönch, daß er verprügelt wurde.

Ich war froh. Die Morgensonne putzte die Häuser an den Ufern mit schmucken Farben auf, freundliche Menschen winkten Lebewohl, der Sommerwind trug uns die salzige Luft der See zu. Es roch nach Teer und Fischen, der Mastenwald des Leuwehafens wuchs in den Himmel. Endlich, endlich hatte das Warten ein Ende, es ging an Bord und in See!

Doch zunächst ging es wieder an Land, nämlich vor das Haus des Kaufherrn. Dort warteten bereits viele Menschen, offensichtlich Auswanderer wie wir, standen in Gruppen beisammen oder saßen auf ihrem Gepäck. Durch das Tor des großen Hauses, über dem der Name »Jan van Amstel« stand, bewegte sich eine Schlange von Menschen langsam hinein, während in entgegengesetzter Richtung einzelne oder kleine Gruppen in kurzen Abständen wieder herauskamen. Die Glücklichen, dachte ich, sie haben gewiß schon ihren Kontrakt und alles geregelt – aber so glücklich sahen sie eigentlich nicht aus, eher nachdenklich, manche auch wohl verwundert oder gar ratlos. Doch dann kamen wieder ein paar junge Burschen, lachten laut, einer warf die Mütze in die Luft und rief: »Ade nun, Herr Hauptmann und Korporal, wir grüßen euch zum letzten Mal!« Es waren hessische Deserteure, wie ich später erfuhr. Für sie war es das Tor der Freiheit, durch das sie schritten, nun endlich unerreichbar für alle Büttel und Werber.

Bei einer der Gruppen, die schon abgefertigt waren, entstand Unruhe; sie pflanzte sich fort auf die übrigen. Peter Büchsel ging, ohne auf Links Mahnung zusammenzubleiben zu achten, hin und kam bald darauf zurück, offensichtlich nun selbst beunruhigt. »Hab's mir doch gedacht, Leute«, rief er uns zu, »daß es so gehen würde! Sie lassen uns einen Kontrakt unterschreiben in englischer Sprache. Keiner weiß, wozu er sich verpflichtet. Oder ist einer unter euch, der ein Wort Englisch versteht, he?«

In das betretende Schweigen warf geschwind der Link seine Worte: »Wie soll das denn anders gehen? Wie stellst dir das vor,

Peter? Machst nur die Pferde scheu mit deinem Gerede. Hört zu, Leute: Der Kontrakt ist für Amerika, für die Obrigkeit dort und für die, so euch in ihren Dienst nehmen wollen. Die müssen's doch lesen und verstehen können!«

»Und wir«, rief Peter, »wir müssen auch wissen, was wir unterschreiben!« Und die Zustimmung, die er erhielt, war so eindeutig, daß mein Vater den Link an der Schulter nahm, ihn mit der Nase zum Tor des Kaufherrn Jan van Amstel drehte und etwas zu ihm sagte, was ich nicht verstehen konnte, was aber den Link mit eiligen Schritten im Torweg verschwinden ließ. Kurz darauf kam er zurück an der Seite unseres Neuländers, Mynherr Groothus, der uns sogleich mit einer Handbewegung um sich versammelte.

»Meine Freunde und Schutzbefohlenen«, so begann er in feierlichem Tonfall, »nun ist der große Augenblick gekommen, da ihr die alte Heimat, euer bisheriges Leben, da ihr Europa mit all seinen Fesseln und Bedrückungen hinter euch laßt. Heute noch werdet ihr das Schiff betreten, das euch in ein neues Leben trägt. Es muß aber«, und nun wurde der Klang seiner Stimme schärfer, härter, »alles so wohl geregelt werden, daß ihr keinen Schaden nehmt und auch der Kapitän auf seine Kosten kommt. Dazu bedarf es eines Vertrages, wie ihr wißt, für alle diejenigen unter euch, welche die Kosten der Fracht und die kleineren Ausgaben, die vielleicht im Verlauf der Seereise sonst noch anfallen können, nicht aus eigener Tasche bezahlen können. Soviel ich weiß, ist keiner unter euch, der das könnte. Oder?« Dabei sah er meinen Vater fragend an, doch der winkte nur mit einer müden Handbewegung ab. Soweit war es also mit uns, wir waren nun genauso arm wie die andern!

Nun ja, fuhr Mynheer Groothus fort, er wolle uns den Inhalt des Vertrages kurz erläutern. Für jeden seien sechzig Gulden Fracht zu entrichten. Hinzu kämen die Kosten der Rheinfahrt und des Aufenthalts hier, jedenfalls bei den meisten, wie es mit ihm, Groothus, vereinbart sei. Kost und Logis während der Seereise seien im Frachtpreis enthalten. Als Gegenleistung verpflichte sich ein jeder, drüben in der Neuen Welt eine Zeitlang für denjenigen zu arbeiten, der die Summe zur Einlösung des Kontraktes vorstrecke. Gelegenheiten zur Arbeit gebe es in Hülle und Fülle, jede Hand sei willkommen. Tüchtige Handwerker fänden leicht Meister, die gegen zweijährige Dienstzeit die Passage vorschössen, andere könnten in zwei bis drei Jahren ihre Schuld abarbeiten. Jungen und Mädchen könnten, bis sie groß und kräftig seien, eine Stelle finden und ganz umsonst die Sprache und Gewohnheiten des Landes erlernen.

Es sei an alles gedacht und für alles gesorgt. Im übrigen sei er, Groothus, ja bei uns und jederzeit bereit, uns mit Rat und Hilfe zur Seite zu stehen. Wir möchten ihm nur weiterhin vertrauen und nun die notwendige Prozedur ohne Aufenthalt über uns ergehen lassen, damit sich die Ausreise nicht verzögere. Jeden Augenblick könne das Schiff, das den schönen Namen *Aurora* trage, in den Hafen einlaufen; dann sei es gut, nicht als letzter an Bord zu gehen, damit nicht die beste Quartiere bereits vergeben wären.

Tatsächlich kam eine Stunde später, mein Vater hatte soeben unsern Kontrakt unterschrieben, ein Schiff an, groß wie ein Berg, von einem Boot mit zwölf Ruderern gezogen. Es hatte drei Masten, die hoch in den Himmel ragten, aber keine Segel trugen. Während es wendete, um am Kai anzulegen, sah ich an dem mächtigen Heck unter einer Galerie von Butzenscheiben den Namen *Aurora* in goldenen Lettern leuchten.

Weil gerade Flut war, ragten Vorschiff und Heck hoch über die Kaimauer hinaus. Aber mittschiffs, ein Stück vor dem Großmast, lag das Deck in unserer Höhe, eine Laufbrücke wurde ausgefahren, und sogleich begann ein lebhafter Verkehr zwischen dem Schiff und dem Haus des Kaufherrn Jan van Amstel. Es dauerte nicht lange, dann rückten die ersten Gruppen mit ihrem Gepäck über die Brücke an Bord.

Bis wir an die Reihe kamen, wurde es Abend, und weil inzwischen Ebbe eingetreten war, mußten wir über das Achterdeck an Bord gehen und wurden über allerlei Treppen und Gänge geleitet, bis wir im Zwischendeck ankamen. Dabei sah ich mit Staunen die Kanonen an, die im Halbdunkel hinter den geöffneten Stückpforten lauerten. Ob sie wohl schießen werden, ging es mir durch den Kopf, ob es wohl Kampf gibt unterwegs, mit französischen Kapern oder mit Korsaren? Fast wünschte ich es mir.

Das Zwischendeck kam mir eigentlich ganz wohnlich vor. Im breiten Mittelgang standen Tische und Bänke, und die hölzernen Bettkästen zu beiden Seiten boten Platz genug. Wir konnten unser Gepäck im oberen Stockwerk der Pritsche unterbringen. Wegen der mächtigen Decksbalken wirkte das Zwischendeck niedrig, aber dazwischen konnten selbst große Leute aufrecht stehen. Wir hatten in unserer Koje zu viert genügend Raum, gerade recht für Vater und seine drei Söhne. Die Familien mit kleineren Kindern durften zusammenbleiben und wurden an einem anderen Ort des Schiffes untergebracht. Daß im übrigen Männer und Frauen getrennt wurden, war mir recht, wenn auch Katrin sogleich zu weinen anfing. Aber sie blieb ja mit Änne zusammen und beruhigte sich bald. Erst am nächsten Tag begriff ich, daß zwei Decks übereinander belegt waren und die Frauen unter uns wohnten.

Es war ein Kommen und Gehen und Rumoren im Schiff bis in die Nacht hinein. Wenn ich einmal aufwachte, sah ich im trüben Licht der Lampen, wie sich Menschen mit ihrem Gepäck durch die Gänge drängten, und hörte sie reden in vertrauter oder fremder Zunge.

Bis mich aus traumlosem Schlaf die Bootsmannspfeife aufschreckte und der Tag damit begann, daß ein energischer junger Mann, der sich als Untersteuermann vorstellte, die Schiffsordnung verlas. Ich wunderte mich über sein gutes Deutsch, erfuhr aber bald, daß er aus Wesel stammte und Liebmann hieß. Er ließ keinen Zweifel darüber, daß die Schiffsregeln streng eingehalten werden müßten, sollte alles an Bord seinen guten Gang gehen. Wir wurden sogleich in Backschaften und Gruppen eingeteilt, deren eine mein Vater anführen sollte, täglich mußte einer in jeder Backschaft das Essen und die Getränke empfangen und so fort.

Dann wurde unsere Gruppe, die im Batteriedeck untergebracht und dem Mannschaftslogis am nächsten war, auf die Galion hinausgeführt. Das war ein luftiger Vorbau am Bug des Schiffes, aus dem sich der Bugspriet schräg voraus in den Himmel reckte. Dort standen Bütten und Eimer zum Waschen der Wäsche, und der Untersteuermann meinte, es könne gar nichts schaden, wenn wir uns selbst hier noch einmal gründlich waschen würden, solange noch Süßwasser außenbords sei. Später müßten wir uns das Waschwasser vom Munde absparen oder uns mit Seewasser waschen. Dann zeigte er uns den Abtritt: an den mit Tauwerk und Netzen gesicherten Seiten waren Sitzbretter mit Löchern aufgehängt, wo man sein Geschäft verrichten konnte – aber schnell, schnell, alles mußte in größter Eile geschehen, weil noch andere Gruppen folgten.

Ich war fix genug und fand noch Zeit zu bemerken, daß wir nicht mehr im Leuwehafen am Kai lagen, sondern draußen auf Reede. Das Schiff zerrte, mit dem Bug gegen den Strom, an zwei mächtigen Ankertrossen. Die Morgensonne schien mir ins Gesicht und ließ den Kopf des goldenen Löwen aufblinken, der als Galionsfigur das Geländer nach vorn abschloß. Über mir, auf dem Backsdeck, hörte ich Rufen und das Platschen von Wasser, dort wuschen die Matrosen das Deck. Wohin ich auch blickte, alles war neu für mich, aufregend neu.

Wenn alles so weitergegangen wäre, wie es sich anließ, hätte es eine schöne Zeit werden können an Bord der *Aurora;* denn die ersten Tage auf der Rotterdamer Reede sind mir in freundlicher Erinnerung geblieben. Wir konnten uns an Deck bewegen, ja wir sollten es so oft wie möglich tun, damit wir frische Luft in die Lungen kriegten. Die niedrigen Zwischendecks hatten zwar Luftschächte, doch schon jetzt, als wir noch genügend Platz darin hatten, war die Luft des Morgens zum Schneiden dick.

Dabei konnten bei uns im Batteriedeck noch die Stückpforten geöffnet werden. Aber Jan, der alte Segelmacher aus Emden, mit dem ich öfter sprach, sagte, auf hoher See und bei schwerem Wetter sei das vorbei. »Sieh zu, Junge«, sagte er, »daß du beizeiten die Nase aus dem Mief kriegst. Die unten«, damit meinte er das eigentliche Zwischendeck unter uns, »sind noch schlechter dran, wird mancher bei den Fischen landen.«

Ich hielt das für eine Redensart des schnurrigen alten Seemannes, aber ich sollte bald einsehen, wie recht er hatte.

Anfangs war auch die Verpflegung ausreichend, und weil alles so neu war, schien sie mir auch gut. Schließlich waren wir nicht verwöhnt worden zu Hause. Es gab täglich eine warme Mahlzeit, genügend Trinkwasser, sogar ein Viertel Rum für die Erwachsenen, und an Brot und Fleisch mehr, als ich essen konnte. Natürlich mußte alles schnell gehen, immer stand einer hinter uns, der uns antrieb, und der Proviantmeister schimpfte wie ein Rohrspatz. Aber mir machte es Spaß, wenn alles flott seinen Gang ging, freiwillig holte ich für meine Backschaft den Essenskübel aus der Kombüse oder das Bier, täglich ein Maß für jeden, und die Wasserration aus dem Faß, das in der Kuhl am Großmast hing. Auf diese Weise lernte ich schnell, mich im Schiff zurechtzufinden, und kannte bald diesen und jenen von den Matrosen bei Namen. Die meisten waren Engländer, denn die *Aurora* war ein englisches Schiff. Aber es waren auch Holländer und Deutsche darunter, mit denen wir reden konnten.

Als wir nach einer Woche noch immer an der gleichen Stelle lagen, wurde mein Vater unruhig. Er fragte den Untersteuermann: »Herr, warum liegen wir hier herum? Wann geht die Reise endlich los?«

Der Steuermann sah ihn von oben bis unten an, schüttelte den Kopf und erwiderte: »Was denkt ihr euch eigentlich? Glaubt ihr, wir fahren mit halber Fracht los? Das Schiff ist ja noch halb leer!«

Vater schwieg. Er dachte über den Sinn dieser Worte nach. Zu uns sagte er dann: »Er meint gewiß, daß wir noch Ladung übernehmen.«

Aber schon am nächsten Tag kamen neue Leute an Bord, Auswanderer wie wir, es waren Landauer. Und jeden Tag wurden es mehr. Zuerst wurden die oberen Pritschen belegt, wir mußten unser Gepäck herunternehmen und es anderweitig verstauen, unter dem Bettkasten oder vor der eigenen Koje im Mittelgang. Da wurde es schon drangvoll eng, aber man hatte sein Hab und Gut wenigstens bei sich.

Doch dann hieß es, in jedem Bettraum müßten sechs Mann untergebracht werden – was denkt ihr euch, das ist keine Vergnügungsreise –, und wir mußten zusammenrücken. Und weil ich noch ein Junge war und meine Brüder zwar kräftig, aber schlank, kam der dicke Mönch neben mich zu liegen und neben ihn, als sechster, der Bert Feinhals. Nun hatte jeder kaum eineinhalb Fußbreit mehr zum Liegen, und weil der Dickwanst von einem entlaufenen Mönch neben mir lag, vielmehr halb auf mir, konnte ich mich nur auf die eine oder andere Seite drehen, wenn mein Nebenmann dasselbe tat. Und ich versäumte nie, das zu tun, damit mir nicht sein widerlicher Atem ins Gesicht blies.

Die Enge auf dem Schiff, die mit jedem Tag zunahm, war nicht die einzige Veränderung. Mit einmal war auch der Kapitän an Bord, er machte sogar einen Gang durch die Quartiere, freilich ohne ein Wort zu sagen und mit abwesendem Blick. Er war ein etwas rundlicher, älterer Herr mit einem schönen weißen Spitzbart und hieß Pickeman. Wir haben ihn nicht oft zu sehen bekommen während der Reise – bis zu dem Tag, an dem es ihm selbst ans Leder ging und er um sein Schiff kämpfen mußte. Wie ein Unmensch sah er nicht aus, das fand auch Bert, eher wie der liebe Gott.

Der Teufel kam am selben Tag an Bord, zierlich, elegant, mit einem sorgfältig gezwiebelten Bärtchen unter der scharfgeschnittenen Nase und stechend schwarze Augen. Auch er ging durch die Quartiere, ließ den Bootsmann vorangehen und pfeifen und sagte, wenn alles mucksmäuschenstill geworden war, mit leiser, fast angenehm klingender Stimme, wobei er das Deutsche wie ein Franzose sprach:

»Mein Name ist Lesage. Ich bin der Obersteuermann auf diesem Schiff und hoffe, daß wir gut miteinander auskommen. Das wird um so sicherer der Fall sein, wenn jeder meinen Anordnungen und dem Schiffspersonal Folge leistet. Der Kapitän ist unumschränkter Herr auf dem Schiff, über Leben und Tod, und ich bin sein Vertreter. Merkt euch das. Wer glaubt, sich über etwas beschweren zu müssen, mag sich an mich wenden. Aber ich rate ihm, stets erst noch eine Nacht darüber zu schlafen.«

Es lief mir kalt den Rücken herunter bei seinen Worten, und Bert raunte mir zu: »Der Teufel in Person, vor dem müssen wir uns hüten.«

Meine beiden Brüder aber waren ganz blaß geworden und machten sich so klein wie möglich.

Als mein Vater sie ein wenig später fragte, was sie so erschreckt habe, sagten sie: »Das war er, der Steuermann, der uns zu Seeleuten pressen wollte. Er wird uns das Leben zur Hölle machen, wenn er uns entdeckt.«

Das Schrillen der Bootsmannspfeife im Mannschaftslogis weckte mich am andern Morgen schon vor der Zeit. Ich schubste den Fleischberg neben mir zur Seite, zwängte mich von der Pritsche und eilte den Niedergang hinauf auf das Backsdeck. Es war noch fast dunkel, ich kauerte mich zwischen Fockmast und Nagelbank, so daß mich niemand sah, und beobachtete, was vor sich ging. Ich sah die Matrosen wieselflink über das Deck eilen, um die Segel zu heißen, hörte die Kommandos des Bootsmanns, dazwischen die Befehle des Steuermanns, das Klappern der Ankerspille und das Knarren der schweren Ankertrossen. Unwillkürlich hob ich den Blick und sah nun hoch über mir die Segel sich entfalten. Ich sah, wie der Wind sie wölbte, und als ich hinab auf das Wasser blickte, bemerkte ich die sanfte Bugwelle und hörte ihr leises Rauschen. Wir fuhren, wir fuhren!

Nun war es Zeit zu verschwinden, bevor man mich entdeckte. Ich huschte den Niedergang hinab und wäre um ein Haar dem Teufel in die Arme gelaufen, hätte mich nicht Jan, der alte Segelmacher, am Arm gepackt und hinter das Spill gezogen. Gerade begann der Obersteuermann mit dem Wecken der Fahrgäste, eine Stunde früher als bisher und mit einer schneidenden Stimme, die ich ihm nicht zugetraut hätte, deren Klang auch den letzten Langschläfer von der Pritsche reißen mußte.

»Hüte dich vor Lesage«, sagte Jan leise, »er darf dich nie an einem Ort sehen, wo du nicht hingehörst. Wen der aufs Korn nimmt, der wird nicht alt hier an Bord.«

»Wir fahren, Jan«, sagte ich, »wir fahren! Endlich ist es soweit!« Alles andere war mir im Augenblick gleichgültig.

Der Alte nickte. »Haben Glück gehabt, daß dieser Wind kam. Hat's schwer, so ein großes Schiff, von hier wegzukommen. Bei Flut drückt das Wasser von draußen herein, und bei Ebbe, wenn das Wasser abläuft, kommt der Kasten nicht über die Sandbänke weg. Brauchen beides, Flut und richtigen Wind, und die haben wir.«

6. Kapitel

Ja, wir fuhren, und dies änderte unsere Lage von Grund auf. Manch einen mochte Wehmut ergreifen, weil nun der Abschied endgültig war und es in ein fernes Land voll unbekannter Gefahren ging. Die meisten jedoch waren froh, daß die schlimme Wartezeit vorüber war. Dicht gedrängt standen sie an Deck und begeisterten sich am Anblick der himmelhohen Masten und vollen Segel, die das Schiff nun schon in zügiger Fahrt dahingleiten ließen. Immer weiter wichen die Ufer mit den grünen Weiden, den strohgedeckten Häusern und den lustigen Windmühlen zurück. Ich wäre gern noch länger an Deck geblieben, aber die Bootsmannspfeife trieb uns wieder hinunter, damit die nächsten an die Luft kamen.

Daß sich auch sonst einiges gründlich geändert hatte, wurde uns bald klar. Wir durften nicht mehr hinaus auf die Galion, die auf Befehl des Obersteuermanns der Schiffsmannschaft vorbehalten blieb. Statt dessen mußten wir die Abtritte benutzen, die in Verschlägen nahe dem Niedergang in den beiden Decks eingerichten waren, jeden Morgen gesäubert wurden und zweimal am Tag geleert werden mußten. Erst war ich wütend darüber und hielt es für eine Schikane. Aber als ich dann sah, wie bei schwerer See die Brecher über die Galion fegten, verstand ich die Anordnung besser. Es war viel zu gefährlich dort für uns Landratten, von Frauen und Kindern ganz zu schweigen.

Überhaupt hatte das strenge Regiment, das der Obersteuermann führte, seine Berechtigung. Alles war genau eingeteilt, vom Wecken bis zu dem Ruf »Pfeifen und Lunten aus«, wenn die Schlafenszeit begann. Das Wort war freilich ein Hohn, denn das Rauchen im Zwischendeck war streng verboten. Und wehe, es wurde ein Funke entzündet oder ein Licht angebrannt außer den wenigen Öllampen, die immer brennen mußten, aber nur ein trübes Licht gaben! Der Obersteuermann hatte gedroht, jeden auspeitschen zu lassen, der gegen seine Anordnungen verstieß. Und der Konstabler und sein Maat, die oft durch die Decksräume gingen und die Aufsicht führten, paßten auf wie die Schießhunde.

Vor allem wurde vom Tage der Ausreise an die tägliche Verpflegung um ein Drittel gekürzt. Zunächst hielten die meisten es für einen Irrtum, als sie weniger bekamen. Doch als sich der Irrtum am zweiten Tag wiederholte, rief mein Bruder Andreas, der unsere Rationen empfing: »Es ist schon wieder zu wenig, grad wie gestern. Ihr müßt euch geirrt haben, Herr!«

Der Proviantmeister fuhr ihn an: »Halt dein Maul, Bauernlümmel! Befehl vom Obersteuermann – beschwer dich bei ihm, wenn du Lust hast!«

Dazu hatte Andreas jedoch gar keine Lust. Anders mein Vater. Als mittags der Konstabler seinen Rundgang machte, trat Vater vor ihn hin, drehte die Mütze in den Händen und sagte, er wolle vor den Kapitän geführt werden, er habe eine Beschwerde vorzubringen.

Der Konstabler sah ihn von oben bis unten an und sagte: »Hast du dir das auch richtig überlegt? Beschwerden nimmt der Obersteuermann entgegen. Willst du wirklich zu ihm?«

Ja, er wolle, sagte mein Vater. Der Konstabler erschien bald darauf wieder, winkte meinen Vater zu sich und ging voraus die Treppe hinauf. Nach einer ganzen Weile kam der Vater zurück, bleich, mit einem Gesicht wie damals, als ihn der Hofjäger mit der Peitsche geschlagen hatte. Er sprach den ganzen Tag kein Wort mehr. Am andern Morgen nahm er meine Brüder und mich beiseite und erzählte, wie sein Beschwerdegang verlaufen war.

Der Obersteuermann habe ihn in der großen Kapitänskajüte

empfangen. Der Kapitän habe am andern Ende des Raumes die ganze Zeit über am Kartentisch gestanden, aber kein Wort gesagt und sich nicht eingemischt. Was er wolle, habe Lesage gefragt. Und als mein Vater sich über die Kürzung der Ration beschwerte, habe er gesagt:

»Hör Er zu – wie heißt Er? So, Lindner. Der erste, der wider den Stachel löckt, heißt Lindner, ich werde mir den Namen merken. Hör Er zu, Lindner: Dieses Schiff kann zweihundertfünfzig Passagiere befördern und ist dafür ausgerüstet und verproviantiert worden. Nun hat es dem Reeder gefallen, die doppelte Anzahl in das Schiff hineinzupferchen, wir haben fünfhundertsiebzehn Passagiere an Bord. Der Kapitän und seine Offiziere haben die Aufgabe, davon so viele wie möglich lebend nach Philadelphia zu bringen. Kann sein, daß wir eine schnelle Reise haben werden. Die fünfhundertundsiebzehn Seelen an Bord kann ich in Schach halten, mit eiserner Disziplin; die Enge wird sich, denke ich, mit der Zeit geben. Aber der See und dem Wind kann ich nicht befehlen. Und weil ich nicht weiß, wie lange die Reise dauern wird, muß ich die Verpflegung strecken, sonst kommt keiner von euch lebend an. Er kann das seinen Landsleuten ruhig erklären, sie werden es wohl einsehen. Aber vielleicht ist es besser, sie wissen noch nicht, was ihnen bevorsteht, denn sie werden alle Kraft brauchen, um am Leben zu bleiben. Und nun scher Er sich!«

Draußen auf dem Gang sei der Vater fast mit dem Neuländer, Mynheer Groothus, zusammengeprallt. Der habe ihn nur ganz entsetzt angesehen, als er aus der Kapitänskajüte kam, und ihm zugeraunt: »Ist Er von Sinnen, Lindner? Wie kann Er sich in die Höhle des Löwen begeben!« Noch ehe der Vater etwas habe antworten können, sei Groothus in einer anderen Tür verschwunden.

»Sprecht nicht darüber«, schloß der Vater seinen Bericht, »zu keinem, vor allem nicht zu Änne und Katrin. Sie würden sich nur ängstigen.«

Das glaubte ich zwar nicht, jedenfalls was Änne betraf, sie hatte vor nichts und vor niemand Angst. Unten im Frauenquartier war sie schon jetzt eine Art Anführerin. Es war nur eine kleine Gruppe lediger Frauen und Mädchen, die nicht bei den Familien untergebracht waren, und in keinem anderen Quartier ging es so sauber und ordentlich zu wie dort. Für Katrin war es ein Glück, daß sie bei Änne sein und neben ihr schlafen konnte. Wir sahen die Mädchen fast täglich an Deck. Änne erzählte mir, daß schon zwei Kinder an Bord geboren worden seien, im achteren Teil des Zwischendecks, wo die Familien untergebracht waren. Na, gut, daß ich dort nicht sein mußte, das mochte ein Geschrei sein von den vielen Kindern! Aber Änne hatte natürlich bei der Geburt geholfen.

Der alte Jan – er nahm mich manchmal mit in die Segelkammer, die noch unter dem Zwischendeck in der Last lag –, Jan schüttelte den Kopf, als ich ihm von dem Erlebnis meines Vaters erzählte. »Es ist schlimm mit den großen Herren«, sagte er bekümmert, »sie können nie genug kriegen, und es ist ihnen gleich, wie viele dabei verrecken, wenn sie nur verdienen. Der Kapitän ist nicht so, aber er muß den Willen des Reeders tun, sonst verliert er sein Kommando. Deshalb läßt er den Obersteuermann gewähren. Und vielleicht tut er recht daran; denn ohne ein straffes Regiment wären alle auf dem Schiff verloren.«

Der nächste Tag war ein Sonntag. Schon früh am Morgen wurde die Sonntagsflagge geheißt. Dann hielt der Kapitän mit der Mannschaft und den Achtergästen einen Gottesdienst auf dem Quarterdeck ab. Daran nahmen auch die Kajütspassagiere teil, die im Achterkastell wohnten, darunter zwei vornehme Damen. Sie waren nie vor dem Mast anzutreffen und schon gar nicht in den Zwischendecks, aber wir sahen sie oft auf dem Quarterdeck spazierengehen.

Die Zwischendeckspassagiere nahmen natürlich nicht am Kapitänsgottesdienst teil. Wo hätten sie auch alle hin sollen, und was hätte ihnen ein englischer Bibeltext genützt, den sie nicht verstanden? Aber es fanden sich schnell Gruppen zusammen, die eine hier, die andere dort an Deck oder in den Quartieren, die ein frommes Lied sangen und den Worten eines Schriftkundigen lauschten, der ihnen aus der Bibel vorlas. Die Tunker brauchten keine Bibel, sie standen eine Weile, andächtig in sich selbst versunken, beisammen, bis einer von ihnen eine Eingebung hatte und zu reden anfing. Ich hätte nicht geglaubt, daß man auch ohne Kirche und Pfarrer Gottesdienst halten konnte. Aber hier auf dem Schiff ging das wie von selbst, und es kam nicht darauf an, welchem Bekenntnis einer angehörte, wenn er nur mit dem Herzen bei der Sache war.

Jans Segelkammer kam mir schon bald sehr gelegen. Am Abend des nächsten Tages kam schweres Wetter auf, das Schiff stampfte und schlingerte, daß wir uns nicht auf den Beinen halten konnten und schleunigst in unsere Kojen krochen. Das war ein Knarren und Ächzen in den Balken und Verbänden, dumpf dröhnten die Brecher gegen die Schiffswand, und es dauerte nicht lange, da schlichen die ersten in den Abtritt oder, sofern sie noch etwas Mut hatten, an Deck, um dem Meeresgott zu opfern. Bald machte sich ein unangenehmer Geruch bemerkbar, und es gelang diesem oder jenem nicht mehr, rechtzeitig aus der Koje zu kommen. Ein Stöhnen und Jammern hob an, von Fluchen und Schimpfen derjenigen begleitet, über die sich der Segen des Nebenmannes ergossen hatte. Anfangs hatte ich mir die Decke über den Kopf gezogen und versucht weiterzuschlafen. Als aber der Bruder Jonathan neben mir anfing zu glucksen und zu stöhnen, stieß ich ihn mit aller Kraft zur Seite und schlüpfte eilig aus der Koje. Meine Decke hatte ich mitgenommen. Während ich sie zusammenlegte, sah ich, wie mein Vater von der einen und Bert von der anderen Seite den dicken Mönch aus der Koje schubsten. Wie ein Sack fiel er zu Boden und erbrach sich vor meine Füße.

Das war auch für mich zuviel. Ich lief, so schnell ich im Dämmerlicht konnte, zwischen den wankenden und sich drängenden Seekranken hindurch bis zum hinteren Niedergang und die Treppen hinunter in die Last. Dort war es völlig dunkel, aber das Schlingern des Schiffes war weit weniger zu spüren. Ich tastete mich durch den Mittelgang nach achtern bis zur Segelkammer. Dort suchte ich mir in der Dunkelheit einen Platz auf einer Lage Segeltuch und verschlief den nächtlichen Sturm, die Leiden der

Seekrankheit und das große Revierreinigen am andern Morgen. Der Hunger weckte mich schließlich, ich schlich mich an Deck und mischte mich zwischen die bleichen Gestalten, die an Wanten und Takelwerk Halt suchten und die frische Luft einsogen, um Genesung zu finden. Es blies ein kräftiger Wind, die See ging noch hoch, aber der Sturm war vorüber.

Meine Befürchtung, ich würde hungern müssen, erwies sich als überflüssig: die meisten konnten keinen Bissen herunterwürgen, ich hätte die dreifache Portion essen können. Daran hinderte mich der Gestank, der immer noch das Logis erfüllte. Ich war sehr froh über die Erfahrung, daß mir die Seekrankheit nichts anhaben konnte. Aber ich nahm mir vor, so oft wie möglich aus dem engen, stickigen Quartier zu verschwinden.

Nun waren wir schon sechs Tage auf See, aber von unserm Ziel, der Insel Wight vor der englischen Küste, weiter entfernt als zuvor. Jan hatte gehört, wie sich der Zweite Steuermann mit dem Bootsmann darüber unterhalten hatte. »Der Sturm hat uns weit nach Westen in den Atlantik versetzt«, erklärte er mir, »und der steife Nordost treibt uns noch weiter hinaus, wir kommen nicht dagegen an.«

»Warum segeln wir nicht gleich weiter nach Amerika?« fragte ich.

»Was du so denkst, Junge, wir müssen uns nach der Order richten, haben Fracht nach Cowes. Auch müssen alle Schiffe, die Ware in die englische Kolonien bringen, einen englischen Hafen anlaufen. Ist Gesetz.«

»Ware!« empörte ich mich. »Sind wir denn Ware?«

Jan nickte bekümmert. »Wirst es früh genug merken, mein Junge.«

Ich begriff nicht, was er meinte, aber mir sollten noch die Augen aufgehen.

Meinen Brüdern war es bisher gelungen, von Lesage nicht entdeckt zu werden. Aber eines Tages stand er plötzlich mitten unter uns, ohne daß ihn die Bootsmannspfeife angekündigt hatte. Ich sah genau, wie es in seinem Gesicht zuckte, als er Andreas und Philipp erblickte, die sich vor Schreck nicht vom Fleck rührten.

Er ging auf sie zu und sagte: »Sieh da, meine beiden Essensgäste. Da seid ihr ja. Ich hatte euch schon vermißt. Habe mir eben den Abtritt angesehen, er sieht aus wie ein Schweinestall. Von heute an seid ihr mir dafür verantwortlich, daß er jeden Morgen blitzsauber ist. Und wehe euch, ich habe etwas daran auszusetzen!« Er drehte sich um und ging weg.

Am nächsten Tag liefen wir in den Hafen von Cowes auf der Insel Wight ein, genau drei Wochen, nachdem wir von Rotterdam ausgelaufen waren.

7. Kapitel

Vier Tage lagen wir schon in Cowes vor Anker, Zoll und Visitation waren erledigt, als ein Ereignis eintrat, das meinem Vater einen furchtbaren Schlag versetzte: Als uns am Morgen die Bootsmannspfeife weckte, waren die Plätze meiner Brüder leer. Erst glaubte ich, sie seien früher aufgestanden, um an Deck Luft zu schöpfen oder sich ihrer Strafarbeit zu entledigen.

Aber mein Vater hatte gleich gesehen, daß sie Decke und Mantelsack mitgenommen hatten. Er starrte eine Zeitlang wie benommen auf die leere Pritsche, dann sagte er leise zu mir: »Komm, Bub, wir müssen die Drecksarbeit erledigen, daß es kein Aufsehen gibt.« Er hoffte wohl, sie hätten sich irgendwo an Bord versteckt und würden wieder zum Vorschein kommen.

Aber auch zum Frühstück erschienen sie nicht. Vater rührte keinen Bissen an. Er blickte immerfort vom einem Ende des Logis zum andern, als erwarte er, daß seine Söhne jeden Augenblick hereinkämen. Doch sie kamen nicht. Es war furchtbar – Andreas und Philipp, mit denen er den Urwald roden, mit denen er in der Neuen Welt von vorn anfangen wollte, verschwunden!

Inzwischen hatten die andern in unserer Gruppe natürlich bemerkt, was los war, sie versuchten ihn zu beruhigen, zu trösten, und redeten das unsinnigste Zeug: sie würden schon wiederkommen, wohin sollten sie auch gehen, es komme ja keiner vom Schiff. Nur Bert blieb still.

Als ich schließlich nach oben an Deck ging, weil ich es nicht mehr aushalten konnte und frische Luft brauchte, kam er hinter mir her und sagte: »Ihr müßt doch wohl blind gewesen sein, du und dein Vater. Habt ihr wirklich nicht geahnt, daß so etwas kommen mußte? Sie waren doch halbverrückt vor Wut – und vor Angst. Ja, sie glaubten, der Teufel wolle sie umbringen, zu Tode schikanieren. Hast du das nicht gewußt?«

Nein, keine Ahnung hatte ich gehabt. Ich hatte mich freilich auch sowenig um meine Brüder gekümmert wie sie sich um mich. Gewiß, nun fiel mir ein, daß Philipp in den letzten Tagen so brummig gewesen war und ein paarmal gesagt hatte: »Lange mache ich das nicht mehr mit«, oder etwas Ähnliches. Aber darauf hatte ich nichts gegeben. Wer macht schon gern eine solche Drecksarbeit!

»Aber wo sollen sie denn hin?« fragte ich. »Und wie sind sie vom Schiff heruntergekommen?«

»Irgend jemand wird ihnen geholfen haben. Wohin, fragst du? Sieh mal, dort drüben!« Er wies hinüber ans Ufer, wo über einen großen freien Platz eine Abteilung Soldaten marschierte. »Die nehmen immer junge Leute, die gesund und kräftig sind und wenig zu verlieren haben.«

Wie recht er hatte, sollten wir bald erfahren. Es sprach sich herum, daß noch mehr junge Burschen fehlten, über Nacht verschwunden waren. Und von irgendwoher kam das Gerücht, unser Neuländer hätte sie an die britische Armee verkauft. Dafür, daß Mynheer Groothus seine Finger mit im Spiel hatte, sprach der Umstand, daß er nie wieder an Bord gesehen wurde.

Daß er seine beiden Ältesten verloren hatte, war für meinen Vater hart, schlimmer als der Abschied von Hof und Heimat. Am schlimmsten aber war für ihn die Enttäuschung, daß sie ihn aus freien Stücken verlassen hatten.

»Wie konnten sie mir das antun!« sagte er, und zum erstenmal fand ich, daß er alt und müde aussah. Da nahm ich seine Hand und sagte: »Ich bin doch da, Vater, nie werde ich dich verlassen, und unsere Änne ist so tüchtig, und Katrin wird auch einmal groß. Wir werden's schon schaffen!« Und er strich mir mit einem wehmütigen Lächeln über den Kopf.

Änne war empört. Sie hatte sich nie so gut verstanden mit den beiden großen Brüdern, die zuviel an sich dachten, wie sie meinte, und zuwenig an den Hof und den Vater. Sie fühlte sich bestätigt in ihrer Meinung. »Da sieht man's«, sagte sie, »zu den Soldaten, da finden sie's besser. Da kriegen s' regelmäßig Sold und Schnaps fürs bloße Rumstehn, ein bissel Marschieren und Fuchteln. Und frei Kost und Logis, der Bauer wird's schon liefern.«

Anders Katrin, die sehr an den Großen gehangen hatte, besonders an Philipp, und von ihnen verwöhnt worden war. Sie war untröstlich und weinte, wenn nur der Name eines der Brüder fiel. Wenn ich es recht bedachte, standen mir die Schwestern näher als die Brüder. Änne zumal, die an die Stelle der Mutter getreten war und nie klagte, wenn sie auch bisweilen mit mir geschimpft hatte, weil ich mich zuviel mit Jörg herumtrieb und nicht genug mit anfaßte auf dem Hof und in der Wirtschaft. Aber wozu sollte ich auch? Es waren genügend Männer auf dem kleinen Hof, die Arbeit zu bewältigen, Andreas und Philipp mußten sich oft verdingen beim Müller oder im Holz, um zum Unterhalt beizutragen, wenn die Ernte eingebracht und sonst weniger Arbeit auf dem Hofe war. Schließlich hatte mich Vater deshalb auf die Lateinschule nach Oppenheim geschickt, wo ich bei seiner Schwester wohnen konnte, weil ich einmal einen guten Beruf als Schreiber oder Kanzlist ergreifen sollte. Die Brüder waren darüber oft böse, sie meinten, ich wollte was Besseres sein und würde bevorzugt.

Mutter – ja, als sie noch lebte, Mutter hielt alles zusammen. Merkwürdig oft stand mir, seitdem wir unsern Hof verlassen hatten, ihr Bild vor Augen: das ovale Gesicht mit den dunkelbraunen Flechten, die wie der Rahmen um ein Bild waren, und den blauen Augen darin, die bis in den verborgensten Winkel meines Herzens schauen konnten. So schien es mir jedenfalls, denn ich konnte ihr niemals die Unwahrheit ins Gesicht sagen. Zuletzt freilich, als sie auf den Tod lag, war ein Leidenszug hinzugekommen, der mir Angst machte, wenn ich an ihr Bett trat. Erst allmählich gelang es mir, wenn ich auf meiner Pritsche lag und mit geschlossenen Augen in das Dunkel blickte, mir ihr Bild aus ihren gesunden Tagen zurückzurufen.

Zwei Tage blieben die Plätze in unserem Bettkasten leer, dann stand plötzlich der Untersteuermann davor und sagte: »Hier haben wir Raum gekriegt. Da sind eure neuen Bettgäste, macht Platz! Go on!« Und er schob zwei lange Gestalten an den Schultern heran, die sich verblüffend ähnelten, nur daß der eine ein Mann wie mein Vater und der andere ein schlaksiger Junge etwa in meinem Alter war.

Beide waren rothaarig, ihre Sommersprossen waren selbst im trüben Licht der Öllampen zu erkennen, sie sagten: »Sorry!« und murmelten etwas, was wie eine Entschuldigung klang, was wir jedoch nicht verstanden. Das war weiter kein Wunder, denn sie waren Iren, wie sich herausstellte, Vater und Sohn O'Connor, Auswanderer wie wir und soeben an Bord gekommen. Soviel sagte uns Herr Liebmann, der Untersteuermann, und mehr erfuhren wir vorerst nicht. Meinem Vater war es recht, daß er sich mit seinen beiden neuen Nebenmännern nicht unterhalten konnte, er brütete ohnehin meist vor sich hin. Aber ich nahm mir vor, mich um den Sohn zu kümmern. Seit Jörg aus meinem Leben verschwunden war, hatte ich keinen Freund mehr. Bert, dieser Bruder Leichtfuß, war zehn Jahre älter als ich und mir manchmal nicht geheuer. Ich wünschte mir oft, Jörg wäre bei mir geblieben.

Also trat ich, als Vater und Sohn ihr Gepäck verstaut und sich in der nun wieder engen Koje eingerichtet hatten, vor den Sohn hin, der etwas verlegen herumstand, tippte mit dem Zeigefinger auf meine Brust und sagte: »Henner!« und dann auf seine, wobei ich ihn so fragend wie möglich ansah: »Und du?«

Er grinste in der Art, die Mutter treuherzig genannt hätte, obwohl im Funkeln seiner grünlichen Augen auch etwas Spitzbübisches zu liegen schien. Oder war es die Bewegung seiner Sommersprossen beim Lächeln – jedenfalls hatte ich gleich das Gefühl, daß etwas Besonderes in ihm steckte.

»Tom«, sagte er.

So wurde ich mit Thomas O'Connor bekannt, und das war ein Glück für mich im Unglück, das uns bevorstand.

Ich hatte nicht gewußt, wieviel man mit Händen, Kopf und Augen sagen kann, wenn die Zunge versagt. Die Aufgabe, Tom in die Ordnung und die Lebensbedingungen auf dem Dreimaster mit dem schönen Namen *Aurora* einzuführen, brachte mich über den Kummer der vergangenen Tage hinweg. Sie nahm mich so sehr in Anspruch, daß ich meinen Vater darüber vernachlässigte und meine Brüder vergaß. Vater sah es mit Nachsicht, manchmal glaubte ich sogar ein Lächeln in seinen Zügen zu bemerken. Und für mich war es gut.

Das ging mir auf, als Bert sich zu uns gesellte und ein paar Brocken Englisch mit Tom radebrechte. »Das trifft sich gut«, sagte er, »er kann uns helfen, die Sprache zu erlernen, die wir in der Neuen Welt benötigen. Sie ziehen uns sonst das Fell über die Ohren und benutzen uns zum Stiefelabtreten.« Er sah mich an und kniff ein Auge zu. »Jetzt brauchen wir einen ruhigen Platz, wo uns niemand stört. Mach das klar mit deinem Makker!« Er meinte die Segelkammer und meinen Freund Jan, den Segelmacher.

Heute glaube ich, daß mir Jan mit seiner Segelkammer das Leben gerettet hat. Vielleicht auch Tom. Der Bert fand auch so eine Masche, um durch das Netz zu schlüpfen, mit dem der Tod auf der *Aurora* seine Beute einbrachte. Bert war ein Tausendsassa; selbst die Art, in der er aus Tom einen Sprachlehrer machte, war genial. Und mir kam hin und wieder das Latein zugute, das ich in der Oppenheimer Schule gelernt hatte.

Damit ist schon gesagt, daß wir viele Stunden, wenn es an Deck oder im Logis zu ungemütlich war, in der Segelkammer verbrachten, und es kam die Zeit, da es ums Überleben ging.

8. Kapitel

Vorerst aber lagen wir auf der Reede von Cowes und warteten auf günstigen Wind. Längst hatten wir Ladung gelöscht und neue übernommen, aber nichts rührte sich.

Endlich war es soweit, in meinem Katechismusbüchlein steht der 5. August als Ausreisetag. Schon am Vorabend hatte Jan zu mir gesagt: »Wenn der Südost anhält, laufen wir morgen früh aus.« Mir war schon der Schwarm der Krämerboote aufgefallen, der seit Mittag das Schiff umlagerte, damit die Besatzung sich für die lange Seereise eindecken konnte. Ich wunderte mich darüber, wie viele Auswanderer offenbar noch Geld genug hatten, beim Proviantmeister Tabak, Bier, Wein und Eßwaren einzukaufen. Bis mir Bruder Jonathan, der soeben eine Kiste Portwein zu seinem Kopfkissen gemacht hatte, die Lösung des Rätsels verriet: »Es gibt Kredit«, sagte er mit seligem Lächeln, »kommt alles aufs Konto.«

Wind und Wetter meinten es gut in den folgenden Tagen, wir liefen mit vollen Segeln in die offene See hinaus. Die Sonne lachte vom tiefblauen Himmel herab, der warme Südost lockte, was Beine hatte und Platz fand, an Deck. Alles wäre gut gewesen, hätte der Kapitän nicht schon vom Tage der Ausreise an die Verpflegungsration abermals um ein Drittel gekürzt. Jetzt gab es nur noch dreimal in der Woche etwas Warmes, und die Wassergrütze war noch das Beste daran; denn die Erbsen waren muffig, der Stockfisch stank, und das Pökelfleisch war hart wie Stein. Solange das schöne Wetter anhielt und die eingekauften Eßwaren reichten, wurde den meisten die Verschlechterung unserer Lage nicht recht bewußt. Sonst wäre ihnen wohl das Lachen und Singen vergangen, das in diesen Tagen Decks und Quartiere erfüllte. Vor allem die Frauen und Mädchen sangen die alten Lieder aus den Spinnstuben der Heimat. Sicher wurde manchem dabei weh ums Herz, aber es ging auch Hoffnung davon aus, die Hoffnung auf ein neues Leben im Lande der Freiheit.

Doch dann schlug der Wind um. Ein frischer West brachte Regen und nördliche Kurse, es wurde kälter und so unwirtlich, daß wir uns nur kurze Zeit zum Luftholen an Deck aufhalten konnten. Die Stimmung sank. Die widerlichen fetten Maden im Käse und der uralte Schiffszwieback, der als Brot ausgegeben wurde und entweder schimmelig oder voll roter Würmer und Spinnweben war – all das trug dazu bei, daß Lieder und Lachen verstummten.

Als ich an einem Morgen voll Regen und Wind wieder einmal von der Proviantausgabe kam und jedermann sah, daß das wenige, was ich anbrachte, auch noch schlecht war, sagte mein Vater: »Wir müssen an unsere Vorräte gehen, damit wir nicht wie Gespenster in dem neuen Land Benselfania ankommen.«

»Vorräte?« erwiderte ich. »Ist doch nichts mehr da.« Denn das bißchen, was wir bei uns gehabt hatten, war längst aufgezehrt.

»Na, unsere Fässer und Säcke natürlich, ich hab doch den Schein.« Und er nestelte aus seinem Brustbeutel den Schein hervor, den wir für unser großes Gepäck in Rotterdam erhalten hatten. Mein Magen frohlockte bei dem Gedanken an Speck und Dörrobst und all die guten Sachen, die wir zu Hause eingepackt hatten, aber mein Kopf sagte mir, daß da wenig Hoffnung war. Ich hatte die Ladung tief unten im Bauch des Schiffes vor Augen, oft genug war ich zwischen den Bergen von Kisten und Säcken hindurch in die Segelkammer getappt – wie sollte man da unser Gepäck herausfinden?

Mein Vater aber war fest davon überzeugt, daß er sein Recht bekommen würde, und als bald darauf der Untersteuermann durch die Decks ging, um nach dem Rechten zu sehen, meldete er sich bei ihm und sagte, er wolle jetzt an sein großes Gepäck. Und als der Zweite fragte, warum, hielt er ihm Brot und Käse unter die Nase und sagte, das bißchen Proviant, das wir bekämen, sei ungenießbar und er wolle an seine Vorräte.

»Ausgeschlossen«, erwiderte der Untersteuermann, »schlag Er sich das aus dem Kopf, Lindner. Wir können nicht die ganze Ladung umstauen, um Sein oder irgend jemandes Gepäck herauszusuchen. Außerdem: alle Seeleute der Welt müssen auf der langen Reise von madigem Käse und hartem Schiffsbrot leben, ich genauso wie Er, und die ganze Besatzung dazu. Davon ist noch keiner gestorben. Also geb Er sich zufrieden . . .«

Mein Vater schwieg, aber ringsum wurden empörte Rufe und Protest laut.

»Hört zu, Leute, hört mir doch erst einmal zu!« rief der junge Steuermann, doch seine Stimme ging unter in dem Lärm, der nun von allen Seiten auf ihn eindrang. Unwillkürlich wich er einen Schritt zurück – da ertönte hinter ihm eine schneidende Stimme: »Was geht hier vor?«

Es war Lesage, der Obersteuermann. Er stand plötzlich unter uns und warf einen Blick in die Runde, der dem lautesten Schreier das Wort im Hals ersticken ließ. Es war totenstill im Raum. Lesage sah den Untersteuermann verächtlich an und sagte: »Nun, Herr Liebmann, würden Sie mir erklären, was hier los ist? Was soll dieser Aufruhr?«

Bevor noch der Untersteuermann ein Wort entgegnen konnte, trat mein Vater vor den Teufel hin und rief, indem er ihm die Verpflegung entgegenhielt: »Seht Euch das an, Herr, das sollen wir fressen! Maden und Würmer!«

»Maul halten!« fuhr ihn der Teufel an und setzte ihm blitzschnell die Spitze seines Säbels auf die Brust. »Noch ein Wort, und du gehst zu den Fischen!« Dann erkannte er ihn offenbar wieder, senkte den Säbel und sagte: »Lindner, wieder einmal dieser Lindner. Ich habe Ihn gewarnt! Aber Er . . .«

»Ich will nur mein Recht, Herr«, entgegnete mein Vater unerschrocken. »Wir haben genügend Vorräte mit auf die Reise genommen. Sie liegen da unten im Schiff . . .«

Hier mischte sich der Untersteuermann ein: »Er meint das große Gepäck, das sie in Rotterdam abgegeben haben. Ich habe ihm erklärt . . .«

»Erklärt!« rief der Teufel wütend. »Sie werden noch so lange erklären, bis wir eine Rebellion an Bord haben! Ich werde Ihnen zeigen, wie man mit dem Pack umgeht!« Er wandte sich um und gab dem Konstabler, der hinter ihm stand, einen Wink: »Abführen! Legt ihn in Eisen!« Damit wies er auf meinen Vater.

Das war nun dem jungen Steuermann zuviel. »Bitte, Herr Lesage«, sagte er empört, »dies ist meine Wache. Ich bin durchaus in der Lage, diese Angelegenheit zu erledigen!«

»Das sehe ich, wozu Sie in der Lage sind«, fuhr ihn Lesage an. »Scheren Sie sich zum Teufel und hindern Sie mich nicht an der Erfüllung meiner Pflicht!«

Mit hochrotem Kopf verschwand Liebmann den Niedergang hinauf. Inzwischen hatten der Konstabler und sein Gehilfe meinen Vater ergriffen und ihm die Hände auf dem Rücken gebunden. Brot und Käse, unsere Tagesration, lagen auf dem Boden. Der Teufel stieß sie mit dem Fuß weg und sagte in die eisige Stille hinein: »Ich warne jeden vor Aufruhr und Rebellion. Dieser da wird in Eisen gelegt. Den nächsten Aufwiegler lasse ich an der Rahe aufknüpfen. Und noch eins«, fügte er hinzu, »kein Wort mehr von eurem Gepäck. Sollte es sich auf diesem Schiff befinden, so ist es unerreichbar, und damit Schluß!« Er wandte sich um und folgte den Konstablern, die meinen Vater abgeführt hatten.

Ich hatte die ganze Zeit dabeigestanden und vor Angst und Entsetzen keinen Ton herausgebracht. Nun warf ich mich auf mein Lager und verbarg das Gesicht in den Händen, weil ich nicht verhindern konnte, daß mir die Tränen über die Wangen rannen. Mein Vater gefangen, in Eisen, vom Tode bedroht! Immer war er mir in seiner Geradheit, seiner unbedingten Redlichkeit als Vorbild erschienen. Aber jetzt – wäre es nicht klüger gewesen, zu schweigen? Mußte er sich wieder mit dem Teufel anlegen, der ihn schon einmal so abgekanzelt hatte? Wo würden sie ihn hinbringen? Was sollte daraus werden? Die Gedanken überschlugen sich in meinem Kopf.

Jemand zog mich am Fuß. Es war Tom, er winkte mir zu, ich solle mitkommen. Ich trocknete meine Tränen ab und folgte ihm ins Zwischendeck. Dort wartete Änne schon auf mich, es hatte sich herumgesprochen, daß der Teufel David Lindner hatte einlochen lassen. Als ich ihr den Hergang erzählte, brach sie keineswegs in Tränen aus. Sie war empört, über die Ungerechtigkeit ebenso wie über die Unvernunft meines Vaters, wie sie es nannte.

Auch hierin war sie an die Stelle der Mutter getreten, die oft genug die Ecken und Kanten des Vaters ausgleichen und sein Ungestüm hatte zügeln müssen. Erst einmal müßten wir abwarten, sagte Änne, ich solle herausfinden, wohin sie den Vater gebracht hätten. Aber wenn sie ihn länger festhielten, werde sie, Änne, zum Kapitän gehen, und kein Teufel solle sie daran hindern. So war unsere Änne.

Der alte Jan, den ich am Abend aufsuchte, schüttelte den Kopf und sagte, es sei töricht von meinem Vater gewesen, sich mit dem Teufel erneut anzulegen. Aber es hatte ein Nachspiel beim Kapitän gegeben, wo sich der Untersteuermann über den Obersteuermann beschwert hatte. Der Kapitän hatte versucht, den Streit zu schlichten, aber schließlich Lesage recht gegeben, weil die Ordnung auf dem Schiff nur mit eiserner Strenge aufrechterhalten werden könne.

»Sie waren von Anfang an wie Hund und Katze, der Liebmann und der Lesage«, sagte Jan, »aber nun fürchte ich, daß es bald auf Leben und Tod zwischen ihnen geht. Und das kann schlimm werden für das Schiff.«

Als ich ihm von der Ursache des Aufruhrs erzählte, von unseren Vorräten im großen Gepäck, sagte er: »Das sollte mich wundern, wenn euer Gepäck hier an Bord wäre. Glaube eher, daß es mit einem anderen Schiff kommt – wenn es kommt. Die haben Schmuggelware geladen, die als Passagiergepäck zollfrei erklärt wird . . .«

So also war das. Gelogen und betrogen hatten sie, Link und unser Neuländer, der Mynheer Groothus. Kein Wunder, daß er schon in Cowes verschwunden war, der treue Freund der Auswanderer! Gewiß hatte er gut verdient an unserer Gutgläubigkeit, und sicher auch an meinen Brüdern, die er an die Soldaten verschachert hatte. Ob sie da die Freiheit gefunden hatten, die sie suchten? Und wir, wo war unsere Freiheit? Für Vater in dem finsteren Loch im Kielraum vor der Last, wo er angekettet war, Hände und Füße in eisernen Ringen? Jan hatte mir beschrieben, wohin sie ihn gebracht hatten. Und für uns mit neun Quadratfuß Platz zum Liegen, weniger als im Sarg bei der letzten Ruhe?

Mich packte eine schreckliche Wut, wenn ich darüber nachdachte. Und Wut war besser als Tränen, Trotz besser als Wehklagen. Schließlich war ich der Sohn meines Vaters.

Mein Vater – ich hatte schon mit Bert und Tom zusammen einen Plan gemacht, wie wir zu ihm vordringen oder ihn sogar befreien wollten. Von der Segelkammer, in der wir das Komplott schmiedeten, konnten wir durch die Last unbemerkt hingelangen. Der Posten, der vor dem Arrestloch aufgestellt worden war, war das einzige Hindernis. Doch der würde bald eingezogen werden, meinte Jan, und so lange wollten wir abwarten.

Aber nach drei Tagen war Vater wieder da. Sie hatten ihn freigelassen, nicht ohne ihn streng zu vermahnen, nie wieder seine Mitreisenden aufzuwiegeln. Sonst, darüber hatte auch der Kapitän keinen Zweifel gelassen, sei sein Leben verwirkt.

Mein Vater war bleich und noch wortkarger als sonst. Freilich hielten sich auch die meisten anderen von ihm fern, aus Angst, selbst in den Verdacht des Aufruhrs zu geraten. Denn keiner wollte sein Leben an der Rahe beschließen. Was ich schließlich aus Vater herausholte, ließ mich vor Wut erzittern: das widerliche Verlies, ein dunkles Loch über dem stinkenden Bilgewasser, voller Ratten, Schaben und Kakerlaken. Die Aussicht, dort noch einmal und vielleicht auf immer eingelocht zu werden, verschloß meinem Vater den Mund. Zum Rebellen war er künftig nicht mehr geeignet.

Das vermag Gewalt.

9. Kapitel

Die Tage vergingen in dumpfem Einerlei. Es war empfindlich kalt, Feuchtigkeit drang durch alle Ritzen und schlug sich an Decken und Wänden nieder. Kleider und Bettzeug waren klamm, auch das tägliche Lüften an Deck, wie es der Obersteuermann befohlen hatte, änderte daran nichts, weil die Sonne fehlte.

Selbst den Wanzen und Flöhen war es zu kalt, und das war das einzig Gute daran.

Der Hunger meldete sich. Viele schlangen die Ration, die für drei Tage reichen sollte, gleich am ersten in sich hinein, um wenigstens einmal das Gefühl der Sättigung zu haben, und hungerten an den folgenden Tagen um so mehr. Das Bier ging aus und wurde durch Wasser ersetzt, das scheußlich nach Schwefel stank.

Die ersten Toten wurden der See übergeben, es waren kleine Kinder. Und es dauerte nicht lange, da gehörte es zum gewohnten Ablauf des Tages, daß frühmorgens einige Männer – zunächst waren es Matrosen, später mußten die Passagiere dieses traurige Amt übernehmen – mit verhüllten Lasten an die Reling traten, der wachhabende Offizier verlas einen Bibelspruch, und die Toten wurden über Bord gehievt und versanken im Meer. Vorerst traten sie ihre letzte Reise noch in einer Hülle aus Segeltuch an, später sparte man Tuch und Bibel.

Zehn Wochen lebten wir nun schon auf dem Schiff, und der Scharbock machte sich bemerkbar. Es begann mit Müdigkeit und Schmerzen in Armen und Beinen, die Gelenke schwollen an, Gaumenfäule, Kopfschmerz und Fieber stellten sich ein. Der Obersteuermann ließ Beutel mit Scharbockskraut ausgeben, die schlimmer Erkrankten erhielten Zitronensaft – aber beides, das scharfe Kraut wie der Saft, bissen so sehr in die wunden Mäuler, daß manche sich weigerten, sie einzunehmen.

Besonders schlimm hatte es den Bruder Jonathan erwischt, der kaum noch sein Lager verließ. Mal war er in Schweiß gebadet, dann wieder schüttelte es ihn vor Kälte. Oft war er ganz verwirrt und so von Sinnen, daß man ihn für betrunken gehalten hätte, wäre nicht sein Vorrat an Portwein längst verbraucht gewesen. Vergeblich versuchte mein Vater, ihm Medizin einzugeben, und auf den Abtritt mußte er mit Gewalt geführt werden. Wie sollte das werden, mit ihm und anderen, wenn die Krankheit weiter fortschritt?

Im Zwischendeck hinter dem Großmast wurde ein Lazarett eingerichtet. Aber es gab keinen Arzt an Bord, nur ein paar Bader und Quacksalber unter den Passagieren, von denen niemand wußte, ob sie ihr Handwerk wirklich erlernt hatten. So ging bald die Rede, das Lazarett sei die Endstation und nur dazu da, den noch Gesunden den Anblick der Sterbenden zu ersparen. Man könne es nur in Segeltuch eingenäht verlassen. Etwas lag in der Luft: die stinkenden Zwischendecks brüteten Unheil aus.

Es begann mit dem nächsten Sturm, der unsere Norddrift beendete. Er fiel eines Nachts über das Schiff her und beutelte es so, daß in unserem Quartier die Hölle losbrach. Wir wurden durcheinander und übereinander geworfen in unseren engen Kojen, alles bewegliche Gut rutschte in der Dunkelheit umher, die Lampen erloschen, das Ächzen der Balken und das Stöhnen der Kranken wurde übertönt von den Schreien derer, die um ihr Leben bangten und glaubten, das Schiff müsse jeden Augenblick untergehen. Hier wurde der Herrgott im Gebet angerufen, dort ein frommes Lied angestimmt, und dazwischen verfluchte einer mit lauter Stimme seinen Entschluß, die Heimat verlassen, oder den, der ihn dazu verleitet hatte: den Bruder, den Ehegatten und vor allem den betrügerischen Neuländer.

Zwar ging das Schiff nicht unter, die Lampen wurden sogar wieder angezündet, aber die Seekrankheit hielt mit aller Macht wieder ihren Einzug. Zu dem Lärm, all dem Stoßen und Gebeuteltwerden kam der Gestank von Erbrochenem und allem, was der Körper in Todesnot von sich gibt. Es war mein Glück, daß mein Vater den Platz mit mir getauscht hatte, ich also nicht mehr neben Bruder Jonathan lag, der über keinen Willen mehr verfügte, seinen Leib zu beherrschen. Ich stieß Tom an, der neben mir lag, wir schlüpften aus der Koje und tasteten uns hinunter in die Segelkammer. Dort blieben wir zwei Tage, so lange der Sturm anhielt, und hatten gewiß das beste Los an Bord gezogen.

Es muß furchtbar im Schiff ausgesehen haben, als der Sturm endlich nachließ. Knöcheltief stand das Wasser im Mittelgang, obwohl die Luken geschlossen waren, darin schwammen Kleider und Schuhe umher. Es hatte sogar Tote gegeben, auch bei uns: Bruder Jonathan war aus seinem Dämmerschlaf nicht mehr erwacht. Es sei schrecklich gewesen, sagte mein Vater, den Dreck zu sehen, in dem er gelegen habe. Am schlimmsten wären die Läuse gewesen, die ihm aus Haar und Hemdkragen gekrochen seien wie Regimenter in Schlachtordnung. Man habe alles, was er bei sich gehabt habe, gleich mit in die See versenkt. Und als die Decks und Quartiere, sobald Wetter und See sich beruhigt hatten, mit brennendem Teer ausgeräuchert und mit Essigwasser ausgewaschen wurden, wusch mein Vater gleich seine eigene Decke und Kleidung in einer starken Lösung mit. Ich aber dankte Gott und dem alten Jan, daß ich das Schlimmste nicht hatte miterleben müssen.

So oft ich darankommen konnte, hatte ich Scharbockskraut gekaut und Zitronensaft getrunken. Aber der Proviantmeister rückte nichts mehr heraus, es hieß, der Rest müsse für die Besatzung bleiben. Dennoch blieb ich von der Krankheit verschont, vielleicht auch deshalb, weil mir Jan des öfteren einen Becher Franzwein zu trinken gab, der mit geriebenem Meerrettich vermengt war. Das Zeug brannte furchtbar, ich glaubte, der Kopf müsse mir platzen, aber es half, und ich fühlte mich jedesmal besonders gut danach.

Nach dem Sturm segelten wir südliche Kurse, und es wurde merklich wärmer. Die Stückpforten wurden geöffnet, wenn die See ruhig war, wir konnten uns an Deck aufhalten, die Menschen atmeten auf und schöpften wieder Hoffnung. Hin und wieder wurde sogar gesungen, Caspar Graff holte seine Fiedel hervor und spielte zum Tanz auf. Das war ein Bild, wenn er auf dem Ankerspill saß, ein Bein über das andere geschlagen, und fiedelte, und um ihn herum tanzte eine Gruppe von Unentwegten, Burschen und Mädchen, während das Backsdeck bis zum letzten Winkel voll war von luft- und sonnenhungrigen Zwischendecklern. Darüber stiegen die Masten in den blauen Himmel, ein linder West blähte die Segel und harfte im Takelwerk, eintönig rauschte die Bugwelle zum hungrigen Schrei der Möwen. An solchen Tagen war die Welt schön.

Dann wieder kamen Tage und Nächte, in denen die See rauher war, das Wetter wechselnd. Die Stückpforten mußten geschlossen werden, der Aufenthalt an Deck wurde ungemütlich. Es hieß, wir kreuzten gegen den ständigen Westwind an, kämen aber unserem Ziel kaum näher. Es blieb warm, und mit der Wärme kam immer mehr Leben in unser Trinkwasser. Es stank immer scheußlicher und war von langen dunklen Fäden durchzogen. Aber der Seewind, die salzige Kost, Dörrfisch und Pökelfleisch, machten einen solchen Durst, daß ich die faulige Brühe mit Todesverachtung – und zugehaltener Nase – hinunterkippte.

Inzwischen verstand ich Tom schon ziemlich gut, wenn ich auch selbst noch wenig Englisch sprechen konnte. Ich wußte, daß er aus Longford in Irland stammte, aber lange in Liverpool gelebt hatte, wo sein Vater Hafenarbeiter gewesen war. Vor drei Jahren waren sie dann nach Irland zurückgekehrt, weil der Großvater gestorben war und der Vater den Hof übernehmen mußte. Aber die Abgaben an die englischen Landlords, die Entrechtung und Unterdrückung der katholischen irischen Bauern seien so schlimm gewesen, daß sich der Vater schließlich zur Auswanderung nach Amerika entschlossen habe – wie so viele arme Bauern in Irland. Die Mutter war schon bei Toms Geburt gestorben, Geschwister hatte er nicht, Tom hatte immer mit seinem Vater zusammengelebt und konnte sich ein Leben ohne ihn gar nicht vorstellen.

Darin waren wir uns einig, in all unseren Plänen und Vorstellungen vom Leben in der Neuen Welt spielten unsere Väter die Hauptrolle. Nie wären wir auf den Gedanken gekommen, wir könnten oder müßten dort von ihnen getrennt oder gar ohne sie leben. Tom wollte am liebsten ein Handwerk erlernen. Mal meinte er, Zimmermann wäre das richtige, weil er an Haus und Ställe dachte, die er auf dem eigenen Stück Land errichten wollte. Dann wieder dachte er an das Gerät, das sie brauchen würden, und meinte, er könne ja Schmied oder Wagner werden.

So nüchtern waren meine Träume nicht, obwohl die rauhe Wirklichkeit sie schon gestutzt hatte. Wie gern hätte ich ihn weitergeträumt, meinen Traum vom Wächter und Beschützer, der im hohen Wipfel Auslug hielt, während die andern rodeten und pflügten, und vom Jäger, der sie ständig mit frischem Wildbret versorgte. Aber er stimmte ganz und gar nicht mehr, weil meine

Brüder nicht mehr da waren und der Vater nur mich noch hatte für all die schwere Arbeit, die es zu verrichten galt, wollten wir je zu eigenem Grund und Boden kommen. Freilich, Änne konnte gewiß auch arbeiten, besser als ich, und das bißchen Essenkochen mußte eben Katrin übernehmen. Und doch hatte die Aussicht, jeden Fußbreit Acker erst aus dem Urwald schlagen und graben zu müssen, keinen so großen Reiz für mich. Lieber wollte ich auf unbekannten Pfaden, die Büchse über der Schulter, mit meinem Vater durch das Land streifen. Bis wir jenseits der Berge in ein liebliches Tal und an die verlassene Hütte kamen, wo der alte Einsiedler gelebt und seinen Schatz vergraben hatte, den er in jungen Jahren als Pirat erworben haben sollte. Erworben war vielleicht nicht das richtige Wort, aber der Schatz wartete nun schon so lange auf den glücklichen Finder, und warum sollten nicht wir . . .

Tom lächelte meist gutmütig über solche Spinnereien. Er war fast zwei Jahre älter als ich, seine Stimme klang schon tief, Oberlippe und Wangen waren von rötlichem Flaum bedeckt, während bei mir noch alles glatt war; höchstens daß meine Stimme schon einmal überschnappte, wenn ich aufgeregt war. Vor allem war Tom nüchterner als ich, mit praktischem Sinn begabt und geschickt mit den Händen. Ich konnte mir gut vorstellen, daß er seinem Vater in allem eine gute Hilfe war – während ich mir selbst nicht allzuviel zutraute.

Eines Abends hockten wir wieder einmal unter der Nagelbank vor dem Fockmast, in unser Gespräch vertieft. Es war kühl geworden, der Westwind hatte aufgefrischt und trug ein dunkles Wetter heran, unter dem die Abendsonne noch einmal hervorleuchtete. Sie warf ihre Strahlen über die unruhige See und zauberte ein funkelndes Licht in die Schaumkronen der Wellen. Nordwärts, wohin unser Kurs führte, stand schon eine schwarze Wand am Himmel. Mich fröstelte, wir waren die einzigen Passagiere an Deck.

Eben wollte ich mich erheben, als ein heftiger Wortwechsel in unserm Rücken uns aufmerken ließ. Es war die Stimme des Obersteuermanns, der in scharfem Ton sagte: »Was wissen Sie schon davon, Liebmann. Haben Sie je eine solche Seuche erlebt, ich meine, an Bord eines derart überladenen Schiffes? Isolieren? Wen wollen Sie isolieren? Was nützt es Ihnen, wenn Sie die Kranken ins Lazarett packen, und die Pfleger stecken sich und andere an? In weniger als drei Tagen platzt Ihr Lazarett aus den Nähten, und Sie haben die Seuche im Schiff. Auch in der Besatzung, ja, Sie und ich sind ebenso in Gefahr. Ich sage Ihnen, heute haben Sie zwanzig, morgen fünfzig, übermorgen hundert Schwerkranke an Bord. Finden Sie das christlich?«

»Christenpflicht ist es, die Kranken zu pflegen, so gut und so lange es geht, Herr Lesage«, erwiderte Liebmann ruhig. »Bis jetzt sind es zwölf Fälle, bei einigen wissen wir es noch nicht, wir nehmen sie aber aus Vorsicht ins Lazarett, damit sie nicht andere anstecken. Wo wollen Sie denn hin mit den Kranken?«

»Mann, seien Sie nicht so begriffsstutzig«, Lesage dämpfte seine Stimme, aber ich konnte ihn gut verstehen, »ins Boot natürlich, in den Kutter meinetwegen, Segel gesetzt und ab dafür! Wenn der Wind anhält, sind sie in zwei Tagen auf den Bermudas, und wenn er dreht, erreichen sie die Küste oder die Bahamas . . .«

»Bei dem Wetter! Sind Sie von Sinnen, Lesage?« Liebmann konnte seinen Zorn nicht länger meistern. »Sie schicken sie in den sicheren Tod!«

»Es ist besser, ein Dutzend Kranke zu opfern, als fünfhundert Gesunde der Seuche preiszugeben! Machen Sie sich doch nichts vor!«

»Auf keinen Fall, Herr Lesage! Wenn Ihre Befürchtungen gerechtfertigt sind, dann gibt es nur einen Weg: sofort den nächsten Hafen anlaufen und die Leute in ein Spital einliefern!«

»Den nächsten Hafen! Glauben Sie, die lassen uns an Land? Jeder Hafenkommandant legt unser Schiff in Quarantäne, vierzig Tage, bis sich die Seuche ausgetobt hat. Wissen Sie das nicht? Außerdem, wie wollen Sie mit Ihrem verrückten Nordkurs einen Hafen erreichen? Seit Tagen rede ich auf den Alten ein, er soll sich endlich für einen südlichen Kurs entscheiden, aber Sie . . .«

»Sie wissen genau, warum ich den Nordkurs für richtig halte,

Herr Lesage: Wir stehen kurz vor den Roßbreiten, und wenn wir in eine der großen Windstillen geraten und womöglich wochenlang in der Hitze herumliegen, dann – ja, dann haben wir die Seuche mit Sicherheit an Bord, von Hunger und Skorbut einmal ganz abgesehen. Nein, Herr Lesage«, die Stimme des jungen Steuermanns drückte feste Entschlossenheit aus, »solange ich an Bord dieses Schiffes bin, wird niemand ausgesetzt, schon gar nicht hilflose Kranke!«

»Solange Sie . . .!« zischte Lesage, außer sich vor Wut. Doch dann beherrschte er sich, und seine Stimme klang ruhig, gefährlich ruhig, als er sagte: »Ich warne Sie, Liebmann: Kein Wort über unser Gespräch dem Kapitän gegenüber! Sonst . . .« Er brach ab.

Selbstbewußt erwiderte Liebmann: »Das überlassen Sie wohl mir, Herr Lesage. Gute Wache. Ich löse Sie um Mitternacht ab.« Hohl klangen seine Schritte auf dem Gitterwerk des Laufgangs. Täuschte ich mich, oder murmelte Lesage etwas zwischen den Zähnen? Es klang wie: »Sacré nom d'un chien! Fini!«

Das hatte ich oft genug von den französischen Soldaten gehört, wenn sie Karten spielten und verloren. Es hieß so etwas wie »verfluchter Hund« und »Schluß«. Schluß? Womit?

Wir drückten uns unter die Nagelbank und lauschten mit angehaltenem Atem, bis sich auch die Schritte des Obersteuermanns entfernten. Dann huschten wir über das Deck und den Niedergang hinunter in unsere Koje. Nicht auszudenken, wenn der Teufel uns erwischt hätte! Ich hätte zu gern mit meinem Vater über das Erlebnis gesprochen, doch er lag schon in einem unruhigen Schlummer. Es ging ihm in letzter Zeit nicht gut, der Scharbock machte ihm zu schaffen. Oder war es gar schon das Schiffsfieber, vor dem alle zitterten? Ich nahm mir vor, am nächsten Morgen gleich mit ihm zu reden, sobald wir sicher waren, nicht belauscht zu werden. Lange konnte ich nicht einschlafen, und der Teufel verfolgte mich bis in meine Träume.

Mitten in der Nacht erwachte ich vom Getrappel vieler Füße und lauten Rufen an Deck. Es hörte sich an wie »Mann über Bord«. Aber ich war so müde, daß ich gleich wieder einschlief.

Am andern Morgen erfuhren wir, daß in der Nacht bei schwerem Wetter ein Seemann vom Backsdeck in die See gestürzt war. Es war der Untersteuermann, Herr Liebmann.

10. Kapitel

Die Angst verschloß mir den Mund. Meinem Vater ging es am Morgen so schlecht, daß er nicht aufstehen mochte. Wozu sollte ich ihm mit meiner Geschichte das Herz schwer machen? Es wäre auch keine Gelegenheit dazu gewesen, denn wir waren nie allein. Als er vom Tode des Steuermanns erfuhr, sagte er nur: »Welch ein Unglück! Das war ein guter Mensch.«

Tom war gerade zum Wasserholen, als die Nachricht kam. Er mußte sie wohl draußen erfahren haben. Denn er sah mich, als er zurückkam, nur mit erschrockenen Augen an und raunte mir zu: »Schon gehört?«

Ich nickte. »Glaubst du ...?«

Tom zuckte die Achseln und legte den Zeigefinger auf die Lippen. Er hatte recht, *ein* falsches Wort konnte uns schon in des Teufels Küche bringen.

Der Bootsmann übernahm die Wache des Untersteuermanns. Der Kapitän ging mit unbewegtem Gesicht durch die Quartiere, was lange nicht geschehen war. Es wurde allerlei gemunkelt in den Zwischendecks, hinter der vorgehaltenen Hand. Nur wenn der Obersteuermann in der Nähe war, erstarb jedes Gespräch.

Noch in der Nacht hatte das Schiff gewendet und war auf Südkurs gegangen.

Bert sagte: »Hier tut jeder so, als hätte der Erste den Zweiten umgebracht. Was für ein Unsinn! Warum sollte er wohl? Nur weil Lesage ein scharfer Hund ist, wird ihm sowas angehängt. Aber was sollte wohl aus dieser Hammelherde werden, wenn er nicht so wäre?«

Bert hatte sich in letzter Zeit wenig sehen lassen. Wenn ich ihn fragte, wo er gesteckt habe, hatte er abgewinkt. Mal hier, mal dort, er tue sich eben gern ein wenig um unter den vielen Menschen.

Ich weiß nicht, was mich davon abhielt, ihm von dem Streit der beiden Steuerleute zu erzählen. Aber ich fragte ihn: »Man sagt, wir hätten das Schiffsfieber an Bord. Stimmt das? Du kommst so viel rum, müßtest es doch wissen.«

Er wurde grau im Gesicht. »Die verfluchte Seuche!« stöhnte er. »Macht einen schon fertig, eh man sie hat. Immerzu beobachte ich mich, es ist verrückt. Wenn ich vor etwas Angst habe, dann davor, so zu verrecken!« Er lachte ärgerlich auf. »Ach was, die paar Fälle hier, die hat Lesage fest im Griff. Müssen eben streng isoliert werden. Der Teufel wird's schon machen.«

Mir lief es kalt den Rücken herunter bei seinen Worten. Der Teufel – hatte er uns alle schon im Griff?

Am nächsten Tag sah ich dem alten Jan beim Segelflicken zu. Er saß mit dem Rücken am Mast, der Schatten des Großsegels fiel über uns, es war angenehm kühl. Ich war halb unter den Kutter gekrochen, der kieloben an Deck auf Klampen lag, so daß mich niemand von den Laufgängen her sehen konnte. Jan stach mit dem Pricker Löcher in das knochenharte Segeltuch, bevor er die Ringe und Schlaufen annähte.

Ich vertraute Jan ganz und gar. Aber das Eisen war zu heiß, es mit der ganzen Hand anzufassen, deshalb nahm ich die Fingerspitzen: »Die beiden hatten wieder Streit miteinander, nicht wahr?«

Jan nickte.

»Worüber denn?«

»Das weiß man nicht. Nur, daß sie sich angegiftet haben, als Lesage Wache hatte. Der Maat Mills hat es gehört, aber nicht verstanden, war zu weit weg.«

»Muß ein toller Sturm gewesen sein in der Nacht.«

»Halb so schlimm.«

»Aber wie ist das möglich – so ein erfahrener Seemann ...«

Jan würgte den Pricker durch das Gewebe, besah sich das Loch und fuhr mit dem Finger darüber. »Weißt du, mein Junge«, sagte er bedächtig, »es passiert manches auf See. Ich habe es erlebt, es war auf der *Juffer Johanna* in der Biskaya, daß eine Sturzsee den Bootsmann von der Back schlug, und da war nichts zu machen, obwohl es am hellichten Tage geschah. Und auf der *Maibloom* riß ein Taifun in der Sundastraße mitsamt der Großrah den Alten in die kochende See. Aber hier«, er fädelte umständlich ein neues Ende Garn ein, »hier gab es keine Sturzsee und keinen Taifun, nicht mal 'nen Hurrikan. Nur ein bißchen Seegang und Wind.«

»Das heißt, daß . . .« Ich kniff die Lippen zusammen und sah ihn bedeutungsvoll an.

»Das heißt gar nichts. Er kann ausgeglitten sein. Er kann sich beim Festmachen einer Leine zu weit vorgebeugt haben; wenn dann das Schiff stark krängt oder plötzlich in ein Wellenloch fällt, und er hat keine Hand frei, liegt er drin. Es ist besser, wenn du dir darüber keine Gedanken machst, mein Junge. Das überlaß dem Kapitän.«

»Meinst du – hat der sich Gedanken gemacht?«

»Er hatte seine Gründe dafür, gute Gründe.«

Ich sah ihn fragend an. Er ließ die Hände sinken und sagte leise: »Eigentlich gab es keinen Grund für den Obersteuermann, bei vier Glasen noch einmal an Deck zu gehen, wo der Zweite Wache hatte. Aber er ist gegangen. Jemand, dessen Name nicht preisgegeben wird, hat ihn gesehen. Nicht auf der Back, aber auf dem Wege dorthin. Er behauptet, das Schlagen des Großsegels hätte ihn gestört und da habe er nachsehen wollen, ob etwas lose gehe. Der Kapitän hat die ganze Wache vernommen, aber nichts Genaues herausbekommen. Schließlich hat er zum Obersteuermann gesagt, er müsse den ziemlich unerklärlichen Fall auf sich beruhen lassen. Aber es werde in Philadelphia eine Verhandlung vor dem Seegericht geben, dann könne und müsse Herr Lesage sich verantworten.«

»Aber wenn ihn einer gesehen hat – warum wird sein Name nicht genannt?«

»Damit nicht noch mehr Leute über Bord fallen, du Esel!«

So war das also. Und nun hatte ich gar keinen Mut mehr, Jan

Einzelheiten von dem Wortgefecht auf der Back zu erzählen. Tom und ich, wir waren die wichtigsten Zeugen, die den Obersteuermann belasten konnten. Und da Tom wenig verstanden hatte, blieb die Sache an mir hängen. Es schien mir am besten, überhaupt nicht mehr darüber zu reden. Und darin war ich mir mit Tom einig.

Doch nun geschahen Dinge an Bord, die dieses Ereignis in den Hintergrund treten ließen. Zunächst war es der Hunger, der unser Leben immer mehr überschattete und selbst die starken Naturen zu bezwingen drohte. Ich kannte mich selbst nicht wieder. Wo ich ging und stand, in meinen Wachträumen und des Nachts im Schlaf, all mein Fühlen und Denken drehte sich nur noch ums Essen. Früher hatte es doch das Gefühl der Sättigung gegeben, dieses wohlige Empfinden in der Magengegend, das einen faul und müde machte und alles Unangenehme vergessen ließ. Mit vollem Magen hatte die Welt einfach anders ausgesehen. Aber jetzt – ich war mir selbst zuwider, wenn sich vor alles Denken die Bilder der Erinnerung schoben, der Erinnerung an Mutters Küche und die herrlichen Düfte, die von ihr ausgegangen waren. Dabei war es nicht einmal das gute Essen, das war ja daheim selten gewesen – es war das reichliche Essen, der dampfende Kohltopf, die steife Grütze mit Backobst und Butter, um die meine Gedanken kreisten wie die Motten ums Licht. Ja selbst die Saubohnen, in denen ich oft genug nur herumgestochert hatte, erschienen mir jetzt als Himmelsgabe, hätte ich sie nur gehabt.

Sorge machte mir mein Vater. Der Scharbock setzte ihm zu, Knie und Handgelenke waren geschwollen und schmerzten, er fühlte sich so matt, daß er meist in der Koje lag, und es hatte sich bereits Blut im Stuhl gezeigt. Die unnatürliche Röte im Gesicht ließ vermuten, daß er Fieber hatte – doch er sprach nie davon und tat immer so, als wäre es nur eine vorübergehende Schwäche.

Eines Tages wurde Herr Elster, der bankrotte Kaufmann aus Frankfurt, dabei erwischt, daß er von den spärlichen Rationen seiner Backschaft einen Teil für sich beiseite brachte. Mir war schon aufgefallen, daß er sich in letzter Zeit so oft freiwillig zum Essenholen gemeldet hatte, obwohl er nicht an der Reihe war.

Erst wollten wir die Geschichte unter uns erledigen und der diebischen Elster einen Denkzettel verpassen. Aber alle fühlten sich eigentlich schon zu schwach für eine solche Anstrengung, und wie es geschah, wußte keiner so recht – jedenfalls erfuhr der Obersteuermann von der Sache. Er fackelte nicht lange, der Dieb wurde vom Kapitän zu zwei Dutzend Peitschenhieben verurteilt.

Es war nicht das erstemal, daß die neunschwänzige Katze Arbeit bekam, nur hatten wir nichts davon gesehen, weil es die Mannschaft betraf. Erst kürzlich war der Bootsmannsmaat mit der Katze gestrichen worden – so hieß es –, weil er Herrn Lesage widersprochen hatte und frech geworden war. Es war nicht gut, sich mit dem Teufel anzulegen, und schon raunte man, der Maat MacDonald werde der nächste sein, der in einer stürmischen Nacht über Bord gehe.

Unsere ganze Gruppe sollte dabeisein, als Herr Elster seine Strafe erhielt. Selbst mein Vater mußte aufstehen und sich an Deck schleppen – ich glaube, es hat viel zur Verschlimmerung seiner Krankheit beigetragen. Denn was wir sahen, war furchtbar.

Der schlotternde Dieb wurde, mit entblößtem Oberkörper, an zwei Haken in der Wand zum Quarterdeck gebunden. Er hing mit hochgereckten Armen, so daß seine Fußspitzen den Boden eben berührten, das Gesicht dem Holz zugewandt. So konnte er sich unter den Schlägen der Peitsche nicht aufbäumen.

Der Kapitän stand mit unbewegtem Gesicht dabei und verlas die Strafe: vierundzwanzig Peitschenhiebe für das schlimme Vergehen des Kameradendiebstahls. Der Obersteuermann gab das Kommando, und der Konstablersmaat hob die Peitsche und schlug zu. Ich schloß die Augen und knirschte vor Aufregung mit den Zähnen. Dann hörte ich es klatschen und im selben Augenblick das Brüllen des Verurteilten, das mir den Schweiß aus den Poren trieb. Als ich die Augen öffnete, sah ich neun rote Striemen auf dem nackten Rücken von Herrn Elster, aus denen viele kleine rote Blutstropfen hervorquollen.

Dreiundzwanzigmal wiederholte sich das entsetzliche Schauspiel. Erst das eiskalte Zählen des Obersteuermanns: »Zwei . . .«, »drei . . .«, »vier« und so fort – so unbeteiligt konnte wirklich nur des Teufels Stimme in solcher Lage klingen –, dann das Klatschen und gleich darauf das Schmerzgeheul des Gepeinigten, das mehr und mehr in ein Wimmern überging und schließlich ganz verstummte. Längst hatte ich ihm seinen Diebstahl vergeben und wünschte nur noch das Ende seiner Qualen herbei. Ich konnte nicht mehr hinsehen, nicht mehr hinhören und hatte doch nur zwei Hände, sie vors Gesicht zu schlagen und mir die Ohren zuzuhalten.

Als das Gewimmer verstummte und nur noch die eisige Stimme des Teufels und das Klatschen der Peitsche zu hören war, wagte ich einen Blick und sah, was die Exekution von Herrn Elster übriggelassen hatte: leblos hing er auf dem Gitter, der Kopf war zur Seite gesunken, der Rücken über und über von blutigen Striemen bedeckt, Hautfetzen voll schwarzen, geronnenen Blutes hingen herab.

Die letzten Hiebe trafen nur noch den ausgemergelten Körper des Verurteilten, er spürte sie nicht mehr. Wie durch einen Nebel hörte ich den Obersteuermann sagen: »Merkt euch das. So ergeht es jedem, der seinen Mitreisenden die Nahrung stiehlt oder sich sonst gegen die Schiffsordung vergeht. Ihr könnt gehen, aber nehmt ihn mit.«

Was dann mit Herrn Elster geschah, sah ich nicht mehr. Wie benommen wankte ich nach unten, warf mich auf mein Lager und zog die Decke über den Kopf. Ich wollte nichts mehr hören und sehen, aber ich konnte die Bilder des Grauens nicht loswerden und nicht die Stimme des Gepeinigten, die ich immer noch im Ohr hatte. So sehr ich mich auch mühte, das Entsetzen saß mir in den Gliedern, wie eine schwere Last lag es auf mir und drückte mir die Luft ab. In Wellen rollte es auf mich zu, der Anblick des Geschundenen vermischte sich mit den Bildern meiner Phantasie, jetzt schüttelte es mich vor Kälte und Angst, dann wieder schien mir der Kopf zu platzen vor Hitze – ich wälzte mich stöhnend hin und her. Das Fieber hatte mich in seinen Fängen.

11. Kapitel

Von der folgenden Zeit – es müssen Wochen gewesen sein – weiß ich wenig. Ich merkte nicht, wie die Leiche des Ausgepeitschten, der nicht wieder zum Bewußtsein erwacht war, hinausgetragen und den Wellen übergeben wurde. Noch spürte ich, wie Tom mich in der Nacht den Niedergang hinunterschleppte und mich, mit Jans Hilfe, in die Segelkammer brachte. Ich lag zwischen Leben und Tod, und wenn ich daran zurückdenke, glaube ich wirklich, daß es Zeiten gibt, in denen sich die Seele vom Körper löst, eine Zone des Übergangs, einen Zustand zwischen Leben und Sterben, wo es ungewiß ist, wohin der Weg führt.

Traum und Wirklichkeit vermischten sich, gingen ineinander über. Gewiß gab es zwischendurch Stunden, in denen mir meine Lage bewußt war. Dann tauchte ich auf wie aus einem tiefen Brunnen, sprach mit Tom, der mir zu trinken gab, auch wohl mit Jan und einmal sogar, daran erinnere ich mich genau, mit Änne. Sie hatte nicht locker gelassen und Tom so lange zugesetzt, bis er sie mit in die Segelkammer nahm – und sie sah wohl, daß ich dort besser aufgehoben war als im verseuchten Zwischendeck, vom Lazarett ganz zu schweigen. »Sei froh, daß du hier bist«, sagte sie, »da oben ist's fürchterlich.« Und Jan erzählte mir, daß wir in einer totalen Windstille festlägen, in den verdammten Roßbreiten, wie er sich ausdrückte, unter sengender Sonne.

Daran konnte ich mich nach und nach wieder erinnern, später, als alles vorüber war. Doch damals sank ich immer wieder, mit den Wellen des Fiebers, hinab in die Tiefe von Traum und Bewußtlosigkeit. Dann bedrängten mich die Bilder, der Teufel verfolgte mich durch das ganze Schiff, ich floh in die letzten Winkel und fühlte ihn dennoch hinter mir. Einmal warfen sich mein Vater und meine Brüder ihm entgegen, ich hörte deutlich das Klirren von Eisen, als der Teufel ihnen mit dem Säbel die Hacken und Äxte aus der Hand schlug, mit denen sie ihm zu Leibe wollten. Schließlich zog er zwei Pistolen aus dem Gürtel und schoß alle drei nieder. Ich erwachte vom Knall der Schüsse, hörte das

Schreien der Getroffenen und versank wieder in einem tiefen Brunnen.

Dann war es der Schlaf der Genesung, der mich der rauhen Wirklichkeit entrückte. Die Bilder des Schreckens wichen allmählich freundlicheren Träumen, in denen mir mein Freund Jörg oder meine Mutter nahe waren. Ich nahm wieder Nahrung zu mir, fühlte mich leicht und fand nach und nach ins Leben zurück. Schließlich verspürte ich Hunger, erhob mich mit zitternden Knien und tastete mich aus der Segelkammer bis zum Niedergang. Dort mußte ich mich setzen und erst einmal Kraft schöpfen, ehe ich den Aufstieg beginnen konnte.

Am Zwischendeck schlich ich vorbei, denn ich wollte nicht gesehen werden. Als ich das Batteriedeck erreichte, kam mir Tom mit seinem Vater entgegen, sie trugen eine halbverhüllte Gestalt zwischen sich, vermutlich einen Toten. Tom erschrak, als er mich sah, setzte sogleich seine Last ab und drängte mich zur Seite. Er wollte wohl nicht, daß ich den Toten sah in meiner Schwäche.

Ich aber wehrte mich gegen soviel Fürsorge, trat an den Toten heran und sah ihm ins Gesicht. Es war seltsam eingefallen, obwohl die Lippen aufgequollen waren, schwarz lag die Zunge in der Mundhöhle. Es war ein erschreckender Anblick, aber irgendwie berührte er mich nicht, ich kannte den Toten nicht und war dem Leben zugewandt. Trotzdem folgte ich einer plötzlichen Regung und ging mit hinauf an Deck. Toms Vater sprach ein kurzes Gebet in seiner irischen Muttersprache, das ich nicht verstand, dann ließen sie den Toten hinabgleiten in die Flut. Erst jetzt sah ich, daß wir Fahrt machten. Ich blickte an den Masten hinauf und sah die Segel vom Wind gewölbt. Wir fuhren!

Ich ging hinab in unser Quartier. Es war leer geworden. Fragend sah ich Tom an, er zuckte die Achseln und sagte: »Du warst lange fort. Es ist viel geschehen inzwischen. Sei froh, daß du es nicht miterleben mußtest.«

»Wo ist mein Vater?« fragte ich, unruhig geworden.

Tom sah mich traurig an, hob die Hände zu einer hilflosen Gebärde, sagte aber nichts.

»Nun sag schon«, drängte ich, »wo ist er? Du mußt es doch

wissen. Ist er noch krank?« Mir kam ein furchtbarer Gedanke. »Im Lazarett etwa?«

»Du hast ihn doch gesehen«, erwiderte Tom gequält, »warst doch dabei ...«

»Wobei?« schrie ich. »Was habe ich gesehen?«

Tom wandte sich ab. Er konnte es mir nicht sagen. Aber ich – langsam fing ich an zu begreifen. Er meinte den Toten, den sie in die See gesenkt hatten.

»Das ... das war mein Vater?« stammelte ich.

Tom nickte.

Ich wandte mich um und ging, so schnell mich meine wackligen Beine trugen, hinunter in die Last, tastete mich in die Segelkammer und warf mich auf das Lager, das so lange mein Krankenlager gewesen war. Jetzt konnte ich niemanden sehen, mit niemandem sprechen. Ich mußte allein sein mit meinem Entsetzen, meinem Schmerz und mit meiner Selbstanklage, so schrecklich versagt zu haben. Da hatte ich meinen Vater zur letzten Ruhe geleitet – ohne eine Träne, ja ohne einen Gedanken an ihn zu verschwenden. Der Vorgang war mir gleichgültig gewesen!

Wie war das möglich? Hätte ich ihn nicht erkennen müssen, ja, hätte mir nicht Toms Verhalten zu denken geben müssen? War mir mein Vater nicht so nahe, daß ich ihn auch im Tode erkennen mußte? Erst später habe ich gelernt, wie tief die Kluft ist, die einen Lebenden von einem Toten trennt.

Jetzt aber starrte ich in das Dunkel und quälte mich mit der Frage, warum ich etwas unterlassen hatte, was ich nie mehr nachholen konnte. Denn nun konnte ich ihm nicht mehr sagen, was mir so schmerzhaft bewußt wurde. Darum sehe jeder, der einen Menschen liebhat, daß er es ihm beizeiten sage.

Als ich die Fruchtlosigkeit meiner Gedanken einsah, ging ich zu Änne. Sie mußte aus dem Lazarett geholt werden, wo sie die Kranken und die Sterbenden pflegte. Sie legte den Arm um mich.

»Gut, daß du wieder auf den Beinen bist«, sagte sie. »Der Vater hat es noch erfahren, daß es dir besser ging. Er hat sehr gelitten, der Tod war eine Erlösung für ihn. Jetzt hast du nur noch mich, Bub, und die Katrin ...«

Katrin, Katrein, bist noch so klein! hörte ich unsere Mutter singen. Wie lange war das her? »Wo ist sie?« fragte ich. »War sie auch krank?«

Änne nickte. »Sie hat das Fieber gut überstanden. Seit ein paar Tag hilft sie in der Küche, da kriegt sie zu essen und kann sich aufpäppeln.«

»Und du«, fragte ich, »bist du gar nicht krank gewesen?«

»Hatte keine Zeit«, erwiderte Änne und lächelte. Und nun fand ich auf einmal, daß sie schön aussah.

Ja, unsere Änne – nie war sie mir so nahe gewesen wie jetzt, da sie Vater und Mutter ersetzen mußte. Sie hatte soviel Leid gesehen, daß sie an das eigene keine Gedanken verschwendete. »Hilf anderen«, hat sie einmal gesagt, »so hilfst du dir selbst.«

In mir aber war alles leer. Ich hockte auf meiner Pritsche und tappte mit meinen Gedanken umher wie ein Blinder. In der Nacht fand ich keinen Schlaf, das Bild des Toten wich nicht von mir.

Früh am Morgen ging ich an Deck, um Luft zu schöpfen. Da saß Tom schon auf dem Kranbalken und wartete auf mich. Als ich mich zu ihm setzen wollte, sah ich den Kapitän auf uns zukommen. Ich erschrak, aber er ging vorbei, ohne auf uns zu achten.

»Was macht er hier?« fragte ich Tom; denn sonst hatte der Kapitän sich selten hier blicken lassen.

»Es ist seine Wache«, erwiderte Tom. »Er hat die Wache des Obersteuermanns übernommen.«

»Und – Lesage, der Teufel? Wo ist er?«

Tom sah mich an und nickte. »Ja, du bist lange weg gewesen. Es hat sich viel verändert an Bord, sehr viel. Jetzt fahren wir wieder. Aber als wir in der großen Flaute festlagen, mehr als drei Wochen, da war der Teufel los. Er wollte das Schiff holen . . .«

»Du spinnst«, sagte ich ärgerlich, »sprich nicht in Rätseln, sondern erzähl, was los war!«

»Es ist, wie ich sage«, beharrte Tom, »der Teufel hat versucht, das Schiff in die Hand zu bekommen . . .«

»Meuterei«, stieß ich hervor. »Lesage – unmöglich!«

»O doch, es war sehr wohl möglich. Und es wäre ihm auch gelungen, wenn nicht der Maat MacDonald gewesen wäre und Bert, dein Freund Bert. Obwohl«, fügte er nach einer Pause hinzu, »mit dem Bert stimmt irgendwas nicht, finde ich. Aber das ist nicht meine Sache.«

»Erzähl«, drängte ich, »aber der Reihe nach!«

Es war nicht leicht für Tom, die verworrenen Ereignisse darzustellen. Immer wieder mußte ich nach diesem oder jenem fragen, und doch blieb manches dunkel, was Tom nicht wußte und vielleicht auch sonst keiner der an Bord Gebliebenen erklären konnte.

Während der großen Windstille in den Roßbreiten hatten tatsächlich Tod und Teufel auf dem Schiff getanzt, jeder von ihnen wollte es haben, und es war ein Wunder, daß sie es am Ende beide nicht bekommen hatten. Der Tod freilich hatte reiche Ernte gehalten, weil die Seuche sich in der brütenden Hitze schnell ausbreitete. Weit über hundert Tote hatte die grüne See bekommen, und es muß furchtbar gewesen sein, wenn die nachts versenkten Leichen am Morgen um das Schiff trieben, weil es kein Segeltuch mehr gab und keine Steine, sie zu beschweren.

Der Obersteuermann Lesage hatte die Meuterei von langer Hand vorbereitet. Zwei Dutzend Männer hatte er dafür in aller Heimlichkeit gewonnen, zur einen Hälfte Seeleute, zur anderen Passagiere. Nur einen hatte er nicht gewinnen können: den Maat MacDonald. Der hatte ihm ins Gesicht gesagt, schon auf Lesages erste Andeutung hin: das laufe auf Meuterei hinaus, und auf ihn könne er nicht rechnen. Im Gegenteil, beim ersten Anzeichen werde er, der Maat MacDonald, es vor den Kapitän bringen. Der Teufel hatte ihn daraufhin schikaniert, wo er nur konnte, und es schließlich fertiggebracht, nach einem scharfen Wortwechsel, daß der Maat vom Kapitän wegen Widersetzlichkeit bestraft wurde.

Lesage hatte wohl geglaubt, der Maat werde klein beigeben oder sich nach dieser ungerechten Strafe vom Kapitän abwenden. Aber er hatte sich in ihm verrechnet. Nach außen hin zwar hielt sich MacDonald zurück, aber er blieb dem Obersteuermann wie ein Spürhund auf den Fersen. Fetzen von Gesprächen, in der Dunkelheit erlauscht, verdächtige Äußerungen und geheime Treffen in den tiefsten Winkeln der Last gaben ihm Gewißheit, aber er konnte noch nichts beweisen. Erst als der Obersteuermann sich vom Waffenmeister den Schlüssel zur Waffenkammer geben ließ – er wolle Seevögel schießen, um endlich einmal frisches Fleisch auf den Tisch zu bekommen –, wußte MacDonald, daß seine Stunde geschlagen hatte. Und während Waffen und Munition an die Meuterer ausgegeben wurden, weckte er den Kapitän.

Es war eine schwüle Nacht, seit einer Woche lag das Schiff unbeweglich in der öligen See, die feuchte Wärme lag wie Blei in den Gliedern. Der Kapitän wollte zunächst nicht an Meuterei glauben, hielt das Ganze für eine Ausgeburt des Hasses, den der Maat gegen seinen Peiniger empfinden mußte. Doch dann kamen eilige Schritte den Gang entlang, die Tür flog auf, und herein stürzte ein junger Passagier mit Namen Feinhals, der mit bleichem Gesicht und fliegendem Atem berichtete, der Obersteuermann komme mit einem Haufen bewaffneter Meuterer durch den Laderaum und werde gleich die achtere Treppe erreichen, um den Kapitän zu überwältigen und das Schiff zu nehmen.

Nun, ganz soweit war es noch nicht. Der Teufel ließ sich zuviel Zeit, vielleicht war er seiner Sache auch zu sicher – jedenfalls konnte der Kapitän mit den eilig alarmierten Bewohnern des Achterkastells die hintere Treppe besetzen und die Luke zur Last vernageln. Dabei erwies sich die Waffenkiste unter seinem Bett, mit der wohl auch der Teufel nicht gerechnet hatte, als nützlich.

Als die Meuterer die achtere Luke vernagelt und ihr Vorhaben verraten fanden, zogen sie eiligst nach vorn, um das Schiff über die vordere Treppe zu erstürmen. Dort hatte aber inzwischen der Maat MacDonald Männer der Besatzung und einige beherzte Passagiere bewaffnet, um die Meuterer zu empfangen. Zwar gelang es nicht mehr, die Luke zu vernageln, auch waren die Flinten und Pistolen noch nicht geladen, als der Teufel mit seinen Leuten das Zwischendeck erreichte. Aber nun warfen sich der Maat, der Bootsmann und Herr Rost mit Stutzsäbeln ihnen entgegen, und es muß zur Ehre des russischen Rittmeisters gesagt werden, daß er sich mit großer Bravour schlug. Denn es gab ein regelrechtes Säbelduell zwischen ihm und dem Teufel. Schließlich stieß Lesage Herrn Rost die Säbelspitze durch die Schulter und nagelte ihn an einen Stützbalken. Dann ließ er den Säbel fahren, riß die Pistole aus dem Gürtel und schoß den Maat nieder. Inzwischen hatten aber seine Gegner geladen und schossen zurück, und die Meuterer verschwanden eilig in der Dunkelheit des Laderaumes.

Ich erinnerte mich deutlich an meinen Traum vom Kampf des Teufels mit Vater und meinen Brüdern und daß ich vom Lärm der Säbel und Schüsse erwacht war. Jetzt wußte ich, was es gewesen, welche Wirklichkeit da in meine Fieberträume gedrungen war.

Nun war das Schiff oben in der Hand des Kapitäns, und für den Obersteuermann in der Last mit seinen Meuterern standen die Aussichten schlecht. Dann wurde durch die vernagelten Luken hindurch verhandelt. Die Aufforderung des Kapitäns, sich zu ergeben, beantwortete Lesage nur mit einem Hohnlachen. Was sollte der Kapitän tun? In den Laderaum einzudringen und die Meuterer im offenen Kampf zu überwältigen war aussichtslos. Allenfalls konnte man sie aushungern. Aber der Teufel war nicht der Mann, sich freiwillig dem Galgen auszuliefern. Er drohte, die Pulverkammer und damit das Schiff mit Mann und Maus in die Luft zu sprengen. Wenn der Kapitän das verhindern wolle, solle er gefälligst den Kutter zu Wasser bringen, ihn mit Trinkwasser und Proviant versehen lassen und den Meuterern freien Abzug gewähren. Er, Lesage, werde als letzter vom Schiff gehen und dem Kapitän vom Kutter aus sagen, wo er die glimmende Zündschnur finden könne. Und das sei sein letztes Wort, in genau dreißig Minuten erwarte er Antwort, dann werde er handeln.

Was blieb dem Kapitän anderes übrig? Er mußte froh sein, das Schiff und das Leben von immer noch dreihundertfünfzig Menschen zu erhalten und die Meuterer loszuwerden. Was hätte er auch mit ihnen machen sollen? Gefangen stellten sie eine ständige Gefahr dar, und er hatte kaum mehr genug Seeleute, das Schiff zu segeln, geschweige denn zur Bewachung von Meuterern. So gingen denn zwei Dutzend bis an die Zähne bewaffnete Meuterer von Bord und in den Kutter, als letzter der Teufel Lesage. Sie ruderten sofort zum Heck des unbeweglich daliegenden Schiffes und waren damit aus dem Bereich der Kanonen und einstweilen in Sicherheit.

Eine glimmende Zündschnur wurde übrigens nicht gefunden, vermutlich gab es sie nicht, sie hatte auch so ihren Zweck erfüllt.

Das war es, was ich aus Tom herausbekommen konnte. Und wäre nicht der alte Jan hinzugekommen und hätte geholfen, ich hätte es mir nicht so zusammenreimen können.

»Aber was hat der Teufel vorgehabt mit dem Schiff?« fragte ich Jan.

»Das weiß man nicht. Sie sind ja alle von Bord, die Meuterer. Und vielleicht wußte er's nur selber, wer weiß, was er denen vorgeschwindelt hat. Hier an Bord jedenfalls weiß das keiner.«

»Und MacDonald, der Maat? Hat er sie nicht belauscht? Er muß doch etwas gehört haben?«

Jan schüttelte den Kopf. »MacDonald ist tot«, sagte er, »er hat nur noch wenige Stunden gelebt. Der Teufel hat auch hier ganze Arbeit geleistet.«

Es gab aber doch jemand an Bord, der mehr wußte über den Teufel und seine Pläne. Es dauerte Tage, bis er damit herausrückte, und er achtete sorgfältig darauf, daß niemand mithören konnte, was er mir erzählte.

12. Kapitel

Ich habe schon gesagt, daß wir fuhren. Wir liefen mit einem mäßigen Südost auf Nordkurs, aber wir hatten nur wenige Segel gesetzt.

»Der Alte will nichts riskieren«, sagte Jan, »wir haben kaum noch die Hälfte der Besatzung, die andern sind tot, krank oder als Meuterer von Bord gegangen. Da segelt er lieber langsam, aber sicher.«

»Werden wir jemals ankommen?« fragte ich. Wir waren seit drei Monaten auf See, dreimal so lange, wie gewöhnlich die Überfahrt dauerte. »Was glaubst du, wie lange brauchen wir noch?«

Jan klopfte seine Pfeife auf dem Kranbalken aus. »Der Bootsmann meint, noch eine Woche«, erwiderte er bedächtig. »Wenn der Wind anhält. Wir müssen ja noch durch die Bucht und den Fluß hinauf, da kann man manchmal wochenlang liegen. Aber mal können wir ja auch Glück haben.«

Wir hatten wirklich Glück. Der Südost frischte auf, die feuchte Schwüle wich einer frischen Seeluft, die durch die geöffneten Stückpforten strich und selbst den Kranken Erleichterung brachte. Hinzu kam, daß das Leben an Bord freier und damit leichter geworden war. Seit der Teufel von Bord gegangen war, durften wir Passagiere uns frei bewegen, uns gegenseitig besuchen, außer zur Schlafenszeit, und an Deck gehen, wann wir wollten. Selbst die Essensrationen wurden erhöht, wenn sie auch unseren Hunger nicht stillen konnten. Vor allem hatten wir mehr Platz in unsern Quartieren – aber wie gern hätte ich die schlimmste Enge ertragen, wäre mein Vater noch am Leben gewesen! Es hieß, zweihundert seien gestorben, und am schlimmsten hatte der Tod unter den Alten und den kleinen Kindern gewütet. Auch Peter Büchsel hatte seine beiden Jüngsten verloren, und seine Frau lag noch immer mit Fieber darnieder.

Von meines Vaters Gruppe war nur noch die Hälfte da. Bruder Jonathan hatte den Anfang gemacht, Herr Elster hatte seine geringe Verfehlung mit dem Tode gebüßt, alle anderen, deren Plätze leer waren, hatte die Seuche dahingerafft, oder sie waren an Hunger und Entkräftung gestorben. Nur Herr Sartorius, der sich als Astrologen ausgab, war von allem verschont geblieben. Er verbreitete überall, jetzt sei die Zeit der Prüfungen, die er ja oft genug vorhergesagt habe, vorbei und wir würden in den nächsten Tagen in den Hafen von Philadelphia einlaufen. Zwar hatte er so viel vorhergesagt, daß sich keiner mehr genau entsinnen konnte und irgendeine seiner Prophezeiungen mit Sicherheit eintreten mußte. Aber die Leute glaubten ihm nun, da er das Ende aller Leiden ansagte, nur zu gern.

Herr Rost trug den Arm in der Schlinge und einen großen Verband um die durchstochene Schulter, aber er fühlte sich besser als je und redete immerfort davon, wie tückisch und gegen jede Regel des Säbelfechtens der Teufel ihn getäuscht habe. Und daß er ihn wenige Augenblicke später außer Gefecht gesetzt hätte, wäre nicht dieser unglückliche Stützbalken gewesen, der ihn, Herrn Rost, in seiner Ausweichbewegung gehindert habe. Einmal, als der Bootsmann die Wache hatte und durch die Quartiere ging, rief er ihm zu:

»Nicht wahr, Herr Brouwer, Sie haben doch neben mir gefochten, Sie können es doch bezeugen: Ich hätte ihn gehabt, den Herrn Lesage, wenn mich der verdammte Balken nicht behindert hätte!«

»Behindert«, erwiderte der Bootsmann mit zuckenden Mundwinkeln, er konnte das Lachen kaum verbeißen, »behindert nennen Sie das? Sie hingen fest wie unser Herr am Kreuze, als der Teufel Sie angenagelt hatte! Wie soll ich wissen, ob Sie ihn gehabt hätten – ich weiß nur, daß i c h ihn erledigt hätte, wären S i e nicht so verrückt gewesen, mir zuzurufen: ›Weg da, lassen Sie ihn mir!‹ Das haben Sie nun davon!«

»Ihr Seeleute habt eben kein Verständnis für einen richtigen Säbelgang!« sagte Herr Rost beleidigt.

An diesem Morgen kam Katrin in unsere Back, um mich zu besuchen. Sie brachte mir ein Stück Käse und ein paar Brocken Zwieback mit, die sie mir heimlich zusteckte. Alle waren nett zu ihr, aber mich ergriff ein eigenartiges Gefühl, als ich sie so dasitzen sah. Mit ihren braunen Zöpfen, die ihr vorn über den schmutzigen Kittel hingen und das blasse, ganz schmal gewordene Gesicht umrahmten, sah sie unserer Mutter so ähnlich, wie ich es nie zuvor bemerkt hatte. Ich mußte mich neben sie setzen und den Arm um sie legen.

»Fühlst du dich besser?« fragte ich sie. »Mußt du schwer arbeiten in der Küche?« Ich weiß nicht mehr, was ich sie noch gefragt habe und was sie geantwortet hat. Nur das starke Gefühl, das mich zu ihr hinzog, ist mir in Erinnerung geblieben und daß sie den Kopf an meine Schulter lehnte und weinte. Sie weinte lautlos, ein paarmal schluckte sie heftig, aber dann wurde sie ruhig. Später hat sie mir erzählt, ich hätte sie in diesem Augenblick an Vater erinnert, sie habe sich wie in Vaters Arm geborgen gefühlt.

Das war nun von unserer Familie übriggeblieben, Änne, Katrin und ich. Nie hatte ich das Band so deutlich empfunden wie jetzt, wo wir nur noch zu dreien waren. Um so mehr mußten wir zusammenhalten, und nichts sollte uns trennen. Änne, daran bestand kein Zweifel, Änne war jetzt das Familienoberhaupt, sie war die stärkste von uns, und ich vertraute ihr ganz. Sie hatte sich sehr verändert in diesen Wochen. Zuerst wußte ich nicht, woran es lag; aber jetzt, als sie sich zu uns setzte, sah ich deutlich, was es war: sie war richtig mager geworden, fast zart, ihre Arme unter dem wollenen Überschlagtuch waren nicht mehr dick, wie früher, und in dem schmalen Gesicht kam die Nase viel besser zur Geltung. Die hellen Augen und das sandfarbene Haar waren wie früher, aber sie paßten irgendwie zu ihr – kurz, die Schlankheit stand ihr gut.

Als ich es ihr sagte, wurde sie rot und wehrte ab: »Eine richtige Vogelscheuche, überall stehen die Knochen heraus. Aber laß nur, Bub, die Hauptsache ist, wir kommen gesund in das Neue Land, dann werden wir's schon schaffen, wir drei!«

Als die beiden Mädchen gegangen waren, kam Bert herein und setzte sich zu mir an den Tisch. Wir waren allein bis auf ein paar Schläfer in den Kojen. Er sagte, nachdem er sich im Raum umgesehen hatte: »Siehst wieder etwas besser aus. Als du unten im Fieber lagst, hätte ich keinen Heller mehr für dich gegeben.«

»Du?« erwiderte ich. »Hast dich doch ewig nicht sehen lassen und dich einen Dreck um mich gekümmert!«

»Gewiß war ich da, frag doch Tom.«

»Tom hat mir erzählt, was passiert ist, während ich krank lag, aber davon hat er nichts gesagt.«

»Aber sonst hat er doch etwas über mich gesagt, nicht wahr? Daß ich die Meuterei verhindert habe, hat er das gesagt?«

Ich sah ihn prüfend an. Was wollte er? Ich mußte ihm auf den Zahn fühlen. »Er hat gesagt«, erwiderte ich langsam, »mit dir stimmt irgendwas nicht. Das hat er gesagt.«

Bert lächelte spöttisch. »Was meint er? Hast du eine Ahnung?«

»Nun, alle sagen, du hättest dich den Meuterern nur zum Schein angeschlossen, um den Teufel im richtigen Augenblick hochgehen zu lassen. Vielleicht meint er das. Ich nehme an, du hast das so verbreitet?«

»Gewiß.«

»Und wie war es wirklich?«

»Ich hatte Angst, hundsföttische Angst.«

»Angst? Wovor?«

Sein Gesicht verzerrte sich. Er rückte näher an mich heran, seine Stimme sank zum Flüstern herab. »Vor dem Fieber, vor dieser mörderischen Seuche. Ich wollte nicht wie die andern elend verrecken, im Dreck verkommen, im Gestank ersticken. Der einzige, der einen Ausweg wußte, war Lesage. Nur er konnte die noch nicht Erkrankten, konnte mich retten. Sein Plan war einfach und mußte jedem einleuchten . . .«

»Ich weiß«, fiel ich ihm ins Wort, »er wollte alle Kranken in die Boote jagen und aussetzen!«

Bert starrte mich an. »Woher weißt du das?«

»Ich habe gehört, wie er mit dem Untersteuermann darüber sprach – am Abend, wenige Stunden, bevor Herr Liebmann über Bord stürzte. Ein teuflischer Plan!«

»Damals hätte er vielen das Leben gerettet, allen, die danach das Fieber geholt hat. Und als wir in die Flaute kamen, wollte er nicht länger warten, weil das Fieber rasend um sich griff. Wir waren alle wie verrückt vor Angst, und weiter dachte keiner. Was danach kommen würde . . .«

»Aber warum seid ihr nicht selbst in die Boote gegangen und habt das Schiff der Seuche überlassen?«

»Das habe ich ihm vorgeschlagen, als ich allein mit ihm in seiner Kammer saß. Du mußt wissen, Henner, er sprach oft mit mir, hatte wohl sonst keinen an Bord, mit dem er reden konnte. Aber in dieser Nacht vor der Meuterei habe ich ihn kennengelernt. ›Du Narr‹, erwiderte er auf meinen Vorschlag, ›glaubst du, ich will im Kutter verdursten? Oder absaufen? Oder an der Rah baumeln, wo ich auch ankomme, an Land oder auf einer Insel? Nein, ich will das Schiff, und ich weiß auch, wem ich es bringe. Die Kranken setze ich auf den nächsten Strand oder in die Boote, wenn's sein muß. Und für die Gesunden weiß ich einen besseren Markt als bei den heuchlerischen Quäkern, sie zu verkaufen. Denn verkauft werden sie so oder so, das ist dir doch wohl klar!‹

Mag sein, daß ihm der Wein die Zunge löste oder daß ihn sein fester Vorsatz, in der kommenden Nacht loszuschlagen, in Sicherheit wiegte. Jedenfalls erfuhr ich seine Lebensgeschichte, und wenn ich je ein Buch schreibe, werde ich mir diesen Lesage vornehmen. Geboren ist er in Lyon, als Kind reicher Eltern, lief als Student davon – wie ich – und ging zur See. Als dann sein Schiff im Mittelmeer von einer algerischen Schebecke gekapert wurde, zog er den Dienst bei den Korsaren dem Sklavendasein vor. Der Bey von Algier schickte ihn bald auf seine Navigationsschule, und Lesage wurde einer seiner gefürchtetsten Kaperkapitäne. Eines Tages unterlag er im Kampf gegen drei französische Fregatten, wurde gefangengenommen und in Marseille zum Tode verurteilt. Er konnte fliehen und gelangte mit Hilfe von Verwandten nach Rotterdam und in den Dienst des Kaufherrn Jan van Amstel. Er nannte sich Lesage – eigentlich heißt er anders, ich weiß nicht wie – und gedachte, ein normales Leben zu führen. Aber sein Temperament und die Unfähigkeit seines Vorgesetzten, wie er es nannte, machten ihn zum Rebellen. Und die Aussicht, in Philadelphia vor einem Gericht stehen und sich wegen des Verschwindens von Steuermann Liebmann verantworten zu müssen – ›Wer weiß‹, sagte er, ›was sie mir da anhängen und welche Zeugen der Alte noch auf die Beine bringt‹ –, trieb ihn zum Handeln.«

Bert stand auf und ging, die Hände auf dem Rücken verschränkt, einigemal am Tisch auf und ab. Er war sichtlich erregt und mußte sich erst sammeln, bevor er sich wieder setzte und mit leiser Stimme fortfuhr: »Das weitere kannst du dir denken. Ich wußte nun, was mich erwartete. Er würde das Schiff mit den Gesunden dem Bey von Algier bringen und die Leute auf dem Sklavenmarkt verkaufen. Und die Meuterer – ja, danach fragte ich ihn natürlich, was sie zu erwarten hätten –, die Meuterer könnten sich entscheiden, ob sie unter ihm auf seinem Kaperschiff dienen und reiche Beute machen oder sich als Sklaven verkaufen lassen wollten.«

Er schwieg und schien zu überlegen, ob er noch etwas hinzufügen solle. Aber es bedurfte keiner weiteren Erklärung.

»Und dann hast du ihn verraten, deinen neuen Freund«, sagte ich.

»Verraten nennst du das? Wenn dir einer nur die Wahl läßt zwischen Sklavendasein oder Seeräuberei, ist der dein Freund? O nein, mit mir macht man so was nicht. Ich habe ihn hochgehen lassen, den Teufel, und es tut mir nicht leid. Der kennt kein Erbarmen, das sage ich dir. Er merkte wohl, daß er zu weit gegangen war mit seiner Offenheit, und versuchte, mich mit Versprechungen zu beruhigen. Aber ich glaubte ihm kein Wort, und als es soweit war, habe ich gehandelt. Jetzt weißt du alles.«

Ja, jetzt wußte ich alles – über den Teufel Lesage, die armen, hinters Licht geführten Meuterer, die jetzt irgendwo im Kutter auf dem Ozean trieben, und nicht zuletzt über Bert Feinhals, den Bruder Leichtfuß, der wieder einmal den Hals aus der Schlinge gezogen hatte. Zu den Meuterern gehörten übrigens auch die drei hessischen Deserteure, die so froh gewesen waren, allem Drill und Zwang entkommen zu sein. Ob dies die Freiheit war, die sie gesucht hatten?

Die Freiheit – sie war die Hoffnung, das ersehnte Ziel all derer an Bord unseres Schiffes, die Fieber, Skorbut und Hunger und die Schrecken des Meeres überlebt hatten und nun, manche noch auf ihren Krankenlagern, vom nahen Ende ihrer Leiden träumten oder redeten.

Als ich am nächsten Morgen an Deck kam, lag ein Zipfel des

gelobten Neuen Landes bereits querab an Backbord. Es war Kap Henlopen, wie mir der wachhabende Maat erklärte. Der Lotse kam an Bord, und wir liefen in die von grünen Wäldern gesäumte Delaware-Bay ein.

13. Kapitel

War es der Anblick der grünen Ufer, die nun unseren Weg begleiteten und allmählich enger zusammenrückten, um schließlich das Bett eines mächtigen Stromes zu säumen? Oder war es der linde Wind mit dem Harzgeruch der Wälder, der von Südwest wehte und uns den Delaware hinauf nordwärts trug? Es ging wie ein großes Aufatmen durch das Schiff. Die Gesunden und die von schwerer Krankheit Genesenen standen an Deck und konnten sich nicht satt sehen an dem ersehnten Land, das an ihnen vorüberzog. Die Landauer stimmten das Lied »Bis hierher hat mich Gott gebracht« an, und alle sangen mit. Viele sah ich, die niederknieten und laut oder leise Dankgebete für ihre Errettung vor sich hinsprachen. Und die eben noch krank gelegen hatten, wagten die ersten Schritte an Deck, mit jedem Tag wurde die Zahl der Bettlägrigen kleiner.

Was übrigblieb, brachte dann der Kapitän auf die Beine. Er ging durch die Quartiere und hielt eine kleine Ansprache, die der Konstabler mehr schlecht als recht ins Deutsche übersetzte: Morgen würden wir, wenn der Wind anhielt, die Reede von Philadelphia erreichen, und als erster werde der Hafenarzt an Bord kommen. Wenn er das Schiff freigebe, könnten in wenigen Tagen alle an Land sein. Wenn er aber ein verseuchtes Schiff mit Fieberkranken vorfinde, werde das Schiff zurückgeschickt und müsse vierzig Tage lang weitab in Quarantäne liegen. Wer das nicht wolle, möge sich als gesund aufführen und den letzten Kranken mit Rat und Tat unter die Arme greifen. Er selbst werde dann das seine tun, den Arzt zu überzeugen.

Bert trat mir auf den Fuß und machte mit Daumen und Zeigefinger eine Bewegung, die sich auf den Geldbeutel bezog. »Das wird viel billiger für ihn«, raunte er mir zu, »als wenn er uns noch vierzig Tage lang beköstigen muß.«

Aber die Hoffnung, endlich vom Schiff gehen und das gelobte Kanaan betreten zu können, hätte auch Lahme gehend gemacht. Als wir am anderen Tag die Windmühleninsel an Backbord hatten und dahinter die Stadt mit ihren steinernen Häusern und den seltsam gradlinigen Straßen liegen sahen, kam auch schon in einem flinken Ruderboot der Arzt an Bord. Was nun den Ausschlag gegeben hat, die gute Haltung der Passagiere oder der Geldbeutel des Kapitäns, kann ich nicht sagen. Jedenfalls wurde unser Schiff freigegeben und konnte auf der Außenreede Anker werfen. Als erster ging der Kapitän von Bord, zusammen mit seinem Schreiber, der eine große Mappe unter dem Arm trug: die Liste der Passagiere, so hieß es.

Der nächste Tag verstrich mit Warten und Gerüchten. Ich wusch mein Hemd auf der Galion, von der uns nun kein Teufel mehr fernhielt, und versuchte, meinem Gesicht wieder die alte Hautfarbe zu geben. Wir waren ringsum von herrlichem klarem Süßwasser umgeben, und ich hätte am liebsten alle Läuse der Welt darin ersäuft, besonders meine eigenen, aber ich hatte kein Kleidungsstück zum Wechseln, und es ging ein kühler Wind über die Reede. Doch wurde am Großmast ein Faß mit frischem Trinkwasser aufgehängt, und jeder konnte trinken, soviel er wollte. Nie hat mir ein Trunk besser geschmeckt als das reine, kühle Naß aus der Erde des Neuen Landes!

Wie es so geht, wenn die Geduld nach harten Zeiten auf die Probe gestellt wird: die Mutigen wurden übermütig, die Ängstlichen verzagt, jeder wollte etwas anderes gehört haben, was uns erwartete oder bevorstand. Den ganzen Abend über war ein Gewimmel an Deck und Rumoren in den Quartieren, bis endlich »Pfeifen und Lunten aus« gerufen wurde und der Bootsmann alle ins Bett scheuchte. Viele wollten in dieser Nacht kein Auge zugetan haben, aber ich schlief fest, bis mich die Pfeife weckte.

Als ich an Deck kam, sah ich den Kapitänsschreiber in der

Jolle ankommen, von zwei Matrosen gerudert. Er hatte wieder die große Mappe unter dem Arm. Es dauerte nicht lange, da riefen die Konstabler aus, alle Männer von vierzehn Jahren an sollten sofort und ohne Gepäck an Deck erscheinen. Dort wurden wir nach der Liste aufgerufen und mußten über die Jakobsleiter in eins der großen Boote gehen, die längsseit gekommen waren und uns in die Stadt brachten. Wir waren ziemlich aufgeregt. Einige meinten, wir sollten in die Armee gepreßt werden oder gar in die Flotte, und sahen sich insgeheim schon nach einem Fluchtweg um. Andere glaubten, sie würden uns zum Straßenbau einsetzen oder zunächst einmal prüfen, für welche Arbeit wir geeignet seien.

Am Kai erwartete uns eine Abteilung Soldaten. Wir mußten uns zur Marschkolonne aufstellen, und als die letzten die Boote verlassen hatten, marschierten wir ab, von einem Offizier geführt und von Soldaten umgeben. So trotteten wir über den Kai und eine schnurgerade, breite Straße entlang, die sich zu einem Marktplatz erweiterte. Schon glaubte ich, die schlimmsten Erwartungen würden sich erfüllen, als wir vor einem steinernen Gebäude haltmachten, das mitten auf dem großen Platz stand. Es war zweistöckig, ein kleiner Glockenturm thronte auf dem Dach.

Wir mußten uns vor der Giebelseite des Gebäudes aufstellen, die dem Marktplatz zugewandt war. Ein Portal führte ins Erdgeschoß, darüber befand sich ein großer Balkon, von dem zu beiden Seiten, außen an den Längswänden, Treppen herabführten. Neben dem Portal sah ich einen Käfig mit eisernen Gitterstäben, offenbar ein Pranger, und einen leeren Schandpfahl mit einer Kette daran.

Es war das Gerichtsgebäude, soviel war klar. Jetzt kamen drei Männer aus dem Haus, die einen Tisch und einen Stuhl vor uns hinstellten, einer von ihnen setzte sich und schlug eine große Mappe auf. Bald darauf erschien oben auf dem Balkon ein vornehmer Herr in rotem Samtrock mit silbernen Knöpfen, barhäuptig bis auf die weißgepuderte Perücke. Er hielt uns eine Ansprache auf englisch, von der ich wenig und die meisten anderen nichts verstanden. Immerhin ging mir auf, daß wir hier nicht in die Armee oder Flotte gepreßt, sondern auf die neue Obrigkeit vereidigt werden sollten.

Darauf mußten die Tunker und ein paar Quäker sich gesondert aufstellen. Dann las uns der vornehme Herr vom Balkon herab die Eidesformel vor, in Abschnitten, die der Offizier, der uns führte, ins Deutsche übersetzte, und schließlich mußten wir die Hand heben und schwören: »So wahr mir Gott helfe.« Darauf fing die Glocke auf dem Haus an zu bimmeln. Ich schielte nach den Tunkern hinüber und sah, daß sie nicht mitmachten: sie lehnten den Eid aus religiösen Gründen ab und waren davon befreit. Doch mußten sie wie wir vortreten und unterschreiben, als wir danach einzeln nach der Liste aufgerufen wurden. Wer nicht schreiben konnte, machte drei Kreuze.

Wir waren alle erleichtert. Nun stand uns das Tor zur Freiheit offen! Wir hatten Seiner Majestät König Georg dem Zweiten von England den Untertaneneid geleistet und den Eigentümern der Provinz gelobt, uns friedlich zu betragen und die Gesetze zu achten. Nun waren wir Bürger des Neuen Landes!

Fröhlich winkten wir den Passanten auf der Straße zu, die indes unserem Zug zurück zum Schiff wenig Beachtung schenkten, und sahen uns neugierig in der Stadt um. Die Straßen waren rechtwinklig zueinander angelegt wie ein Schachbrett und so breit wie bei uns daheim ein Marktplatz. Auf beiden Seiten waren breite Fußgängerwege mit festem Pflaster, von Pfählen begrenzt. Große, mehrstöckige Häuser wechselten mit kleineren ab, die einander merkwürdig ähnlich sahen: Zwischen großen Fenstern eine schmale Haustür, darüber ein kleines Dach, das auf zwei Säulen ruhte und dem Eingang etwas Feierliches gab. Rechts und links davon zwei Sitzbänke, die ich selten leer sah. Hinter ummauerten Gärten sah man herrschaftliche Häuser, dann wieder freies Feld und kleine Grundstücke. Ich sah nur einen einzigen Kirchturm, von dem herab ein Armsünderglöcklein bimmelte. Die Stadt Philadelphia kam mir vor wie ein Kind, dem man die Kleider eines Erwachsenen angemessen hat, in die es erst langsam hineinwachsen muß.

»Paß auf«, sagte ich zu Tom, der neben mir ging, »morgen

sind wir frei, dann sehe ich mir diese merkwürdige Stadt einmal an!«

»Abwarten«, erwiderte Tom, »gefällt mir gar nicht.«

»Was gefällt dir nicht? Die Stadt?«

Tom zeigte mit dem Daumen auf einen unserer Begleiter: »Soldaten«, sagte er. »Sehen ganz genau so aus wie daheim in Longford. Und der Herr auf dem Balkon – davon hatten wir auch genug: englische Tories, die uns Iren das Blut aus den Adern sogen, genau dieselbe Sorte! Die gleiche Obrigkeit, der wir den Eid leisten mußten, hier wie dort! Sind wir dafür nach Amerika gegangen?«

Darauf wußte ich nichts zu antworten. Aber es gab mir zu denken. Wir Pfälzer wünschten uns eine bessere Obrigkeit als daheim, vor allem eine gerechtere, aber eine Welt ohne Obrigkeit konnte ich mir gar nicht vorstellen. Es sei denn – ja, da draußen in der Wildnis, in den unendlichen Wäldern, wo der Mensch allein war mit seiner Büchse, ganz auf sich gestellt. Da brauchte er keine Obrigkeit. Und das war wohl die Freiheit, die Tom suchte, von der er träumte ...

Auf einem Schiff konnte es das nicht geben. Befehl und Gehorsam nahmen uns denn auch gleich wieder unter die Fuchtel. Die Quartiere mußten geschrubbt und ausgeräuchert werden. Unterdes wurden immer wieder Passagiere namentlich aufgerufen, die in die Kajüte zum Kapitänsschreiber kommen mußten. Nur die vornehmen Leute, die im Achterdeck gereist waren, hatten das Schiff bereits verlassen.

Am nächsten Tag durfte eine kleine Gruppe, wohl an die fünfzig, mit ihrem Gepäck in die Boote gehen. Das waren Passagiere, die ihre Fracht selbst bezahlt hatten oder von Verwandten ausgelöst worden waren. Wir anderen blickten ihnen sehnsüchtig nach. Aber unsere Stunde war noch nicht gekommen.

Sie kam auf eine Weise, die wir uns nicht hätten träumen lassen. Zwei Tage verbrachten wir noch in Untätigkeit und Ungewißheit. Dann kam, am Morgen des dritten Tages, eine Abteilung Soldaten an Bord. Einige Gesichter und der sie anführende Offizier waren uns schon bekannt. Sie verteilten sich auf dem

Schiff, so daß sie nicht weiter auffielen, aber stets gegenwärtig waren. In der nun folgenden Zeit wurden sie ein gewohnter Anblick für uns.

»Jetzt geht's los«, sagte Tom.

Aber zunächst passierte gar nichts. Dann trat der Konstabler an den Niedergang und verlas mit lauter Stimme die Namen von Passagieren, die zum Schiffsschreiber kommen sollten. Es waren die Oberhäupter der Familien oder einzelne Ledige, Änne war auch darunter. Sie mußten sich in einer Reihe hintereinander aufstellen und verschwanden nacheinander im Eingang zum Quarterdeck.

Es war eine lange Schlange, die nur langsam vorankam. Die hineingingen, schwatzten und scherzten miteinander, waren neugierig und guter Dinge. Bis die ersten wieder herauskamen.

Ich werde es nie vergessen. Tom und ich standen auf dem Backsdeck und blickten hinunter auf die Kuhl und die Tür zum Quarterdeck, aus der in diesem Augenblick ein Mann heraustrat, der als erster in der Schlange gestanden hatte. Es war ein Landauer namens Feigel, dem seine Frau und zwei Kinder unterwegs gestorben waren. Er warf einen verstörten Blick auf die Wartenden, dann schlug er die Hände vors Gesicht und stöhnte: »Entsetzlich!«

Sogleich drang eine Flut von Rufen und Fragen auf ihn ein, jeder wollte wissen, was dort drinnen geschehen war, das ihn so aus der Fassung gebracht hatte. Mehrere liefen auf ihn zu, aber der Offizier trat mit zwei Soldaten dazwischen, drängte sie zurück und rief: »Weitergehen! Los, geht weiter!« Feigel wankte mehr als er ging dem Niedergang zu, ohne ein Wort zu sagen.

Während die Aufregung unter den Wartenden anhielt, kam schon der nächste heraus, zornrot im Gesicht: »Das ist nicht wahr«, rief er wütend, »das hab ich nicht unterschrieben!« Aber mehr brachte er nicht heraus, weil ihn die beiden Soldaten am Arm nahmen und zum Niedergang führten.

Inzwischen waren immer mehr Passagiere an Deck gekommen, die Unruhe verbreitete sich, und es wurde so laut, daß der Offizier einen Soldaten ins Quarterdeck schickte. Gleich darauf erschien der Kapitän in der Tür, die Bootsmannspfeife ertönte, und als sich der Lärm gelegt hatte, fragte der Kapitän, was die Leute wollten und warum sie solch einen Lärm machten. Der Konstabler übersetzte seine Worte ins Deutsche.

»Wir wollen wissen, was da drinnen geschieht!« antwortete ein Beherzter.

»Nichts weiter als die Abrechnung«, erwiderte der Kapitän. »Jeder von euch muß wissen, was er zu bezahlen hat. Der Schiffsschreiber hat jedem einzelnen oder jeder Familie eine Rechnung aufgemacht. Alles muß seine Ordnung haben. Und nun seid ruhig und geht in eure Quartiere, bis ihr gerufen werdet. Sonst«, er wies mit dem Daumen über seine Schulter, »lasse ich das Deck räumen!«

Die Soldaten – weiß der Himmel, wo sie plötzlich alle herkamen – senkten ihre Gewehre. Es war so still, daß man die Fische im Fluß springen hörte. Der Kapitän verschwand im Quarterdeck, schweigend zerstreute sich die Menge. Nur die Schlange blieb in der Kuhl zurück.

Als nächste sah ich meine Schwester Änne durch die Tür gehen.

14. Kapitel

Was nun kam, ging mich selbst an. Hatte ich bisher mehr neugierig als mit innerer Anteilnahme das Geschehen verfolgt, so war ich nun auf einmal hellwach. Als meine Schwester Änne im Quarterdeck verschwand, als sich die Tür hinter ihr schloß, wußte ich plötzlich: jetzt ging es um mich, meine Zukunft, mein eigenes Leben.

Mit angehaltenem Atem schob ich mich, um von den Soldaten in der Kuhl nicht gesehen zu werden, unter die Schiffsglocke; sobald Änne herauskam, wollte ich die Treppe vom Backsdeck hinunter- und ihr entgegenlaufen, ehe mich einer daran hindern konnte.

Das Herz schlug mir bis zum Halse. Wie von fern hörte ich das aufgeregte Gemurmel der Passagiere an mein Ohr dringen, die allmählich,mit jedem Abgefertigten mehr, ihre Lage begriffen: daß sie für alles bezahlen mußten, einen unvorstellbar hohen Preis. Bezahlen mit dem einzigen Gut, das sie glaubten gerettet zu haben, mit der Freiheit.

Aber das begriff ich noch nicht. Erst als nach Minuten, die mir wie Stunden vorkamen, Änne wieder aus der Tür trat, bleich, mit abwesendem Blick und ernstem Gesicht, wurde mir klar, daß etwas Schlimmes auf mich zukam. Ich sprang die Treppe zur Kuhl hinunter und lief ihr entgegen. Der Soldat neben ihr senkte sein Gewehr mit dem aufgepflanzten Bajonett zwischen uns, aber sie sah ihn nur an und schob das Gewehr mit der Hand zur Seite. Dann legte sie den Arm um mich, und wir gingen miteinander den Niedergang hinunter bis ins Batteriedeck.

Dort zog sie mich in eine dunkle Ecke und sagte: »Hör zu, Bub. Du sollst es wissen, bevor Katrin es erfährt, wir beide müssen es ihr so leicht wie möglich machen. Sie haben uns die Rechnung aufgemacht und nichts vergessen. Wir müssen sie mit unsrer Hände Arbeit bezahlen, müssen uns verdingen, ›verserben‹ nennen sie's, auf lange Zeit. Ich muß sechs Jahre dienen ...«

»Du bist verrückt!« entfuhr es mir. »Der Neuländer, der Schuft, hat gesagt, zwei Jahre ...«

»Sechs Jahre«, fuhr Änne unbeirrt fort. »Denn die Lebenden müssen für die Toten dienen, ihre Schuld mit abarbeiten, und sogar für unsere lieben Brüder, die sie an die Soldaten verkauft haben, müssen wir die Fracht bezahlen ...«

»Niemals«, rief ich empört, »für Vater ja, aber Andreas und Philipp – sie sind ja gar nicht mitgefahren!«

»Sie haben ihren Platz gemietet, hat man mir geantwortet, es steht alles im Kontrakt. Den haben sie mir unter die Nase gehalten und mit dem Finger draufgezeigt, aber ich hab's doch nicht lesen können in der fremden Sprache.«

»Das ist Betrug!« stieß ich hervor. Dann fiel mir etwas Wichtigeres ein: »Und ich? Und Katrin? Wie lange müssen wir – wie nennen sie es – serben?«

»Noch länger. Bis ihr einundzwanzig seid. Junge Leute unter fünfzehn müssen serben bis zur Großjährigkeit, alle, das ist Gesetz.«

Sieben Jahre! Noch sieben Jahre sollte ich dienen, irgendeinem, den ich nicht kannte, der mich kaufte wie ein Stück Vieh? Niemals! Das stand für mich fest: Was auch immer auf mich zukommen mochte, ich wollte mir meine Freiheit verschaffen, und kein Kontrakt, keine Obrigkeit sollte mich daran hindern!

»Daraus wird nichts!« sagte ich trotzig. »Ich nicht, mit mir könnt ihr das nicht machen!«

»Sei vernünftig, Bub, geht doch allen so. Hauptsache, wir bleiben zusammen. Ich bleib bei euch, bis eure Zeit um ist, ich diene gern ein paar Jahre länger. Vielleicht haben wir Glück und finden einen guten Herrn . . .«

»Glück«, sagte ich, »sieben Jahre Knecht, und Glück? Ich nicht!«

»Still, Bub, nicht so laut! Wenn's einer von denen hört, kommst du noch ins Gefängnis! Ist auch noch nicht das letzte Wort, kommt ganz drauf an, wer – wer unsere Schuld übernimmt . . .«

»Wer uns kauft, meinst du wohl!«

»Ja, meinetwegen. Fest steht ja nur die Summe, die wir schulden, dreihundertdreißig Gulden oder, nach hiesigem Geld, fünfundfünfzig Pfund. Das hab ich begriffen, auch wie's zusammenkommt: für jeden sechzig Gulden und Katrin die Hälfte. Nur weil ich gefragt hab: ›Wie lange macht das?‹, hat der Schreiber gesagt: ›Wieviel seid ihr noch? Drei? Für jeden achtzehn Pfund, macht für dich sechs Jahre.‹ Und der Konstabler, der immer freundlich zu mir gewesen ist, hat hinzugefügt, alle unter fünfzehn müßten ohnedies serben, bis sie großjährig sind. Aber vielleicht kämen wir ja auch billiger weg, käme ganz auf den Käufer an . . .«

»Da hast du's: Käufer«, sagte ich. »Als ob wir Kälber wären!« Oh, ich fühlte eine schreckliche Wut in mir, auf den verfluchten Neuländer, der uns verführt und betrogen, auf meine Brüder, die uns im Stich gelassen hatten. Erst als ich merkte, daß sich mein

Zorn auch gegen meinen Vater und sogar gegen Änne wendete, kam ich zu mir.

Änne zuckte die Achseln und ging hinunter ins Zwischendeck, um Katrin zu suchen. Ich warf mich auf mein Lager. In meinem Kopf schwirrten die Gedanken wie Hummeln im Nest. Wie lange ich so gelegen habe, weiß ich nicht. Jedenfalls lag auf einmal Tom neben mir und sagte: »Hab mir doch gedacht, daß es ein böses Erwachen geben würde.« Sein Vater war ebenfalls beim Schiffsschreiber gewesen, und die Abrechnung für die beiden war doppelt so hoch ausgefallen, wie sie erwartet hatten: Zehn Pfund war der vereinbarte Frachtpreis für jeden, und vierzig Pfund standen auf ihrem Konto.

»Wieso das?« fragte ich. »Ihr beide seid doch allein, habt keine Familie, für die ihr einstehen müßt.«

»Denkst du, und das hat mein Vater auch gesagt. Weißt du, was der Schreiber geantwortet hat? ›Und die Toten‹, hat er gesagt, ›die Ledigen aus eurer Gruppe, wer bezahlt ihre Schuld? Hier‹, damit hielt er ihm unseren Kontrakt unter die Nase, ›hier steht es schwarz auf weiß, daß bei Ausfällen durch höhere Gewalt die Gesamtheit der Schuldner haftet!‹ Es steht wirklich darin, aber mein Vater konnte den Kontrakt gar nicht lesen, bevor er unterschrieb, er wurde ihm vorgelesen. Wir sind ja nur Iren, weißt du, Dreck unter den Füßen der Engländer ...«

Noch nie hatte ich Tom so viel und so leidenschaftlich reden hören. Ich erzählte ihm, wie es uns ergangen war und daß ich mich nie für sieben Jahre verserben würde. Und wir versprachen einander in die Hand, daß wir zusammenhalten und gemeinsam ausbrechen wollten, sobald sich eine Gelegenheit bot. Dann wollten wir in die Wälder gehen und ein freies Leben führen.

Drei Tage dauerte die Tortur der Abrechnung, bis auch der letzte Passagier an Bord wußte, daß er das Doppelte und Dreifache der Schulden würde abdienen müssen, mit denen er gerechnet hatte. Manche hatten auch gar nicht gerechnet, sondern auf Gott vertraut, der ihnen schon helfen würde, oder einfach in den Tag hinein gelebt. Jetzt waren die meisten empört, viele verzweifelt, und einige riefen sogar zur offenen Rebellion auf. Aber als der Kapitän zwei der größten Schreier in Eisen legen ließ und drohte, jeden ins Gefängnis zu bringen, der sich seinen Anordnungen widersetzte, wurden sie ruhig. Allmählich legte sich der Sturm, Hoffnung regte sich, und manche meinten, so schlimm könne es gar nicht kommen. Wenn wir nur erst vom Schiff und in Arbeit wären, ginge es uns allen besser. Wir sollten froh sein, daß wir die Gefahren der See und die Seuche überstanden hätten, und nicht mit Gott und dem Schicksal hadern.

Guter Dinge war auch Bert Feinhals, unser Bruder Leichtfuß. Er hatte dem Kapitän klarzumachen gewußt, daß dieser die Erhaltung seines Schiffes eigentlich ihm verdanke, der im letzten Augenblick die schon in Gang befindliche Meuterei angezeigt habe. Und daß er, Bert, sich auf die Gerichtsverhandlung freue, weil er ja allerlei zu erzählen habe über den Hergang der Geschichte. Schließlich werde das Gericht ja wissen wollen, wie es zu der Meuterei habe kommen können und wie sie dann verhindert worden sei. Natürlich bestehe er nicht darauf auszusagen, am liebsten würde er sich sogar gleich auf den Weg machen nach Maryland, wo er gute Freunde habe. Aber wenn er nun etwa noch festgehalten werde und serben müsse, trotz seiner Verdienste ...

Mehr hatte er nicht sagen müssen, einen solchen Zeugen wollte sich der Kapitän lieber vom Halse schaffen. Er erließ ihm also gnädig seine Schuld, übrigens stand eine stattliche Summe auf seinem Konto, und riet ihm, sich nicht länger in Pennsylvanien aufzuhalten, weil man nicht wissen könne, ob nicht das Gericht doch noch auf seiner Aussage bestehen werde. Schließlich sei ja Berts Rolle ziemlich zweideutig gewesen.

So setzten sich die beiden Gentlemen gegenseitig unter Druck und trennten sich in Höflichkeit voneinander. Bert verabschiedete sich unauffällig von mir und Tom und wurde noch am Abend von zwei Matrosen in der Jolle an Land gebracht. Er hatte wieder einmal den Hals aus der Schlinge gezogen.

Der alte Jan, dem ich es am anderen Morgen erzählte, lachte und sagte: »So hat er doch recht behalten, der Galgenvogel, und wir wollen es ihm gönnen. Seine Wette hat er jedenfalls gewonnen.«

»Welche Wette?« fragte ich.

Jan schmunzelte und stocherte umständlich in seiner Pfeife, bis sie wieder richtig zog. »Wir hatten gewettet, um eine spanische Dublone: Wenn er heute noch an Bord gewesen wäre, hätte er verloren. So habe ich eben verloren. Das ist der Lauf der Welt.«

»Aber Jan! Woher hätte der Bert wohl eine Dublone nehmen sollen!«

Jan schmunzelte nur.

»Und das Goldstück?« Ich ließ nicht locker. »Wie kommt er nun an seine Dublone?«

»Die hat er schon. Ich hatte sie ihm geliehen. Sonst hätte er doch nicht wetten können . . .«

»Aber Jan! Wie konntest du nur! Du kennst ihn doch, den Spitzbuben!«

»Vielleicht hab ich's so gewollt«, sagte Jan und sah dem blauen Pfeifenrauch nach, der über das Wasser zur Stadt hin zog. »Gewiß kann er's brauchen, wenn er sich aus dem Staube machen will.«

Woher es kam, weiß ich nicht, jedenfalls wurde zwei Tage später ein Zeitungsblatt herumgezeigt, das noch einmal eine mächtige Aufregung entfachte. Es war in englischer Sprache bedruckt und konnte von den meisten nicht gelesen werden. Aber es fanden sich immer einige, die es ihren Landsleuten übersetzten, und schließlich wurde es neben dem Niedergang an einem Stützbalken angeschlagen, wo von oben das Tageslicht darauffiel. Dort war es ständig umlagert. Mit Toms Hilfe konnte ich den Inhalt schon ganz gut selbst entziffern. Ich schrieb ihn in mein Katechismusbüchlein, wo er noch heute zu lesen ist. Er lautete folgendermaßen:

Philadelphia, den 2. November 1744

Heute ist das Schiff Aurora, *Kapitän Robert Pickeman, von Rotterdam hier angelangt mit etlichen hundert Deutschen und einigen Irländern; Männer, junge Burschen und Mädchen, Frauen und*

Kinder. Die Besagten befinden sich bei guter Gesundheit und wollen sich für ihre Fracht verdingen. Die meisten sind Landleute und Tagelöhner, es sind aber auch allerlei Handwerker darunter. Wer sich mit dergleichen versehen will, melde sich bei William May in der Marktstraße. Die Fracht ist zu bezahlen beim Kapitän, der sich täglich von 10 Uhr morgens bis 6 Uhr am Abend zur Vorführung der Dienstleute bereit hält.

Philadelphia Gazette

Das war nun ganz deutlich, daß jetzt auf dem Schiff ein Markt abgehalten und wir Passagiere verkauft werden sollten, und manchen war das auch klar, und sie ließen ihrem Zorn und ihrer Empörung freien Lauf. Peter Büchsel sprach laut von Sklavenhandel, fand aber selbst bei seinen Glaubensbrüdern keinen Beifall. Es schmeckte ihnen wohl nach Aufruhr, und sie waren gegen Streit und Gewalt und übten Demut in allen Dingen. Ähnlich mochten auch andere denken, die zur Besonnenheit aufriefen und daran erinnerten, daß wir das ja vorher gewußt und in unserem Kontrakt unterschrieben hätten. Nun müßten wir den Schuldschein auch einlösen.

Die meisten aber, und dazu zählten vor allem die Frauen, meinten, es könne überhaupt nur besser werden, und sie wollten vor allem endlich vom Schiff und das Neue Land betreten. Ihnen sei keine Arbeit zuviel, und man wisse ja noch gar nicht, ob man es gut oder schlecht treffe.

Natürlich hatten sie nicht unrecht, ich habe später manchen getroffen, der seine verbundene Zeit, wie man es nannte, gut überstanden hatte und sich sogar gern daran erinnerte. Aber was sich in den folgenden Tagen an Deck der *Aurora* abspielte, war dennoch ein regelrechter Menschenhandel. Er brachte viel Leid unter die Menschen, die ja die Freiheit im Neuen Lande gesucht hatten und nun auf Jahre hinaus eine Knechtschaft eingingen, die schlimmer war als diejenige, derentwegen sie die Heimat verlassen hatten.

15. Kapitel

Von unserm großen Gepäck haben wir nie etwas wiedergesehen. Als in den folgenden Tagen die Ladung gelöscht wurde, in große Boote umgeladen, sogenannte Leichter, die sie an den Kai brachten, kamen zwar allerlei Kisten und Kasten zutage. Sie gehörten aber sämtlich den zahlenden Passagieren, die längst von Bord waren. Und als eine Abordnung zum Kapitän geschickt wurde, um zu fragen, wo das Gepäck aller übrigen bliebe, erhielt sie zur Antwort: es werde mit einem anderen Schiff nachkommen. Später haben dann einige der Brotherren, die ihren Käuflingen helfen wollten oder sich selber Ausgaben ersparen, gegen den Kapitän vor Gericht geklagt. Aber da keiner der Passagiere nachweisen konnte, was er in seinem Gepäck mitgeführt hatte, verlief alles im Sande.

Ich besaß also, was ich am Leibe trug; außerdem meine verlauste Decke, einen zerrissenen Mantel und mein Katechismusbüchlein. Änne hatte Vaters Geldbeutel aufbewahrt, in dem sich aber nur der wertlose Gepäckschein befand, und seinen Zinnbecher, aus dem er immer trank. Sie selbst trug das kleine silberne Kreuz auf der Brust, das Mutter ihr auf dem Sterbelager gegeben hatte, und führte noch ein wenig Wäsche im Beutel mit, die sie für Katrin und sich aufgehoben hatte. So waren die beiden adrett und sauber gekleidet, als wir zum erstenmal aufgerufen wurden und uns an Deck aufstellen mußten, weil der Markt begann.

Änne wollte, daß wir drei zusammenstanden, weil wir gemeinsam einen Dienstherrn finden wollten. Aber der Konstabler fuhr sie an, was sie sich denke, darüber entscheide der Käufer und nicht sie. Also mußte ich mich zu den Männern stellen. Änne hielt Katrin fest an der Hand.

Vor dem Eingang zum Quarterdeck waren Tische aufgestellt, an denen der Kapitän, sein Schreiber und der vornehme Herr, der uns vor dem Stadthaus vereidigt hatte, Platz nahmen. Rechts und links davon stand je eine Gruppe von Leuten, meist Männer, die offenbar als Käufer gekommen waren und uns, ihre Ware, besichtigen wollten. Ich hatte mich neben Tom gestellt, der wiederum neben seinem Vater stand. Wenn ich schon nicht mit Änne und Katrin zusammenbleiben konnte, wollte ich mich an Tom halten.

Natürlich war ich ein wenig aufgeregt, vor allem aber war ich neugierig, was nun passieren würde. Wir standen den Tischen gegenüber, mit dem Rücken zum Backsdeck, die Frauen und Mädchen links, die Männer rechts. Es war nur ein Teil, etwa ein Drittel der Passagiere.

Die Verhandlung wurde auf englisch geführt. Der Kapitän blickte in eine Liste, in der offenbar die Wünsche oder Bestellungen der Käufer niedergelegt worden waren, und sprach dann einen der Käufer an. Der trat vor und ging zunächst auf uns, auf die Reihe der Männer zu. Offensichtlich hatte er schon einige besonders kräftig Aussehende aufs Korn genommen, die er zu sich heranwinkte. Aber der Kapitän erhob Einspruch, er wollte ihm offenbar selbst diejenigen vorschlagen, die in seiner Liste bereits verzeichnet waren. Er rief also vier Männer mit Namen auf und nannte bei jedem Namen einen Betrag, meist zwanzig Pfund, wenig darunter oder darüber.

Die Männer traten vor. Der Käufer sah sie sich der Reihe nach an, ließ sich die Hände zeigen, befühlte hier die Armmuskeln, dort die Schultern, hieß den einen den Mund aufmachen, um sich die Zähne zu besehen, den andern den Fuß heben. Es war alles ganz gut zu sehen, Schuhe trug außer Herrn Rost sowieso kaum einer an Bord, und die zerschlissene Kleidung verbarg nicht mehr viel. Kurz und gut, es ging zu wie auf dem Viehmarkt, und wie die Ochsen kamen wir uns vor. Endlich wählte der Käufer drei aus, der vierte trat wieder ins Glied, und der Käufer ging mit den dreien an den Tisch des Schreibers, wo er den Kaufpreis entrichtete und einen Kontrakt erhielt, für jeden Käufling einen, der offenbar vor dem Beamten am nächsten Tisch unterzeichnet wurde. Jeder von uns konnte sehen, daß alles rechtens und der Käufling vor dem Gesetz verbunden war.

Ich hatte alles genau verfolgt, aber doch bemerkt, daß der Kapitän inzwischen schon das nächste Geschäft in die Hand genommen hatte. Auch diesmal schienen es Bauern und Tagelöhner zu sein, die er vortreten ließ; wahrscheinlich war auch der nächste Käufer ein Farmer oder Beauftragter eines Grundbesitzers, der Arbeiter für die Rodung oder für die Landwirtschaft brauchte.

Beim nächstenmal war es eine Familie, die der Kapitän nach seiner Liste aufrief. Ein Aufatmen ging durch die Reihen unserer Leute, selbst ich hatte plötzlich wieder Hoffnung, vielleicht doch mit Änne und Katrin zusammenbleiben zu können. Dies wiederholte sich einigemale. Doch dann waren es wieder nur Männer, und diesmal war Toms Vater dabei. Als er vortrat, ging Tom mit. Schon setzte ich den Fuß vor, um mich ebenfalls dazuzustellen, als Tom barsch angeschnauzt und zurückgewiesen wurde. Sein Vater geriet sogleich mit dem Kapitän aneinander, mußte sich jedoch fügen, als er mit einer Gefängnisstrafe bedroht wurde. Tom biß die Zähne zusammen und ballte die Fäuste. Mir sank der Mut.

Inzwischen hatten die ersten, die schon verkauft waren, ihre Bündel, oder was sie sonst besaßen, aus dem Quartier geholt und gingen mit den Käufern in eins der Boote. Wir winkten ihnen verstohlen ein Lebewohl zu, keiner traute sich, seinen Platz zu verlassen. Erst als Toms Vater an Deck erschien und sich anschickte, über die Jakobsleiter von Bord zu gehen, lief Tom zu ihm hin, um ihn zu umarmen und Abschied zu nehmen. Keiner achtete auf das Geschrei des Konstablers, selbst die Soldaten, die im Hintergrund die Szene beobachteten, machten keine Miene einzugreifen.

Zornentbrannt und mit drohend erhobenem Stock ging der Konstabler auf die beiden zu. Die trennten sich jedoch in diesem Augenblick, Toms Vater stieg über die Reling, und Tom ging ruhigen Schrittes, ohne auf den Konstabler zu achten, zu seinem Platz zurück. Als er an ihm vorüberkam, wollte der Konstabler ihm eins mit dem Stock überbrennen, aber Tom schoß ihm einen solchen Blick zu, daß er den Stock sinken ließ und sich mit einem Fluch begnügte. Wahrhaftig, Tom war ein Bursche, mit dem man sich nicht ohne Gefahr einlassen durfte, das sah jeder. Ich war richtig stolz auf ihn.

Gleich darauf zeigte einer der Käufer, der gerade mit dem Kapitän verhandelte, auf Tom. Der mußte vortreten und hatte seinen Dienstherrn gefunden. Es war der Kaufmann Mitchel, der einen Laden in der Frontstraße hatte. Dies raunte mir Tom zu, als er bald darauf mit seinem Bündel wieder an Deck kam und ungeniert auf mich zuging, um mir die Hand zum Abschied zu drücken. »Wir sehen uns wieder!« war sein letztes Wort.

Unsere Reihen waren nun schon ziemlich gelichtet, aber Änne stand noch immer da, mit Katrin an der Hand. Es begann zu dämmern, über die Reede fuhr ein so kühler Wind, daß mich fröstelte. Die letzten Käufer gingen mit ihrer Ware in die Boote, der Kapitän gab dem Konstabler einen Wink: wir waren für heute entlassen. Ich ging mit Änne und Katrin die Treppe hinunter ins Zwischendeck, wo wir gemeinsam unsere Abendmahlzeit einnahmen.

Katrin sagte: »Jetzt habe ich gar keine Angst mehr, wenn wir nur zusammenbleiben. Gelt, Änne, wir bleiben doch beisammen, wir beide?« Dabei standen ihr die Tränen in den Augen.

»Der liebe Gott mag's geben«, erwiderte Änne ernst, »wir wollen ihn darum bitten.« Es war ihr anzusehen, daß sie gar nicht davon überzeugt war. Aber sie würde darum kämpfen, das wußte ich.

»Gelt, Henner, dir ist's doch recht, daß ich mit Änne gehe, auch wenn du nicht mitkommen kannst?« fragte Katrin unter Tränen und sah mich so treuherzig an, daß ich gar nicht anders konnte als antworten: »Freilich, Katrin, die Hauptsache ist, ihr beide bleibt zusammen. Ich komm schon durch.« Dabei war mir gar nicht so zumute, doch ich mußte mich ja als Mann erweisen.

Als am nächsten Tage der Markt weiterging, waren wir es, die im Quartier bleiben mußten. Andere wurden aufgerufen und mußten sich an Deck aufstellen. An diesem Tage gingen alle Tunker, die in Köln zu uns gestoßen waren, von Bord. Soweit sie noch lebten, denn besonders von den Kindern waren viele der Seuche und dem Hunger erlegen. Auch Peter Büchsel mit seiner

Familie war dabei. Von ihm erfuhren wir, als er seine Sachen holte, daß ihre Glaubensbrüder und Gemeinden sich zusammengetan hatten und große Opfer brachten, um die Neuankömmlinge freizukaufen. Sie waren die letzten, die vom Schiff geradewegs in die Freiheit gingen.

Wie für die andern, die sich verserben mußten, die Freiheit aussah, nach der sie sich so gesehnt hatten, davon bekamen wir nach und nach eine Vorstellung. Es sprach sich herum, daß wir nicht nur unsere Arbeitskraft, sondern uns selbst verkauft hatten. Schon in Rotterdam, als er den Kontrakt unterschrieb, hatte mein Vater seine und unsere Freiheit aufgegeben, wir waren unter die Vormundschaft des Kapitäns getreten. Der nun verkaufte dieses Recht an die Käufer, für das Doppelte und Dreifache des vereinbarten Frachtpreises, und der Käufling ging wie eine Ware in das Eigentum seines Dienstherrn über. Er verfügte über unsere Zeit, wir durften uns nicht frei bewegen und mußten jede Arbeit tun, die er von uns verlangte. Erst wenn wir unsere Dienstzeit abgeleistet hatten – für manche waren es viele Jahre –, konnten wir freie Bürger des Neuen Landes werden. So sah das aus!

Ich werde nie vergessen, welche Szenen sich in den folgenden Tagen an Bord abspielten und wieviel Leid und Verzweiflung ich sah. Familien, die auseinandergerissen, Eheleute, die voneinander, Eltern, die von ihren Kindern getrennt wurden. Aber ich sah auch Väter, die kaltblütig ihre Kinder verkauften, um selbst desto früher die Freiheit zu erlangen, und Alte und Gebrechliche, die niemand haben und für die keiner die Last auf sich nehmen wollte.

Am ehesten gingen die Handwerker weg, sie waren allgemein begehrt, und mancher von ihnen erreichte es, daß die Zeit in seinem Kontrakt verkürzt wurde. Die Tagelöhner gingen meist an die großen Grundbesitzer und konnten häufig ihre Familien mitnehmen. Als dann nur noch einzelne gefragt waren, wurden die jungen Leute bevorzugt. Je länger es dauerte, um so stumpfer wurden die Übriggebliebenen, sie hatten schließlich nur noch den einen Wunsch: endlich von Bord zu kommen. Das Ganze war ein Viehmarkt, es ging wenig menschlich dabei zu.

Mit einer Ausnahme, und das war schon bald. Zwei Tage, nachdem die Tunker von Bord gegangen waren, wurden Änne und Katrin wieder aufgerufen. Ich wollte sehen, was mit ihnen geschah, und mischte mich einfach unter die Männer, obwohl ich nicht auf der Liste stand. Es war mir gleich, ob ich Ärger kriegte, und es hat sich auch niemand darum gekümmert.

Bald nachdem der Markt begonnen hatte, rief der Kapitän einen Käufer namens Uhl auf, Martin Uhl. Darauf trat ein jüngerer Mann vor, der mir schon aufgefallen war, weil er die übrigen um einen halben Kopf überragte. Er war breitschultrig, mit großen Händen, ein rechter Bauer mit einem guten, offenen Gesicht, so daß ich mir schon gedacht hatte: Der würde dir gefallen. Er trug Kniehosen, während die meisten Männer recht weite lange Hosen trugen, und als einziger keine Perücke, sondern hatte das gewellte braune Haar im Nacken zusammengebunden.

Als der Kapitän ihn ansprach, hob er bedauernd die Hände und gab zu verstehen, er spreche kein Englisch. Darauf wurde der Konstabler hinzugezogen, und der Kapitän rief ein stattliches junges Mädchen, das gewiß eine gute Magd abgegeben hätte, zu sich, um es dem Uhl vorzustellen.

Der aber winkte ab, ging mit langen Schritten auf unsere Änne zu, die plötzlich ganz rot anlief, nahm sie an der Hand und bedeutete dem Kapitän: die wolle er haben. Was der Kapitän darauf antwortete oder tat, weiß ich nicht. Denn nun geschah etwas anderes: Änne wandte sich um, ging ein paar Schritte auf die Reihe der Frauen zu und streckte die Linke weit aus. Darauf löste sich Katrin aus der Reihe, kam, zaghaft und doch glücklich lächelnd, auf Änne zu und legte die Hand in die ihre.

An Deck war es mucksmäuschenstill. Änne zog Katrin mit sich, trat vor den Uhl hin und sagte, alle konnten es hören: »Ich gehe gern mit Euch, Herr, aber nur, wenn Katrin mitkommt, meine Schwester.«

Der Uhl sah erst Katrin, dann Änne an, schüttelte den Kopf und sagte auf gut pfälzisch: »Tut mir leid, Mädel, des geht nu net, kann's net bezahle.« Der Konstabler wollte die beiden Mädchen auseinanderbringen, aber der Uhl schob ihn beiseite und fuhr der Katrin begütigend über das Haar. Dann wandte er sich wieder Änne zu und sagte: »Was tun wir jetzt?« Plötzlich hellte sich seine Miene auf, und er fuhr fort: »Ich weiß eine Stelle für sie, wo sie's gut hat.«

Mit einer Geste gab er dem Kapitän zu verstehen, er solle sich einen Augenblick gedulden. Dann ging er zu der Gruppe der Käufer, sprach einen Augenblick mit einer zierlichen Frau mittleren Alters und kam gleich darauf mit ihr zurück. Jetzt sah ich, daß sie ein wenig hinkte. Sie trug eine weiße Spitzenhaube auf dem ergrauten Haar, einen Halsschmuck, hatte einen blauen Mantel umgehängt über einem langen, mit Bändern besetzten Rock. In ihrer Jugend war sie gewiß einmal schön gewesen.

Sie sprach ein paar Worte mit dem Kapitän, dann mit Katrin, schließlich hörte ich sie zu Änne sagen: »Wenn du willst, kann sie zu mir kommen in die Apotheke. Sie kann da was Ordentliches lernen.«

Erst später erinnerte ich mich, daß auch sie ein gutes Pfälzisch sprach.

So kamen Änne und Katrin zwar nicht zusammen, aber gleichzeitig an einen Dienstherrn, und sie hatten großes Glück dabei, wie sich zeigen sollte. Ich aber blieb allein zurück und hatte nun keinen mehr, an den ich mich halten konnte.

16. Kapitel

Mein Freund Jan, der Segelmacher, ja, der war noch da, und das war ein Segen für mich. Und er machte mir wieder Mut und sagte, der Kapitän habe bestimmt irgend etwas mit mir vor, sonst wäre ich längst von Bord gegangen. Tatsächlich hatte ich mir schon Sorgen gemacht, weil ich als einziger von den jungen Leuten noch nicht verserbt war. Es waren immer mehr alte Leute um mich, Kranke und Gebrechliche, die niemand haben wollte. Von unserer Gruppe war kaum noch jemand da. Selbst Herr Sartorius hatte einen Käufer gefunden. Freilich hatte er sich nicht mehr als Wahrsager ausgegeben, sondern sich auf sein Schneiderhandwerk besonnen, das er in seiner Jugend einmal erlernt hatte.

Der einzige, der offenbar gar nicht untergebracht werden konnte, war Herr Rost, der entlassene russische Rittmeister. Für ihn hatte niemand Verwendung. Der Kapitän erinnerte sich schließlich sogar der Verdienste, die sich Herr Rost im Kampf um das Schiff erworben hatte, und setzte seine Schuld auf die Hälfte herab. Aber selbst mit diesem Rabatt war er nicht zu verkaufen. Er ist dann doch noch, wie ich später erfuhr, untergekommen: die Gemeinde Heiligenberg stellte ihn als Schulmeister an. Was er den Kindern beigebracht hat, weiß ich nicht, denn er verstand nur etwas von Kanonen und Aufspießen mit Bajonetten.

Eines Tages wurde ich dann doch aufgerufen und mußte vortreten. Das war, als Herr Appleby erschien, ein strenger Herr mit spitzer Nase und einem steifen Hut, der einen Handlanger für sein Importgeschäft suchte. Er war offenbar ein Bekannter des Kapitäns, und der hatte mich für ihn aufgehoben. Keiner von beiden wußte, daß ich das Englische schon ganz gut verstand; so erfuhr ich mancherlei über mich selbst – daß ich anstellig, kräftig und von gutem Charakter war, wie der Kapitän behauptete, und daß ich in einem gut christlichen Haus die beste Erziehung genießen würde, wie Herr Appleby versicherte. Die beiden wurden bald handelseinig, ich mußte vor dem Provinzbeamten unterschreiben, holte mein Bündel und ging, nach einem letzten Lebewohl an Jan, hinter meinem Dienstherrn her von Bord.

Herr Appleby sprach kein Wort mit mir, und das war mir recht, denn ich wollte noch nicht zu erkennen geben, daß ich ihn verstand. Wir gingen die breite Straße entlang, die zum Stadthaus führte, wo wir vereidigt worden waren. Gleich linker Hand, das mußte die Frontstraße sein, die wir querten, sah ich an einem Haus die Inschrift *Mitchel's Kaufhaus:* dort war Tom zu finden! Wir kamen an einem Friedhof vorüber, der von Viehweiden umgeben war, bogen in eine andere Straße ein und standen vor einem zweistöckigen Steinhaus mit weitläufigen Nebengebäuden.

Appleby's Übersee-Handel war auf einem hölzernen Schild zu lesen. Wir waren am Ziel.

Als wir die Treppe hinaufstiegen, sah ich am Fenster zwei Kinder, die sich die Nase plattdrückten und mich neugierig musterten. Frau Appleby empfing uns an der Tür und brach, als sie mich sah, in die Worte aus: »Du lieber Himmel, so jung! Wie soll der die schwere Arbeit verrichten!«

Worauf Herr Appleby antwortete: »Keine Sorge, meine Liebe, er wächst noch, und deine vorzügliche Küche wird ihm schon Muskeln machen. Herr Pickeman hat mir versichert, daß er zähe und willig ist, ein guter Arbeiter.«

»Und willst du ihn wirklich in dem Verschlag im Giebel unterbringen?« fragte Frau Appleby. »Er wird uns im Winter erfrieren dort oben!«

»Keine Sorge, meine Liebe«, erwiderte Herr Appleby, »er soll ja arbeiten und wird viel zu müde sein, um zu frieren.«

»Nun, wenn du meinst«, sagte Frau Appleby, und nichts habe ich so oft aus ihrem Munde gehört wie diese Worte. Sie war eigentlich ein freundlicher, gutmütiger Mensch mit einem runden Apfelgesicht, einer Stupsnase und hellblauen Augen. Doch in dem eintönigen Grau ihrer Kleider und zumal dann, wenn sie die häßliche Haube trug, die ihr Gesicht stets in Schatten hüllte, ging ihr freundliches Wesen unter. Erst jetzt fiel mir auf, daß Herr Appleby ganz in Schwarz gekleidet war, vom Schoßrock über die Kniehosen und Strümpfe bis zu den Schnallenschuhen. Der Quäkerhut saß wie ein umgedrehter Suppenteller auf seinem Kopf.

Schlicht und schmucklos wie ihre Kleidung war auch die Wohnung meiner neuen Herrschaft. Und der Verschlag unterm Dach – mein »Zimmer«, wie Herr Appleby zu sagen beliebte – war eine kümmerliche Schlafstelle, durch die der Wind pfiff und die Mäuse rannten. Das beste daran war das kleine Giebelfenster, von dem aus ich einen weiten Blick nach Westen über die Stadt hatte bis über den Schuylkill-Fluß und die grünen Wälder dahinter. Wenn an klaren Abenden die Sonne unterging, konnte ich sogar die endlose Kette der Blauen Berge erkennnen.

Einfach war auch das Mahl, zu dem sich die Familie und das Gesinde am Abend um den langen Tisch versammelten. Herr Appleby blickte streng in die Runde, bis alle die Hände gefaltet und die Köpfe gesenkt hatten. Dann schloß er die Augen und schwieg vor sich hin. Ich wartete vergeblich darauf, daß ein Wort über seine Lippen kam. Indes dampften die Bohnen in der großen Schüssel ebenfalls vor sich hin und verbreiteten einen so verlockenden Duft, daß mir jedenfalls alle frommen Gedanken vergingen.

Schließlich schlug Herr Appleby die Augen auf, füllte seinen Teller und schob die Schüssel Frau Appleby hin, die sich und den beiden Kindern auftat. Die Jungen mochten acht und zehn Jahre alt sein, sie rutschten unruhig auf ihren Stühlen hin und her und aßen lustlos. Während also die Familie bereits mit der Mahlzeit begonnen hatte, ging die Schüssel von oben nach unten den Tisch entlang: Zunächst kamen die beiden Kaufmannsgehilfen an die Reihe, ältere Männer, der eine war der Ladendiener, der andere der Schreiber. Sie waren beide ledig und schon unter Herrn Applebys Vater im Geschäft gewesen. Sie bedienten sich und schoben die Schüssel den nächsten zu, nämlich dem weißhaarigen Neger Sam und seiner Frau Molly, der Köchin.

Als ich an die Reihe kam, hatte Herr Appleby sein Mahl schon beendet. Er schob den Teller von sich und blickte mißbilligend auf die Esser am unteren Ende der Tafel, die angestrengt die Bohnen in sich hineinschaufelten und mit ihrer Gier das fällige Tischgebet verzögerten. Die beiden Kaufmannsgehilfen hatten es fertiggebracht, ein zweites Mal zu nehmen. Ich dagegen, der ich die Haussitten noch nicht kannte, legte enttäuscht den Löffel aus der Hand und faltete, noch nicht halb gesättigt, unter Herrn Applebys strengem Blick die Hände.

Bis die beiden Gehilfen die Löffel hinlegten, hatte Herr Appleby sich still gesammelt und offenbar eine Eingebung empfangen. Denn er sprach mit leiser Stimme vor sich hin: »Geliebter himmlischer Vater, du gibst uns Speise, wir danken dir. Du gibst uns Wohnung und alle Notdurft, wir danken dir.« Er sprach so schnell, wie ich noch nie jemanden hatte reden hören, weshalb ich vieles nicht verstand. Aber es war oft von den »Kindern des Lichts« die Rede, womit wohl die Glaubensbrüder gemeint waren, und vom Segen Gottes, der sichtbar auf dem Haus und den Geschäften des Herrn Appleby ruhe. Mit erhobener Stimme rief er dann: »Zittert vor dem Wort des Herrn! Jacob, hast du die Sensen für Herrn Mifflin zusammengepackt?« fuhr er im gleichen Atemzug fort, indem er die zuvor gefalteten Hände auf die Tischplatte senkte und sich an den Ladendiener wandte.

»Ja, Herr!« antwortete Jacob, noch in Gebetshaltung.

»Schlag achtzehn Cent auf per Stück«, sagte Herr Appleby, »wir wissen noch nicht, was wir wiederbekommen, und die Zeiten sind schlecht.«

»Jawohl, Herr!« Jacob hob den Blick und senkte die Hände in den Schoß.

»Für unsere Glaubensbrüder ist uns kein Opfer zu groß«, sagte der größere der beiden Jungen, und es war seinem Gesicht nicht anzusehen, ob seine Bemerkung seiner Dummheit oder seiner Frechheit entsprang. Jedenfalls hatte er diesen Spruch wohl schon oft gehört. Später merkte ich, daß er es faustdick hinter den Ohren hatte.

»Aber George, mußt du immer so vorlaut sein!« rief seine Mutter, während Herr Appleby die Bemerkung überhörte, sich erhob und mich zu sich heranwinkte. Er nahm mich mit in sein Kontor und hielt mir einen Vortrag über seine Rechte, meine Pflichten und wie glücklich ich mich zu schätzen hätte, in sein Haus gekommen zu sein.

Mittendrin unterbrach er sich, schlug sich vor die Stirn und rief: »Jetzt rede ich mir den Mund fusselig, und der Bengel versteht mich gar nicht!«

»O doch, Herr, ich verstehe Euch wohl!« sagte ich in meinem besten Englisch.

»Dann hör gut zu, was ich dir sage, du Lümmel!« rief Herr Appleby ärgerlich, er fühlte sich offenbar von mir getäuscht. »Und wehe, ich muß dir etwas zweimal sagen, oder meine Gehilfen beklagen sich über dich!« Und er verhieß mir den Knüppel und harte Zeiten, falls ich nicht fleißig von früh bis spät meine

Arbeit täte. »Und nun ab mit dir in die Waschküche, Sam wird dich schrubben, bis der verdammte Dreck herunter ist!« schloß er seine Belehrung. »Deine Lumpen werden verbrannt samt deinen Läusen! Sam wird dir saubere Kleidung geben.«

Damit war ich entlassen, und was ich an diesem Abend noch auszustehen hatte, übertraf alles, was ich in meiner Kindheit an Bädern und Säuberungen hatte erdulden müssen. Sam war unerbittlich, das Wasser war schrecklich heiß, die Seife zerbiß meine Haut, ich glühte und sah aus wie ein gebrühtes Borstentier bei der Schlachtung. Todmüde sank ich auf mein Lager, in meinen neuen Kleidern, die mir zu groß, aber wunderbar heil und sauber waren.

17. Kapitel

Die ersten Wochen im Hause des Herrn Appleby sind mir sauer geworden. Es war noch stockdunkel, wenn Sam mir die Decke wegzog, und schon wieder tiefe Nacht, wenn ich mich endlich schlafen legen durfte. Dazwischen war ich pausenlos in Bewegung. Es gab keinen im Haus, der mich nicht herumkommandierte und das Recht dazu hatte. Für Molly mußte ich Wasser holen, Holz hacken und die Küche schrubben, für Sam, der sich sogleich wieder ins Bett verkroch, Schnee fegen, die Pferde tränken und füttern, den Stall ausmisten. Bis es endlich Frühstück gab, immer den gleichen Haferpamps, der statt mit Zucker mit frommen Sprüchen versüßt wurde, hing mir der Magen schon in den Kniekehlen.

Zwar lernte ich bald, mich in kürzester Zeit so mit Brei vollzustopfen, daß mir die Hose paßte. Aber kaum hatte Herr Appleby das Dankgebet gesprochen, da fielen sie auch schon über mich her: Henry hier und Henry dort, hol mir die Äpfel aus dem Keller, zieh mir die Wäscheleine, putz mir die Schuhe, das war noch das gelindeste. Manchmal sprachen sie alle gleichzeitig, so daß

Herr Appleby eingreifen mußte und sagte: »Unsinn, er geht ins Lager und packt. Jacob, was gibt's zu tun?«

Und Jacob antwortete wie aus der Pistole geschossen: »Das Tuch muß ins Regal, die Sendung Bratpfannen muß ausgepackt werden. Vier eiserne Öfen sind aufzuladen . . .«

»Du liebe Güte«, sagte Frau Appleby, »das kann der Junge doch gar nicht!«

»Wer faßt mit an?« fragte Herr Appleby und warf seiner Frau einen mißbilligenden Blick zu.

Alle sahen auf ihren Teller nieder und zogen den Kopf ein. Nur Molly sagte mit ihrer tiefen Stimme: »Macht Sam. Wer wohl sonst?«

Und Sam äffte sie mit hoher Stimme nach: »Macht Sam, macht Sam. Wer sonst?« Er war faul, aber gutmütig, und noch immer gut bei Kräften. Doch Herr Appleby hatte ihm gesagt, er solle sich schonen, und das ließ er sich nicht zweimal sagen.

Sie hetzten mich den ganzen Tag. Selbst Richard, der bucklige Schreiber, fand immer etwas, was ich für ihn tun mußte. Er versäumte auch nie, mich darüber zu belehren, daß ich zu jeder Arbeit verpflichtet sei und welche Strafe ich zu erwarten hätte, wenn ich sie nicht sogleich und aufs beste erledigte. Ich wußte nun, daß ich keinerlei Rechte hatte, wie ich ja auch keine Abschrift meines Dienstkontraktes besaß. Ich durfte mich, ohne Erlaubnis meines Herrn, nicht aus dem Haus entfernen, durfte ohne seine Einwilligung weder etwas kaufen noch verkaufen, und war überhaupt in allen Dingen einem Negersklaven gleichgestellt. Mein Herr dagegen konnte mich jederzeit anderweitig vermieten oder verkaufen. Bei Fluchtversuch erwarteten mich schwere Strafen, mindestens und auf jeden Fall die Peitsche.

Die Arbeit im Warenlager war schwer. Ob Tuchballen, Eisenwaren oder Geräte für die Landwirtschaft, alles hatte sein Gewicht, und manchmal schaffte ich es wirklich nicht allein, sie zu bewegen. Selbst die Bibeln und Gesangbücher waren in großen Ballen verpackt und schwer wie ein Mehlsack. Abends war ich wie gerädert, und alle Knochen taten mir weh, wenn ich in aller Herrgottsfrühe wieder aufstehen mußte.

Der Winter hatte mit Macht begonnen. Im Lager war es hundekalt, nur im Laden stand ein eiserner Ofen, den ich zu heizen hatte. Ich lernte bald so zu feuern, daß ich jede halbe Stunde nachlegen mußte und mich etwas aufwärmen konnte – bis mir Herr Appleby auf die Schliche kam und mir eine Tracht Prügel verabfolgte. Dazu bediente er sich seines spanischen Rohres, das sich bog wie eine Weidengerte, aber hart wie Eisen war und scheußliche Striemen hinterließ. Hinterher zeigte er mir dann auch die Peitsche, sie hing neben seinem Stehpult und weckte keinerlei Verlangen in mir. Da zog ich das spanische Rohr vor, und als die ganz große Kälte einsetzte, war mir das Aufwärmen auch ein paar Hiebe wert.

Nachts fror ich entsetzlich, bis ich heimlich ein paar von den gegerbten Schaffellen, die im Laden zum Verkauf auslagen, in meinen Verschlag schaffte. Von da an schlief ich wie ein Murmeltier und habe nie mehr nachts gefroren. Sam grinste, als er es beim Wecken entdeckte, und zeigte mir eine Truhe auf dem Dachboden, wo ich die Felle tagsüber verstecken konnte, so daß Herr Appleby, der hin und wieder einen Blick in meinen Verschlag warf, sie nicht sah.

Überhaupt war der alte Sam ein guter Mensch. Er sorgte auch dafür, daß Molly mir öfter etwas außer der Reihe zu essen zusteckte. Denn ich war immer noch von der langen Seereise ausgehungert und wurde nie richtig satt an Herrn Applebys Tisch. Auf diese Weise kam ich allmählich zu Kräften, und die verheißenen Muskeln bildeten sich wirklich, wenn auch nicht von Frau Applebys vorzüglicher Kost. Ich wuchs, meine Schultern wurden breiter, meine Stimme tief. Bald konnte ich die eisernen Ofenplatten und die Bücherballen alleine bewegen. Ich war nun fünfzehn und fast ein Mann.

Herr Appleby hätte es gern gesehen, wenn ich sonntags mit zum Gottesdienst gegangen wäre. Immer wieder versuchte er, mir die Vorzüge der »Gesellschaft der Freunde«, wie er die Quäker nannte, deutlich zu machen. Er versäumte auch nicht, darauf hinzuweisen, daß mir die Zugehörigkeit zu den Freunden nicht nur inneren Gewinn und den wahren Zugang zur Seligkeit gewähren würde, sondern auch greifbare Vorteile im diesseitigen Leben. Damit meinte er offenbar meine Stellung in seinem Hause.

Aber da war wenig, was mich hätte locken können. Im Gegenteil, im Vergleich zu der dürren Langweiligkeit im Hause des Herrn Appleby erschienen mir die Feiertage und Feste daheim im schönsten Licht. Besonders zu Weihnachten empfand ich das, wenn ich an das duftende Christgebäck, den Tannenschmuck und die Lichter dachte, die bei uns zu Hause das Fest verschönt hatten. Wochenlang hatten wir uns darauf gefreut, und ich war gern zum Christgottesdienst gegangen. Nichts davon hier, kein äußerer Glanz sollte den inwendigen Menschen von der wahren Frömmigkeit ablenken. Gewiß, an den Festtagen ruhte die Arbeit, aber nicht für mich, der um so häufiger laufen und springen mußte.

Schließlich ging auch der Winter einmal zu Ende, und als der Delaware eisfrei war, kam das Marktschiff wieder jeden Samstag von Wilmington. Wir hatten regelmäßig Waren abzuholen und mitzugeben, und ich mußte Sam begleiten, der mir das Lenken der Pferde und den Großteil der Arbeit gern überließ. Ich freute mich die ganze Woche auf diesen Tag. Er brachte nicht nur Abwechslung in die Eintönigkeit meines Alltags, sondern auch oft die Gelegenheit, Tom zu treffen. Auch er mußte für seinen Kaufmann kutschieren und laden, und es fand sich immer eine Viertelstunde oder mehr für ein Gespräch. Oft mußten wir sogar lange auf die Abfertigung warten und richteten es so ein, daß wir hintereinander standen. Sam schlief meistens hinten auf dem Wagen, und Toms Begleiter verschwand in einer Hafenkneipe.

Eines Tages sagte Tom: »Ich soll dich grüßen von deiner Schwester Katrin. Sie wohnt im Deutschen Viertel in der Apotheke *Zum Goldenen Pelikan.* Dort lernt sie auch, und sie besucht sogar die Schule.«

Eine bessere Nachricht hätte es für mich nicht geben können. »Wann hast du sie gesehen?« fragte ich. »Und kannst du sie wiedersehen?«

»Vorige Woche. Ich hatte ein Pulver gegen Zahnweh zu besorgen für Herrn Mitchel, das gibt es nur dort.« Er grinste und fuhr fort: »Wenn wir fleißig beten, daß er wieder Zahnschmerzen kriegt, kann ich bald noch einmal hingehen.«

»Sag ihr, sie soll hierherkommen, unter irgendeinem Vorwand. Ich muß sie unbedingt sprechen!«

Tom schüttelte den Kopf. »Ich glaube nicht, daß daraus was wird. Sie ist gut zu ihr, die Frau Memminger, aber sie paßt mächtig auf sie auf. Was willst du denn von ihr? Kann ich es nicht ausrichten?«

Ich warf einen Blick nach hinten auf den Wagen, ob Sam mich auch nicht hören konnte; aber der schnarchte laut. »Sie soll herausfinden, wo Änne ist. Die Frau, die sie gekauft hat, kennt den Uhl, bei dem Änne Magd ist. Sie weiß bestimmt, wo er wohnt.«

»Und was hast du davon, wenn du's weißt? Kannst ja doch nicht hin. Oder meinst du . . .?« Tom fing an zu begreifen.

»Änne kann uns helfen, und sie tut's bestimmt. Wenn wir losgehen, müssen wir erst mal verschwinden. Sie werden uns überall suchen, mit Hunden, hat Sam gesagt. Wir brauchen ein sicheres Versteck, wenigstens für die ersten Tage . . .«

»Hast du dem Sam etwa von unserm Plan erzählt?«

»Nein, natürlich nicht. Wir haben nur so allgemein gesprochen, über die Käuflinge. Er sagt – und das hat auch der Bucklige, der Schreiber, gesagt –, daß Flucht schwer bestraft wird. Mit Auspeitschen, und für jeden Tag, den er weg war, muß der Käufling zehn Tage länger serben.«

»Ich weiß«, sagte Tom. »Aber auch Fluchthilfe wird bestraft. Wer einem Flüchtling Obdach gewährt, muß hohe Strafen zahlen, hundert Pfund Tabak für einen Tag. Und wer ihn einfängt, kriegt Belohnung. Änne wird sich bedanken!«

»Da kennst du Änne schlecht! Sie hilft uns ganz bestimmt. Und ohne Hilfe kommen wir nicht durch.«

Wir waren fest entschlossen zu fliehen. Auch Tom hatte einen schweren Dienst, mußte harte Arbeit leisten und wurde zudem von dem Gehilfen, dem er unterstand, schikaniert und bei seinem Dienstherrn verleumdet. Er wollte auf keinen Fall die fünf Jahre, für die er sich hatte verserben müssen, abdienen. Und ich dachte ganz genauso. Sobald die Nächte wärmer wurden, wollten wir ausbrechen. Unser Plan nahm bereits Gestalt an.

Zwei Wochen darauf, es war ein kühler Apriltag, sah ich Tom wieder. Er strahlte über das ganze Gesicht. »Heute wirst du was erleben«, sagte er. Aber als ich fragte, was los sei, grinste er nur und gab keine Auskunft.

Eine halbe Stunde später, Tom war inzwischen mit Laden an der Reihe, stand plötzlich Katrin neben mir. Ich hätte sie kaum erkannt, so groß war sie geworden; selbst ihr Gesicht hatte sich verändert, die Nase war größer, der Mund voller als früher. Sie schien mit ihren langen Gliedmaßen noch nicht vertraut zu sein und kicherte verlegen, als ich sie in meine Arme schloß. Gleich darauf drehte sie sich um, indem sie sich von mir losmachte, und sagte: »Das ist Mary«, wobei sie mit dem Finger auf ein hinter ihr stehendes Mädchen deutete.

Rothaarige Mädchen waren nie mein Fall gewesen, und dieses hier hatte noch mehr Sommersprossen im Gesicht als Tom. Sie war ziemlich klein, zierlich, mußte aber wohl zwei Jahre älter sein als Katrin. Den Mund ein wenig spöttisch verzogen, mit einem herausfordernden Blick in den grünlichen Augen, schien sie auf meine Begrüßung zu warten.

Ich war aber gar nicht erbaut davon, bei meinem Gespräch mit Katrin einen Zeugen zu haben. Sie kam mir ganz und gar ungelegen.

Katrin kicherte. »So sag doch was!« forderte sie mich auf.

Ich schwieg. Denn in diesem Augenblick nahm etwas anderes meine Aufmerksamkeit in Anspruch: Hinter dem Mädchen Mary ging eine Gruppe von Indianern vorüber auf den Landeplatz zu. Offenbar wollten sie mit dem Marktschiff reisen. Ich hatte schon öfter einzelne Indianer gesehen, wenn sie in Herrn Applebys Laden Spaten, Sägen oder andere Geräte kauften, wobei sie meist mit Biberfellen bezahlten. Sie waren mir ziemlich zerlumpt vorgekommen und entsprachen so gar nicht dem Bild, das ich mir von der kriegerischen roten Rasse gemacht hatte.

Aber diese hier waren ganz anders, auffallend gekleidet. Einige trugen Stirnbänder und Federschmuck im fettglänzenden

Haar, grellfarbene Schärpen um den Leib und große Tücher oder Umhänge über einer Schulter. Schmuck zierte Stirn, Hals und Brust, die ledernen Gamaschen waren mit Glasperlen besetzt, bunte Stickereien schmückten die Mokassins. Ein junger Indianer, der schlichter gekleidet, aber eine auffallend schöne und stattliche Erscheinung war, überragte die andern fast um Haupteslänge.

Das Mädchen Mary war meinem Blick gefolgt. Sie nickte, und indem sie sich mir wieder zuwandte, sagte sie: »Da staunst du, wie? Es sind Häuptlinge der Irokesen, sie reisen zu einem Kongreß mit den Provinzregierungen. Siehst du den Jungen, den Großen, der sie alle überragt? Ja? Das ist mein Freund Logan. Er besucht mich immer, wenn er nach Philadelphia kommt. Gestern war er bei mir!«

»Jetzt schwindelst du!« entfuhr es mir. Konnte die aufschneiden!

»Aber Henner«, rief Katrin empört, »wie kannst du so was sagen! Natürlich war er da, ich hab's doch gesehen!«

Mir verschlug es die Sprache. Das war doch ganz unglaublich. Diese kleine Person! Plötzlich begann sie mich zu interessieren. »Du – kennst ihn wirklich?« stotterte ich.

Sie lachte spitzbübisch. Dann, einem plötzlichen Einfall folgend, sagte sie: »Paß auf, ich werd's dir zeigen!« und lief auf die Gruppe Indianer zu, die am Kai stand.

Sie war noch nicht ganz da, als der große Indianer sich zu ihr umwandte, ihr die Hände entgegenstreckte und sie unter den Achseln faßte und wie einen Ball in die Höhe warf. Er fing sie sicher wieder auf und setzte sie mit den Füßen auf die Erde. Dann sprachen die beiden miteinander, Mary wies mit der Hand zu uns herüber, und einen Augenblick lang spürte ich tatsächlich den Blick des jungen Indianers auf mir ruhen. Es ging mir durch und durch.

Gleich darauf kam Mary zurück. »Woher kennst du ihn?« fragte ich sie.

»Er wohnt nicht weit von uns. Von meinem Vater«, verbesserte sie sich.

»Hier?« fragte ich verwirrt.

»Ach nein, weit von hier hinter den Blauen Bergen. Mein Vater hat eine Hütte im Juniatatal, und Logan wohnt nur eine Stunde entfernt. Er ist oft bei uns gewesen.«

Ich brannte darauf, noch mehr zu erfahren. Aber plötzlich erklang hinter mir die Fistelstimme des alten Sam: »Henry! Du nicht schwatzen mit Mädchen, du aufpassen! Vorwärts, laden!«

Was schimpft er denn so? dachte ich und wandte mich um. Da sah ich den schwarzen Hut von Herrn Appleby durch die Menge kommen. »Los, verschwindet!« raunte ich den Mädchen zu. »Er darf euch nicht sehen! Kommt wieder, am nächsten Samstag!«

Ich nahm die Zügel auf und trieb die Pferde an. Nun hatte ich kein Wort mit Katrin gesprochen, nichts über Änne erfahren und war doch irgendwie erregt von dem Erlebnis. Ich konnte es kaum abwarten, wieder mit den Mädchen zusammenzutreffen. Ja, mit beiden.

18. Kapitel

Am nächsten Samstag warteten wir vergeblich auf die Mädchen. Aber Tom hatte Nachricht von seinem Vater: Er war als Landarbeiter auf einer großen Farm am Delaware, nicht weit von Trenton. Herr Mitchel, Toms Dienstherr, bezog Weizen und Tabak von dieser Farm und lieferte Weißwaren und Kleidung dorthin. Der Schiffer, der den Transport auf dem Fluß besorgte, kannte Toms Vater und hatte sogar einen Brief mitgenommen, den Tom an ihn geschrieben hatte.

»Hast du ihm etwa verraten, daß wir abhauen wollen?« fragte ich.

»Wo denkst du hin! Ich weiß doch gar nicht, ob man dem Schiffer trauen kann.« Tom grinste. »Hab nur geschrieben, es ginge mir gut und wir beide träfen uns öfter und wollten uns bald einmal die Umgebung ansehen.«

»Willst du zu ihm? Glaubst du, er versteht das richtig?«

»Er versteht mich bestimmt. Und wenn er will, daß wir zu ihm kommen, läßt er es uns wissen.«

Das hatte etwas für sich. Denn wir wußten vorerst nicht, wohin wir uns in dem unbekannten Land wenden sollten, und über Änne hatte ich noch nichts erfahren können.

In Mitchel's Kaufhaus wurden auch Zeitungen verkauft, Tom las sie regelmäßig. »Es kommen wieder Schiffe mit Auswanderern aus Rotterdam«, sagte er. »Fast jede Woche stehen Anzeigen drin, daß sie verkauft werden. Aber es laufen auch viele weg, die stehen auch in der Zeitung. Hier, lies!« Er gab mir ein zusammengefaltetes Zeitungsblatt. Ich konnte es aber nicht lesen, weil ich weiterfahren mußte, die Leute hinter mir schimpften schon. Auch war Tom jetzt an der Reihe zu laden, so daß ich das Blatt in die Tasche steckte.

Sam war von dem Lärm aufgewacht. Er kam nach vorn. »Du schwatzen viel«, sagte er vorwurfsvoll, »immer rumstehen mit Freund. Nicht gut! Wenn Massa Abraham sehen, er mir schimpfen und dir prügeln!«

Massa Abraham war Herr Appleby, den Sam schon als kleinen Jungen gehütet hatte. Sam hatte immer Angst, Scherereien mit seinem Herrn zu kriegen. Dabei schwatzte er selbst nur zu gern. Und das Warten in der Schlange vor dem Marktschiff bot dazu die beste Gelegenheit. Denn Herr Appleby konnte fuchsteufelswild werden, wenn er uns zu Hause beim Schwatzen erwischte. Ich bekam das spanische Rohr zu schmecken, und Sam kriegte eine Arbeit aufgebrummt.

Das hatte er gar nicht gern. Seit ich im Hause war, lebte er so ruhig wie nie zuvor. Ich kannte längst seine Lebensgeschichte. Als junger Bursche war er von Sklavenhändlern, die sein Heimatdorf in Afrika überfallen hatten, geraubt und auf dem Sklavenmarkt in Baltimore verkauft worden. Auf einer großen Tabakfarm war er ganz heruntergekommen und schließlich, halbverhungert und krank, von Herrn Applebys Vater billig gekauft worden. Dem hatte der junge Bursche leid getan, er nahm ihn in sein Haus und päppelte ihn hoch. Und er gewann eine gute und willige Arbeitskraft in ihm. Vater Appleby verheiratete ihn mit Molly, seiner Köchin.

»Hattet ihr keine Kinder?« fragte ich ihn, als er es mir erzählte.

»Sicher, zwei Jungen, ein Mädchen«, antwortete er.

»Und wo sind sie?«

»Weiß nicht. Massa Appleby sie verkaufen, sie ihm gehören.« Er grinste. »Massa Appleby war frommer Mann, auch Massa Abraham frommer Mann, aber guter Geschäftsmann beide. Wenn was verkaufen mit Gewinn, dann alles gut.«

»Da möchte ich bloß mal wissen«, sagte ich, »warum er mich gekauft hat.«

»Hoho«, lachte Sam, »du billig!«

»Billig?« erwiderte ich. »Achtzehn Pfund hat er für mich bezahlt!«

»Hohoho, achtzehn Pfund! Für so viele Jahre du dienen, du sein Eigentum! Wenn schwarzen Sklaven kauft, er fünfzig, siebzig zahlen. Und müssen alles lernen, wenn aus Busch kommt. Aber du alles schon können, sogar schreiben und rechnen!«

Sam sprach auch mit Molly in diesem Kauderwelsch. Er hatte seine Muttersprache vergessen und das Englische nie richtig erlernt. Es klang lustig, aber es haftete ihm an wie seine schwarze Haut. Molly sprach besser, sie war in Maryland geboren.

»Ja«, fuhr Sam fort, er war einmal in Fluß und konnte dann nicht aufhören, »du billig, und noch besser, du kein Sklave. Fromme Quäker nicht lieben Sklavenhaltung, Gemeinde sieht nicht gern.«

»Aber du und Molly«, wunderte ich mich, »euch hält er doch!«

»Wir sein frei. Als Massa Abraham Geschäft übernommen, er uns hat freigelassen.«

»Und ihr seid dageblieben?«

»Wo wir sollten hin? Hier wir haben Bett, Essen, Kleidung, Arbeit. Hier wir sicher, wir haben gut. Nein, Sam hier alt geworden und sterben, Molly auch. Ich nicht mehr viel arbeiten, sagen Massa Abraham, jetzt du viel arbeiten. Du jung und stark und billige Kraft!« Er klopfte mir auf die Schulter und wollte sich ausschütten vor Lachen.

An diesem Samstag also wurde nichts aus unserem Treffen, die Mädchen kamen nicht. Ich war nicht einen Schritt weitergekommen. Mißmutig warf ich mich nach der Abendmahlzeit auf mein Lager. Das Knistern in meiner Hosentasche brachte mir die Zeitung in Erinnerung. Ich zog den Fetzen hervor und las im letzten Abendlicht die Anzeige, die Tom angestrichen hatte:

ENTLAUFEN ein verbundener Knecht.. Er ist zwanzig Jahre alt, von untersetzter Figur, hat schwarze Haare, braune Augen und Pockennarben im Gesicht. Trug, als er weglief, ein blauleinenes Hemd, ein Paar lederne Kniehosen, blaue Wollstrümpfe und Schnallenschuhe sowie einen abgetragenen schwarzen Tuchrock mit metallenen Knöpfen. Spricht Deutsch und nur ganz wenig Englisch, stottert. Hat noch vier Jahre zu dienen. Für die Ergreifung wird eine Belohnung von 200 Pfund Tabak ausgesetzt. Nachricht oder Ablieferung an den Wirt des Gasthauses Zum Indianerkönig *in der Marktstraße.*

So war das also. Wer ausbrach, hatte zu erwarten, daß sein Steckbrief in der *Gazette* über die ganze Provinz verbreitet wurde. In der Umgebung von Philadelphia ging das sogar ziemlich schnell. Gut, das zu wissen, wir mußten uns darauf einstellen. Erstens: man mußte sein Aussehen irgendwie verändern, zumal wenn wir zu zweien fliehen wollten. Zweitens: die *Gazette* erschien am Mittwoch; wenn man also in der Nacht auf Mittwoch weglief, dauerte es eine Woche, ehe der Steckbrief erscheinen konnte. Bis dahin mußten wir das besiedelte Gebiet hinter uns haben oder in einem sicheren Versteck geborgen sein.

Wenn ich bloß gewußt hätte, wo Änne war! Die Woche wollte und wollte nicht zu Ende gehen, so ungeduldig wartete ich auf den Markttag. Aber als er kam, durfte ich nicht mit, sondern mußte die Lagerschuppen fegen und den Laden schrubben. Herr Appleby ging selbst, Sam mußte kutschieren und allein laden.

Das nächste Wochenende war Karsamstag, da gab es keinen Markt. Aber der Himmel hatte ein Einsehen. Er bescherte Herrn Appleby zu Ostern heftige Zahnschmerzen und eine dicke

Backe, wogegen keine warmen Umschläge und keine Tinkturen halfen. Es blieb ihm nichts anderes übrig, als zu der Apotheke *Zum Goldenen Pelikan* zu schicken und das Pulver der Frau Memminger zu versuchen. Er schickte mich!

Den Weg ins Deutsche Viertel hätte mir keiner zu beschreiben brauchen. Ich war ihn im Geist schon hundertmal gegangen: die Frontstraße entlang stromaufwärts, dann die dritte Straße links und die zweite rechts, wie Tom es mir erklärt hatte. Da sah ich auch schon ein Backsteinhaus mit der Treppe davor. Über der Tür prangte ein goldener Vogel mit einem langen Hals, das mußte der Pelikan sein.

Eine Glocke ertönte, als ich die Tür öffnete. Ringsum an den Wänden sah ich hohe Regale und Schränke mit vielen kleinen Fächern und Schüben. Davor ein Tresen mit Pfannen, Tiegeln und mehreren Waagen darauf.

Ehe ich mich noch entschieden hatte, ob ich meinen Gruß auf deutsch oder auf englisch sagen sollte, erklang eine Frauenstimme: »Guten Tag! Wo tut es weh, junger Freund?«

Es war Frau Memminger, ich erkannte sie gleich. Und als ich von Herrn Applebys Zahn berichtete, lachte sie und sagte auf gut pfälzisch: »Des einen Leid, des andern Freud! Pech für Herrn Appleby, aber Glück für dich und die Katrin. Gell, du bist doch der Henner?«

Ja, da war mir ganz eigenartig zumute, als ich so empfangen wurde und die heimischen Laute hörte. Ich konnte grad noch nicken und ja sagen, so saß mir der Kloß im Halse.

»Geh nur rein«, sagte Frau Memminger, »die Katrin sitzt nebenan.« Sie machte die Tür hinter sich auf und rief: »Besuch, Katrin, Osterbesuch! – Es dauert ein wenig, muß das Pulver erst machen«, fügte sie hinzu.

Ich ging hinein, es war die Küche, Katrin saß am Tisch und putzte Löffel. Sie juchzte, sprang auf und fiel mir so stürmisch um den Hals, daß ich mich erschrocken nach Frau Memminger umsah. Aber die hatte die Tür schon wieder geschlossen, sie ließ uns allein. Die Küche kam mir vertraut vor, sie war ebenso eingerichtet wie daheim im Lindnerhof, nur größer und schöner, wie beim Jörg in der Neuen Mühle. Ich hätte mich gern noch länger umgesehen, aber ich mußte mich beeilen.

»Hab wenig Zeit, Katrin«, sagte ich. »Herr Appleby hat Zahnweh. Wenn ich zu lang ausbleibe, krieg ich den Buckel voll. Was weißt du von Änne? Wo ist sie?«

Nun, Frau Memminger hatte ein Einsehen und brauchte länger, als ich gedacht hatte, um das Pulver herzustellen. So erfuhr ich allerlei. Änne war Magd bei dem Bauern Uhl, und es ging ihr gut. Nur lag der Hof am Fuß der Blauen Berge, ein einsamer Vorposten am Swatara-Bach, Tolheo nannten die Indianer den Platz. Hin und wieder kam der Uhl nach Philadelphia, um einzukaufen. Und er war ein Landsmann der Frau Memminger, als Kind mit ihr zusammen ins Neue Land gekommen.

Und Katrin hatte es wirklich gut getroffen. Sie mußte viel lernen, im Haus und in der Schule, und durfte das Haus nie allein verlassen. Aber Frau Memminger war gut zu ihr. Und vor allem war Mary da. Jetzt freilich war sie nicht da.

»Wo ist sie?« fragte ich. »Ich muß sie unbedingt sprechen.«

»Sie ist weit weg, zu ihrem Vater ins Juniatatal«, erwiderte Katrin. »Der Rote Logan hat sie mitgenommen. Einmal im Jahr besucht sie ihren Vater, meist im Herbst, aber diesmal ergab es sich so, weil ihr Freund Logan gekommen war.«

»Wann kommt sie wieder?«

»Sie meint, vielleicht erst, wenn ihr Vater die Felle bringt und neue Waren einkauft.«

»Was für Waren?«

»Alles. Messer, Decken, Gewehre, Salz, was die Indianer so brauchen. Und Rum, viel Rum.«

»Er handelt mit den Indianern? Kommen sie zu ihm, in seinen Laden?«

»O nein, was du dir so denkst! Er hat doch keinen Laden, nur eine kleine, ganz einfache Hütte, in der er haust. Er reitet zu ihnen, den Indianern, mit seinen Waren. Oft ist er monatelang unterwegs. Sie geben ihm Felle dafür, die bringt er zum Verkauf in die Stadt.«

»Wo liegt sie, die Hütte? Ich meine, wo ist es, dieses Tal?«

»Das Juniatatal?« Katrin zuckte die Achseln. »Was weiß ich. Weit weg, im Indianerland. Mary sagt: hinter den Blauen Bergen und über einen Fluß, den sie Susquehanna nennen. Mehr weiß ich auch nicht. Vielleicht kann Frau Memminger . . .«

»Um Gottes willen! Sie darf nicht wissen, daß ich danach frage! Daß du ihr ja nichts sagst!«

»Was willst du tun, Henner? Mach keine Dummheiten!«

Ich winkte ab. »Und Mary«, drängte ich, die Zeit lief mir davon, »warum lebt sie nicht bei ihrem Vater, warum zieht sie nicht mit ihm?« Ich konnte mir gar nicht vorstellen, daß ein solches Leben nicht jedermann begehrenswert erschien.

»Was denkst du, das ist viel zu gefährlich! Erst wollte er sie dabehalten, aber Frau Memminger hat sie weggeholt und zu sich genommen, als ihre Mutter gestorben war. Sie ist ihre Tante, die Schwester ihrer Mutter.«

Frau Memminger kam herein. »Es ist Zeit«, sagte sie, »nun nimm die Beine in die Hand, daß Herr Appleby seinc Schmerzen loswird. Hier ist das Pulver. Er schuldet mir achtzehn Pence.«

Ich zahlte, gab beiden die Hand und lief los. Herr Appleby beklagte sich bitter, daß ich so lange getrödelt hätte und ihm seine Güte so schlecht lohne, aber er griff nicht zum spanischen Rohr. Die Schmerzen setzten ihm sichtlich zu, er sehnte sich nach Frau Memmingers Pulver. Es scheint wirklich geholfen zu haben, aber nicht allzu schnell; denn er ließ mich den ganzen lieben Ostertag lang in Frieden. Ja, es war wahrhaftig, wie Frau Memminger gesagt hatte: des einen Leid, des andern Freud!

Ich hatte Zeit, Fluchtpläne zu schmieden.

19. Kapitel

Wo ich nur konnte, hörte ich mich um. Begierig sog ich alle Nachrichten über das Leben draußen im Lande in mich auf, und besonders interessierten mich die entlegenen Gebiete an der

Grenze oder gar Berichte aus dem Indianerland. So oft ich konnte, machte ich mir im Laden zu tun, wo im Frühjahr viele Menschen aus und ein gingen, Farmer, Siedler und Handwerker aus der Provinz und Pelzhändler, die über den Alleghenypfad von weither aus dem Ohiogebiet kamen. Nicht selten kamen auch Indianer als Kunden, sie kauften vor allem Sägen, eiserne Beschläge und Nägel, immer wieder Nägel in großen Mengen. Oft hatten sie kein Geld und zahlten mit Fellen oder mit kunstvoller Muschelstickerei, auf die Herr Appleby besonders scharf war, weil er sie mit großem Gewinn weiterverkaufen konnte.

Als ich einmal einen alten Indianer, mit dem ich allein im Laden war, rundheraus fragte, was sie wohl mit jemandem wie mir machen würden, wenn er auf der Durchreise in ihr Dorf käme, antwortete er: »Das ist keine kluge Frage. Es ist noch keiner müde und hungrig zu uns gekommen, mit dem wir nicht unser Mahl und unsere Hütte geteilt haben.« Er sprach ein gut verständliches Englisch und sah mich unter dem Rand seines Filzhutes hinweg an, daß ich das Gefühl hatte, er blicke durch mich hindurch. Dann fuhr er fort: »Es ist weit zu meinem Volk am Schönen Fluß, der Pfad ist beschwerlich. Komm mit, ich zeige dir den Weg!«

»Ich kann nicht«, sagte ich, »ich darf nicht weg hier.«

»So bist du ein Gefangener?«

Ich nickte.

Er sah mich von oben bis unten an, mit einem Lächeln in den Augenwinkeln. »Ich sehe keine Fesseln an dir. Deine Füße sind frei, deine Hände nicht gebunden. Wozu hast du Beine, wenn du sie nicht gebrauchst?«

Es war mir lieb, daß in diesem Augenblick Jacob hereinkam, der Ladendiener. Denn was hätte ich antworten sollen? Aber die Worte des alten Indianers verfolgten mich noch lange. Hatte er nicht recht? Lag es nicht an mir, daß ich die Unfreiheit hinnahm wie etwas Unabänderliches?

Tom nickte, als ich es ihm erzählte. »Siehst du«, sagte er, »es wird Zeit, daß wir uns aufraffen.«

Er brachte eine Neuigkeit mit: Sein Vater hatte geschrieben

und zu verstehen gegeben, daß bei ihm kein Unterschlupf zu erhoffen sei. Sie lebten dort unter Bewachung in Massenquartieren. Er fügte aber hinzu: Wenn seine Schuld einmal abgetragen sei, werde er sich nach Westen aufmachen, um in der Wildnis neues Land zu klären. Nur dort könne er leben.

Das war deutlich genug. Unser Plan nahm Gestalt an. Wir beschlossen, uns zunächst einmal bis zu Änne am Fuß der Blauen Berge durchzuschlagen. Von dort würde man weitersehen. Vielleicht konnten wir zu Marys Vater ins Juniatatal gelangen. Dann waren wir sicher in der Freiheit der Wildnis, die hinter den Bergen lag, und genau das war es auch, was Tom sich erträumte. Viele seiner Landsleute aus Nordirland, sagte er, seien ins Indianerland gezogen und hätten dort ihre Hütte gebaut. Sie würden uns schon weiterhelfen.

Nun galt es nur noch, den Zeitpunkt für unsere Flucht und den Weg festzulegen. Wir entschieden uns für die letzte Maiwoche. Die Nächte waren dann schon warm, wir konnten im Freien übernachten, und die frühen Kirschen waren schon reif. Einige Tage konnten wir wandern, ohne menschliche Hilfe in Anspruch zu nehmen. Wir mußten uns nur vor Klapperschlangen hüten, aber die Mücken würden uns um diese Zeit noch nicht plagen.

Auf keinen Fall wollten wir die Straße über Germantown wählen, die vom Deutschen Viertel nordwärts verlief und dann über Rittingstown in Richtung auf die Blauen Berge führte. Denn alle entlaufenen Deutschen gingen auf ihrer Flucht zunächst nach Germantown, und dort würden sie mich jedenfalls sofort suchen. Deshalb entschieden wir uns dafür, bei Garrigs Fähre, sechs Meilen flußaufwärts, mit dem ersten Morgenboot über den Schuylkill zu setzen und dann auf die Straße nach Lancaster zu stoßen. Ihr wollten wir zunächst folgen und uns später nordwärts wenden. So hofften wir, unsere Spur zu verwischen.

Aus dem Haus zu kommen bereitete keinerlei Schwierigkeiten. Es rissen so viele Käuflinge aus, das war kaum zu verhindern; das Problem bestand darin, sich nicht wieder einfangen zu lassen. Dennoch wurde ich immer aufgeregter, je näher der festgesetzte Tag kam.

Es war der letzte Dienstag im Mai, genauer gesagt die Nacht zum Mittwoch. Ich hatte Brot und Speck beiseite gebracht, zog meine festen Schuhe an und band mir die gerollte Decke über die Schulter. Natürlich hatte ich kein Auge zugetan. Als das Stundenglas, das ich aus dem Laden mitgenommen hatte, nach Sonnenuntergang zweimal abgelaufen war, erhob ich mich von meinem Lager. Auf Zehenspitzen schlich ich die Stiege hinunter, öffnete das Flurfenster und stieg hinaus auf das Schuppendach. Von dort war es leicht, auf die Straße zu gelangen.

Unser Treffpunkt war auf dem Friedhof, gleich neben der alten Kapelle. Erst lief ich, weil ich nicht schnell genug von Herrn Applebys Haus wegkommen konnte. Doch je näher ich dem Friedhof kam, um so langsamer ging ich. Nicht, daß ich Angst gehabt hätte. Aber es kam mir mit einemmal alles so eigenartig vor, die schlafende Stadt, die ziehenden Wolken vor dem Mond und die Schatten, die über Straßen und Dächer wanderten. Waren das Schritte hinter mir? Ich ging schneller – auch das Geräusch hielt Schritt. Ich blieb stehen und wandte mich um, sah nichts und hörte nichts mehr. Ich lief – und hörte jemanden laufen, diesmal links von mir. Mein Herz fing an zu klopfen, Schweiß trat mir auf die Stirn. Schon glaubte ich den Verfolger neben mir zu sehen. Da erkannte ich, daß es mein eigener Schatten war, der mich genarrt hatte, und sogleich wußte ich auch, daß ich nur das Echo meiner Schritte hörte in der Stille der Nacht.

Ich schämte mich vor mir selbst und ging mit festen Schritten über den Friedhof zur Kapelle. Schatten huschten über die Gräber, der Ruf eines unbekannten Nachtvogels ließ mich zusammenfahren, ich war froh, daß Tom schon da war. Er brachte für jeden von uns ein Fransenhemd und eine lederne Jagdtasche aus Herrn Mitchels Laden mit. So waren wir gut ausgerüstest, konnten unsere Kleidung verändern und hatten fürs erste nichts zu befürchten. Es mochte eine Stunde nach Mitternacht sein, als wir aufbrachen.

Bei Garrigs Fähre mußten wir warten. Zum Glück war der Fährmann so müde, daß er keine Fragen an uns stellte. Etwas Geld hatten wir beide, Trinkgeld, das uns hin und wieder ein

Kunde zugesteckt hatte. Als wir den Schuylkill glücklich hinter uns hatten, marschierten wir fröhlich in den Morgen hinein.

Leider wurde das Wetter so schlecht, daß wir schon am ersten Abend froh waren, unsere Kleider an einem warmen Herdfeuer trocknen und unter einem festen Dach schlafen zu können. Und dabei blieb es vorerst. Daß wir zu zweien waren, hatte sein Gutes. In den ersten Tagen kamen wir durch Delaware und Chester, zwei Grafschaften, in denen überwiegend Engländer, Holländer und Schweden wohnten. Überall wurden wir gastlich aufgenommen und mit Handschlag begrüßt. Waren es Engländer oder Schweden, bei denen wir einkehrten, dann war Tom unser Wortführer, bei den Deutschen oder Holländern war ich es. Wohin wir auch kamen und am Abend eines nassen und stürmischen Wandertages müde um Nachtquartier baten, empfing man uns freundlich. Meist wurden wir gefragt, was wir essen und trinken wollten, und oft schliefen wir sogar in einem Bett.

Größere Orte, in denen es Gasthäuser gab, mieden wir. Auf die Frage nach unserm Reiseziel gaben wir möglichst unbestimmte Antworten. Tom sagte, wir wollten zu seinem Vater, der eine Hütte jenseits der Blauen Berge oder am Susquehanna habe; ich sagte, ich wollte meine Schwester besuchen in Berks County oder am Swatara-Bach. Selten fragte einer mehr, und wenn der Verdacht aufzukommen schien, wir seien entlaufene Käuflinge, blinzelte uns der Frager zu und drang nicht weiter in uns.

Am fünften Tag endlich wurde das Wetter besser. Wir waren inzwischen von der Straße nach Lancaster nordwärts abgebogen und hielten an einem Bach Mittagsrast, als ein Reiter den Pfad entlangkam, auf dem wir unseren Weg fortsetzen wollten.

Er bemerkte uns erst, als er durch die Furt geritten war, zügelte sein Pferd, musterte uns eine Weile schweigend und sagte dann: »Geht mich ja nichts an, Jungs, wo ihr hinwollt. Aber wenn ihr nicht unbedingt in dieses gottverlassene Nest da hinten«, dabei zeigte er mit dem Daumen über seine Schulter, »das sich Morganstown schimpft, wenn ihr nicht dringend dahin müßt, rate ich euch wegzubleiben.«

Ich hätte am liebsten gar nicht geantwortet, denn der Kerl kam mir nicht so vor, als ob er unser Vertrauen verdiente. Irgend etwas stimmte schon äußerlich nicht an ihm, ich wußte nur noch nicht was.

Aber Tom war offenbar anderer Meinung, denn er erwiderte: »Wollen Sie uns das nicht mal näher erklären, Mister? Warum sollen wir dieses Nest Morganstown meiden?«

Der Reiter verzog sein Gesicht, soweit es hinter seinem struppigen Bart zu sehen war, zu einem Grinsen. Dann stieg er vom Pferd, knotete die Zügel an einen Strunk und setzte sich neben uns auf einen Stein. Jetzt wurde mir auch klar, was an ihm nicht stimmte: Sein Anzug war ziemlich schäbig und verschlissen, die Hose an den Knien fadenscheinig, aber um den Hals trug er ein piekfeines seidenes Halstuch, blau-gelb gemustert und mit einem Knoten malerisch drapiert. Er nahm seinen abgeschabten Zylinder ab und trug nun nur noch die übliche weiße Kappe auf dem kurzgeschorenen Haar, wie sie die Männer im heißen Sommer tragen.

Das Schweigen machte mich nervös. »Ist ja nett von Ihnen, Mister, daß Sie sich um uns sorgen«, sagte ich, »wo Sie uns gar nicht kennen ...«

»Na ja«, sagte er, »so ein bißchen kenne ich euch schon.« Er zog eine Pfeife aus der Rocktasche, Zunder und Feuerstein, und setzte sie seelenruhig in Brand.

»Wieso?« fragte ich, der Mann ging mir auf die Nerven. »Wieso kennen Sie uns denn?«

Er paffte genießerisch kleine blaue Wölkchen, die der Wind über den Bach wehte, während er erwiderte: »Da steht ein großer Baum neben der Kirche, an dem hängt ein Zettel. Der Sheriff hat ihn mit vier Nägeln angepinnt. Wer lesen kann, und das kann ja mancher hierzulande, erfährt von diesem Blatt Papier, daß wieder mal zwei verbundene Knechte in Philadelphia entlaufen sind, junge Burschen in eurem Alter. Zwar stimmt die Beschreibung nicht auf euch, jedenfalls was eure Jacken betrifft, aber es könnte leicht passieren, daß ihr mit ihnen verwechselt werdet. Und sechs Pfund Belohnung, für jeden von euch drei Pfund, das könnte so manchen dazu verleiten, euch erst einmal festzuhalten. Auch den Sheriff in diesem gottverlassenen Nest namens Morganstown.«

»Aber Sie werden doch wohl nicht glauben, Mister, daß wir beide diese entlaufenen Knechte sind!« rief Tom.

Der Mann grinste. Sein Alter war schwer abzuschätzen, immerhin schimmerten seine Bartstoppeln grau, er war mindestens doppelt, wenn nicht dreimal so alt wie wir. »Wie sollte ich wohl«, sagte er, »bin mit dem Sheriff weder verwandt noch befreundet. War aber auch mal jung, und –«, er machte eine wegwerfende Bewegung mit der Hand. »Aber das geht euch nun wieder nichts an.« Er erhob sich. »Rede wohl schon zu lange mit euch. Ihr könnt auf mich hören oder nicht, ist mir egal. Komm, July!«

Er band sein Pferd los und stieg in den Sattel, hinter dem ein kleiner Berg Gepäck festgebunden war, sogar ein richtiger Kochtopf und eine Bratpfanne.

Ich weiß nicht, was Tom dazu bewogen hat, jedenfalls stand er auf und sagte: »Nichts für ungut, Mister, wir wollen Ihren Rat gern annehmen. Was denken Sie, was wir tun sollen?«

Der Alte sah uns einen Augenblick an, er schien zu überlegen.

Dann sagte er: »Nun gut, mir ist's egal, wohin ich reite. Kommt mit, wir folgen ein Stück diesem Bach hier, Conestoga heißt er, bis uns der Rauch von diesem Nest nicht mehr in die Nase steigt. Dann könnt ihr nach Norden weiterziehen.«

So geschah es. Wir gingen im Bachbett, bis uns von der Ortschaft aus niemand mehr sehen konnte, und folgten dem Bachlauf nach Nordwesten bis gegen Abend. Der Alte zottelte vor uns her. Ab und zu richtete er ein paar Worte an uns, aber als wir endlich haltmachten, wußten wir immer noch wenig voneinander. Dennoch war Tom ziemlich sicher, daß der Alte es ehrlich mit uns meinte. Hin und wieder waren wir an einem einsamen Hof vorbeigekommen, aber seit einer guten Stunde umgab uns unberührte Wildnis, in der Wald mit Buschwerk und Wiesen wechselte.

An einer kleinen Furt hatte der Alte sein Pferd angehalten und erwartete uns. »Wenn ihr diesen Weg nach Norden nehmt«, sagte er, »kommt ihr über den Tulpehocken an die Blauen Berge.« Wir hatten ihm erzählt, daß wir dorthin wollten. »Gewiß findet ihr irgendwo ein Nachtquartier, es liegen noch allerlei Höfe und einige Nester in dieser Richtung. Ich habe genug für heute, suche mir jetzt ein Plätzchen für die Nacht unter Gottes freien Himmel, da fühle ich mich wohler als in fremder Leute Betten.«

Tom und ich sahen uns an, wir hatten wohl beide den gleichen Gedanken. Es war ein schöner warmer Maiabend, der leichte Wind wehte den Duft der Gräser über uns hin, die Vögel hatten ihr Abendlied begonnen. »Eigentlich sind wir genug gelaufen heute«, sagte Tom. »Wenn's recht ist, Mister, leisten wir Ihnen heute nacht Gesellschaft.«

Der Alte nickte vergnügt, vielleicht hatte er im stillen so etwas erwartet oder beabsichtigt. Wir fanden ein trockenes Plätzchen am Ufer, wo wir uns im Gras lagern und im Schutz dichter Bäume ein Feuerchen machen konnten. Der Alte zog die Schuhe aus, watete ein Stück den Bach entlang und fing im Wurzelwerk einer Weide, die das Wasser unterspült hatte, mit geschickter Hand ein paar Fische, die wie Forellen aussahen. Er wickelte um jeden eine Scheibe geräucherten Speck aus den Tiefen seiner Satteltasche und briet sie in der Pfanne. Zuvor hatte er aus Steinen einen kleinen Herd über dem Feuer errichtet. Jeder Handgriff verriet, daß ihm das Leben unter freiem Himmel vertraut war.

Als die Fische gar waren, drückte er mir den Topf in die Hand und sagte: »Hol Wasser, Junge, aus der kleinen Bucht, wo es am klarsten ist, ich will uns einen Tee machen.« Er hatte alles, was zu einer guten Mahlzeit gehört, bei sich, und es reichte für uns mit. Wir konnten nur Brot beisteuern und ließen es uns gehörig schmecken.

Es dämmerte. Ich war wohlig satt, der Duft des Tees zog mir in die Nase. Die Mähre July weidete ein paar Schritte entfernt im hohen Gras, das Mahlen ihrer Zähne war deutlich zu hören. Der Alte streckte sich auf seiner Decke aus und sagte: »So, Jungs, das

Essen war meine Sache, das Feuer übernehmt ihr. Holz gibt es genug hier.«

Wir brauchten keine Viertelstunde, um neben unserem Lagerplatz einen großen Haufen trockenes Holz zu errichten, der für mehrere Nächte gereicht hätte. Dann hüllten auch wir uns in unsere Decken und machten es uns am Feuer bequem.

»Geht mich ja nichts an, Jungs«, sagte der Alte, nachdem er eine Weile schweigend ins Feuer geblickt hatte, »ist aber nicht leicht, was ihr da vorhabt. Bin da nicht ganz unerfahren . . .«

»Was meinen Sie, Mister?« fragte ich. Worauf wollte er hinaus? Ein unbehagliches Gefühl stieg in mir auf. War dieser Alte etwa nur deshalb so freundlich zu uns, weil er sich doch die Belohnung verdienen wollte, sechs Pfund Kopfprämie für zwei entlaufene weiße Sklaven? Ob es das Feuer machte oder die Erregung, die mich ergriff, mir wurde warm. Ich streifte mein ledernes Fransenhemd über den Kopf und saß nun da in meinem blauen Leinenkittel, den mir Herr Appleby gegeben hatte.

Der Alte sah mich an und nickte. »Hier kannst du dich ruhig so zeigen«, sagte er, »aber in den Nestern, wo ein Sheriff ist, der Zettel an die Bäume nagelt, würde ich dir nicht dazu raten.«

»Mir ist warm«, erwiderte ich trotzig, »verstehe gar nicht, wie Sie es mit dem Halstuch da aushalten können.«

Er warf mir einen Blick zu, scharf wie ein Messer. Dann zog er mit einer schnellen Bewegung sein Halstuch auf, warf es achtlos zur Seite und saß nun mit offenem Kragen da. Jetzt sahen wir es ganz deutlich: Um seinen Hals lag ein breites eisernes Halsband, das im Schein des Feuers matt schimmerte. Es lag so eng an, daß es die Haut zu kleinen Falten preßte. Vier eiserne Nieten hielten es unlösbar zusammen. In großen Buchstaben waren ein I und ein B eingraviert.

Tom und ich sahen uns an mit einem Blick, in dem sich Schreck und Erleichterung mischten. Wir hatten es noch nie gesehen, dieses Hundehalsband an einem menschlichen Körper, aber wir wußten, daß manche Herren ihren entlaufenen schwarzen oder weißen Sklaven solch ein Halsband umlegen ließen, wenn sie wieder eingefangen wurden. Die Initialen darauf waren die Anfangsbuchstaben vom Namen des Besitzers, sie kennzeichneten sein Eigentum – wie bei einem Hund.

Jetzt wußten wir, daß wir von dem da nichts zu befürchten hatten, er war ein ebenso armer Hund wie wir, mindestens.

20. Kapitel

»Nennt mich Bill«, begann er, »und hört auf mit eurem blöden Mister. Wie ich sonst noch heiße, tut nichts zur Sache. Ändert sich auch von Zeit zu Zeit.«

Er schöpfte mit seinem Henkelbecher Tee aus dem Topf und trank schlürfend von dem heißen Getränk, während er fortfuhr: »Glaubt nicht, ich wüßte nicht, was mit euch los ist, war oft genug in der gleichen Lage. Als ich so jung war wie ihr, gingen viele von uns über das große Wasser, die in England nichts zu beißen hatten oder aus irgendeinem Grunde verduften mußten. In unseren nordamerikanischen Kolonien, so hieß es, könnte jeder sein Glück machen, wenn er nur arbeitete. Geld für die Überfahrt brauchte man nicht, ihr kennt das ja wohl. Mein Vater war ein armer Leineweber mit einem Dutzend Kinder, ich hatte seit meinem siebten Lebensjahr mitarbeiten müssen, und als der Werber in unser Städtchen kam, ich war damals fünfzehn, lief ich daheim weg, weil ich es nicht mehr aushalten konnte und auch mein Glück machen wollte.

Aber in London geriet ich in schlechte Gesellschaft und wurde für einen Diebstahl bestraft, den ich nicht begangen hatte. Mein neuer Freund hatte mich reingelegt und sich mit der Beute davongemacht. Kurzum, ich landete im Gefängnis, wo ich viel lernte, aber nichts Gutes. Dann wandelte der Richter meine Strafe in Deportation um, ich wurde nach Philadelphia verschifft, eine ganze Schiffsladung voll armer Schlucker, Abenteurer und Sträflinge. Macht nichts, hieß es, da drüben wird jede Hand gebraucht, alle sind willkommen.

Den Teufel auch, und wie willkommen wir waren! Die Farmer freilich, die Kaufleute und Unternehmer, sie waren nicht zimperlich und hatten binnen zwei Wochen auch den letzten vom Schiff geholt und dafür ihren Preis bezahlt. Sie brauchten billige Arbeitskräfte, alles andere war ihnen egal, und für einen Sträfling zahlten sie kaum die Hälfte der Summe, die sie für einen verbundenen Knecht vorstrecken mußten, der seine Passage oder sonstige Schulden abzuarbeiten hatte. Freie Arbeiter verlangten noch mehr Lohn, doch die gab's sowieso nicht.

Aber die andern schimpften Mord und Brand auf die ›Passagiere des Königs‹, wie sie die deportierten Sträflinge nannten. Es sei eine Schande, stand in der Zeitung, wie das Mutterland seinen Müll auf die Tische der Kolonien entleere. Einer schlug vor, man sollte eine Schiffsladung voll Klapperschlangen nach England schicken, das wäre die einzig angemessene Antwort auf die menschlichen Schlangen, die das Mutterland ihnen wieder einmal gesandt hätte. Ich kann euch sagen, Jungs, es dreht einem den Magen um, wenn man als junger Mensch in solch eine Sache hineingeraten ist und dann merkt, wie sie einen nicht wieder aus dem Dreck herauslassen wollen. Hütet euch, sage ich, hütet euch, in so ein Loch zu geraten, ihr kommt nicht wieder raus!«

Er schwieg und starrte in das Feuer, das flackernde Lichter auf sein zerfurchtes Gesicht warf. Es arbeitete darin, die Vergangenheit mußte ihn innerlich bewegen. Jetzt hätte ich ihm gern ein freundliches Wort gesagt, aber mir fiel nichts ein.

»Wir waren zwei Sorten Sträflinge«, fuhr er fort, »politische und kriminelle. War mancher darunter, dem sein neuer Herr die Stiefel geputzt hätte, wäre es gerecht zugegangen. Aber natürlich auch andere, die ordentlich was auf dem Kerbholz hatten. Und es gab drei Klassen, die Siebenjährigen, zu denen ich gehörte, die auf vierzehn Jahre und die lebenslänglich Verurteilten. Ja, die nahmen sie auch, die frommen Quäker, denn sie waren ja gegen den Handel mit schwarzen Sklaven, deshalb brauchten sie weiße, und dies waren die billigsten.

Also, ich kam zu einem Bäcker in Lancaster, dem ich nach zwei Jahren weglief, weil er mich schlecht behandelte. Nach drei

Tagen hatten sie mich, ich kam ins Gefängnis, mein Herr löste mich aus, prügelte mich mit der Peitsche und verkaufte mich an einen Fährmann auf dem Susquehanna, wo ich rudern mußte. Dort hatte ich's gut, aber mein Herr starb, und seine Witwe war eine richtige Hexe. Ich rannte weg, wurde nach Monaten erst eingefangen und wieder eingelocht. Aber die Hexe wollte die Unkosten für den Sheriff und das Gefängnis nicht bezahlen, deshalb verkaufte mich der Aufseher an einen Lohgerber, bei dem es schrecklich stank. Ich hielt es nicht lange aus, lief weg und wurde abermals eingefangen, saß monatelang im Gefängnis und wurde schließlich an Herrn Isaak Butcher verkauft.

Eigentlich hätte ich meine Zeit schon rumgehabt, als ich zu ihm kam. Aber er rechnete mir vor, daß ich, zur Strafe für mein Auskneifen und mit allen Unkosten, inzwischen mindestens zwanzig Jahre abzudienen hatte. Er war ein Kaufmann und rechnete sehr genau. Aber ich wollte ihm doch ein Schnippchen schlagen und trug mich ein in die Liste der Freiwilligen für den Spanischen Krieg. Mein Herr schrie Zeter und Mordio, konnte aber nichts machen. Die Werber der Armee reisten im Lande herum, ihre Plakate versprachen goldene Berge: ›Wollt Ihr Eure Namen berühmt machen? Wollt Ihr Eure selbstgesponnenen Kleider ablegen und Euch mit silbernen und goldenen Tressen und Stickereien schmücken? Wollt Ihr mit einem Schlage reich werden? Wollt Ihr Euren Nachkommen große Besitztümer vererben? Dann meldet Euch freiwillig für diesen Feldzug und erobert die Insel Cuba!‹ Wer wollte das nicht? Und da sie ausdrücklich auch verbundene Knechte nahmen, schrieb ich mich ein und trug drei Tage später des Königs Rock.

Doch die Reichtümer ließen auf sich warten. Anstatt von einem einzigen Herrn wurde man von einem Dutzend herumkommandiert, für lauter unnütze Tätigkeiten; das Essen war schlecht, der Dienst stinklangweilig. Kurzum, mir gefiel es so wenig, wie ich meinen neuen Herren gefiel. Und als Herr Butcher seine Entschädigung einforderte, war ich den Offizieren zu teuer, und er konnte mich gleich wieder mitnehmen.

Fünf Jahre lang habe ich stillgehalten, und ich hatte es nicht schlecht bei ihm. Aber dann stieg er in den Sklavenhandel ein, den weißen natürlich, weil daran mehr Geld zu verdienen war als an jedem anderen Geschäft. Er kaufte vom Schiff weg zwei, drei Dutzend Käuflinge und zog mit ihnen in die abgelegeneren Gebiete. Wie Vieh wurden die armen Menschen durchs Land getrieben, von Hunden bewacht, und ich mußte vorausgehen und die Ware öffentlich anpreisen: ›Eine erlesene Auswahl tüchtiger Burschen, im besten Alter, gut ernährt und arbeitswillig!‹ mußte ich ausrufen, und ›Hübsche Mädchen, stattliche Frauen zu billigen Preisen!‹ Als ich mich weigerte, diesen Dienst zu versehen, drohte er, mich wegen Ungehorsam einsperren zu lassen. Da lief ich weg, obwohl ich wußte, was kommen würde.

Nach einer Woche hatten sie mich wieder, und diesmal tat mir Herr Butcher etwas an, was ich ihm nie verzeihen werde. ›Ich lasse dir einen hübschen Kragen machen‹, sagte er höhnisch, ›dann wird dir die Lust zum Weglaufen schon vergehen.‹ Ein Schmied in Philadelphia, ein besonderer Künstler in diesem Fach, hat ihn mir umgelegt, es war eine höllische Prozedur. Damals habe ich geschworen, Rache zu nehmen . . .«

»Ich hätte ihn umgebracht«, sagte Tom.

»Das hätte mir nur statt des Kragens den Strick um den Hals gebracht. Nein, ich wußte was Besseres, es brauchte nur Zeit.

Vor einer Woche ergab sich endlich die Gelegenheit. Es war in einem Nest in Bucks County, der Name tut nichts zur Sache. Wir hatten eine Herde von Käuflingen losgeschlagen und quartierten uns, der Seelenverkäufer und ich, auf dem Rückweg abends in einen Gasthof ein. Dort trank sich mein Herr, auf den guten Abschluß seiner Geschäfte, einen Rausch an. Ich brachte ihn ins Bett und ging noch einmal hinunter, nachdem ich mir sein seidenes Halstuch umgebunden hatte. Der Wirt wollte gerade schlafen gehen, blieb aber noch für einen kleinen Plausch. ›Schade, Mister‹, sagte er, ›daß Sie Ihre ganze Ware verkauft haben; hätte gut einen Knecht brauchen können, der meine ist kürzlich gestorben.‹

›Nun‹, erwiderte ich, ›wenn Sie in Verlegenheit sind, einen hab ich ja noch, da oben, meinen Gehilfen. Er hat noch acht

Jahre zu dienen, aber ich lasse ihn Ihnen für zwanzig Pfund, unter Brüdern.‹

Soviel habe er nicht zur Hand, sagte der Wirt, doch er könne die Hälfte in bar zahlen und den Rest mit einem Schuldschein. Wir wurden schnell handelseinig. Ich ging hinauf, nahm Herrn Butchers Tasche mit seinen Papieren an mich, darunter auch meinen Kontrakt mit dem Siegel des Bürgermeisters von Lancaster, den ich dem Wirt übergab. ›Ein guter Kauf‹, sagte ich, ›den Sie da gemacht haben. Der Mann ist anstellig und gescheit. Nur darf man ihm nicht alles glauben: er hat schon mehrfach versucht, sich selbst als den Herrn auszugeben.‹

Der Wirt lachte und meinte, das werde er ihm schon austreiben. Ich bekam mein Geld, zehn Pfund in Noten, und einen Schuldschein, mit dem ich mir am andern Morgen die Pfeife ansteckte. Doch da war ich schon ein paar Stunden mit July, Herrn Butchers Pferd, unterwegs . . .«

Tom schlug sich mit beiden Händen auf die Knie. »Toll, Bill«, rief er, »dem hast du's gegeben! Wie geht's nun weiter mit ihm?«

Bill rieb sich die Hände. »Nun, er muß erst mal beweisen, wer er ist, und ich habe seine Papiere. Ein paar Tage oder auch Wochen, was weiß ich, kann er das verdammte Los eines weißen Sklaven einmal selbst auskosten. Und genau das ist die Lektion, die ich ihm erteilen wollte.«

»Und wie«, fragte ich, »wird es mit dir weitergehen, Bill?«

Über sein faltiges Gesicht senkte sich ein Schatten. Er fuhr mit dem Finger hinter sein eisernes Halsband. »Ich muß erst mal diesen Kragen hier loswerden. Brauche dafür einen guten Schmied, der mir nicht die Luft abdreht oder die Gurgel zerquetscht. Ich denke, für ein paar Pfund findet sich einer. Muß aber bald sein, sonst . . .« Er verstummte.

Nach einer Weile fragte Tom: »Was machen sie mit dir, wenn sie dich kriegen?«

»Dann nimmt die Gerechtigkeit ihren Lauf«, erwiderte Bill. »Zunächst mal Pferdediebstahl – wenn sie mich nicht hängen, stellen sie mich auf dem Marktplatz an den Pranger und peitschen mich aus, neununddreißig Schläge sind vorgeschrieben.

Vorher schneiden sie mir die Ohren ab und nageln sie an den Pfahl. Willst du noch mehr wissen?«

»Nein«, sagte Tom und hieb mit seinem Stock in das Feuer, daß die Funken in den Nachthimmel stoben, »das genügt mir. Der Rest ist Gefängnis, ich weiß. Und dann wieder Sklavenarbeit, bis du endlich tot umfällst. So sieht das aus.«

»Eben«, sagte Bill, »aber noch haben sie mich nicht, und diesmal sollen sie mich auch nicht kriegen. Es gibt da jemand, der auf mich wartet, bei dem werden sie mich niemals finden.«

»Ist es ...« Ich zögerte, den Gedanken auszusprechen. »Ist es eine Frau?«

Er nickte.

Ich wußte nicht, wie ich darauf gekommen war, aber als ich es gesagt hatte, war mir leichter. Ich sah wieder den Feuerschein im grünen Laub der Bäume und den Himmel darüber, an dem ein paar Sterne standen. Wenigstens das, dachte ich.

Es war Bill, der schließlich das Schweigen beendete. »Und ihr«, fragte er, »wie soll es mit euch weitergehen?«

Nun war es an uns, zu erzählen, und Bill war ein guter Zuhörer. Ab und an unterbrach er uns mit Fragen, die zeigten, wie vertraut ihm alles war, was wir zu berichten hatten. Schließlich, Mitternacht mußte längst vorüber sein, sagte er: »Wollen noch eine Mütze voll Schlaf nehmen, damit wir morgen frisch sind. Mag sein, daß ihr bei deiner Schwester sicher seid, halten ja zusammen, die Deutschen – aber wenn sie selbst verkauft ist und als Magd dienen muß, kann sie's ja auch nicht bestimmen. Sie suchen lange nach entlaufenen Sklaven in diesem Land, manchmal jahrelang, die Strafen für Fluchthilfe sind hoch, und die Belohnung lockt manchen, dem man es nicht zugetraut hätte. Aber ihr müßt es wohl versuchen, vielleicht wächst Gras darüber ...«

»Wir wollen doch nicht bleiben«, sagte Tom eifrig. Ihm war keine Müdigkeit anzumerken. »So bald wie möglich wollen wir weiter, über die Berge ins Indianerland.«

»Was wollt ihr denn da?« fragte Bill. »Wie stellt ihr euch das vor?«

»Da gibt es keinen Sheriff, keine Gefängnisse und keine Sklavenhalter«, rief Tom, »da müssen wir uns nicht verstecken! Ich weiß es von meinen Landsleuten, dort hinter den Bergen ist Freiheit!«

Bill schüttelte den Kopf. »Mag ja sein, daß du recht hast«, sagte er, »und wenn ich so jung wäre wie du, würde ich wohl ähnlich denken. Meine Sache ist das nicht. Ist verdammt hart, das Leben in der Wildnis, habe manchen darüber reden hören. Indianerland, sagst du – vergiß nicht, daß es den Indianern gehört, das Land dort hinter den Blauen Bergen. Sie haben manchem die Schwarte vom Kopf gezogen und ihn am Pfahl geröstet, der geglaubt hat, in ihrem Land die Freiheit zu finden oder sein Eigentum, und Hunderte von weißen Kindern und Frauen, die sie geraubt haben, leben als Gefangene in ihren Nestern. Ja, die Freiheit, mancher sucht sie sein Leben lang vergebens.« Er stand auf und reckte sich. »Schlaft jetzt und träumt von ihr, Jungs, das kann euch keiner nehmen!«

Es dauerte nicht lange, da hörte ich ihn schnarchen. Auch Toms Atemzüge verrieten mir bald, daß er eingeschlafen war. Ich aber lag noch lange wach und hing meinen Gedanken nach. Was für ein Leben, das dieser Bill gelebt hatte, der aussah wie ein alter Mann und kaum vierzig Jahre zählte! Und wie tröstlich erschien es mir, daß auch er einen Menschen hatte, der auf ihn wartete, eine Frau! Auch ich hatte ja wenigstens zwei Menschen, an die ich denken konnte, Änne und Katrin, meine Schwestern. Ich versuchte, mir ihr Bild in mein Gedächtnis zurückzurufen. Aber immer war da ein anderes Gesicht, das dazwischenkam oder sich darüberlegte, ein Gesicht mit roten Haaren und Sommersprossen. Ein wenig spöttisch schien es mir, wie sie die Mundwinkel verzog und aus ihren grünen Augen blickte. Aber das Grübchen auf der Wange war mir ziemlich vertraut geworden in einsamen Stunden, wenn ich an sie dachte. Jetzt war sie da drüben in diesem Tal, Juniatatal hieß es, bei ihrem Vater. Und wenn mich vielleicht sonst weniger in die Wildnis hinter den Bergen zog als Tom, so hätte ich Mary dort doch gern wiedergesehen.

21. Kapitel

Es dämmerte erst, als ich aufwachte. Zunächst versuchte ich, noch ein wenig zu schlafen, aber die Vögel machten einen solchen Lärm, daß ich es bald aufgab. Ich stand auf. Es war noch Glut unter der Asche. Ich brachte das Feuer wieder in Gang und holte den Topf voll Wasser für den Morgenkaffee, den Bill uns versprochen hatte.

Als ich zurückkam, war Bill schon auf den Beinen. Er kramte in seinen Satteltaschen, holte ein gelbes Pulver hervor, das er in Wasser verrührte, und buk uns Maiskuchen in der Pfanne. Sie dufteten herrlich und schmeckten, heiß gegessen, wie die Pfannkuchen in Mutters Küche. Bill gab uns noch eine Menge Ratschläge.

»Mag ja sein«, sagte er, »daß ihr gut aufgenommen werdet, wenn ihr um Quartier fragt, ist so Sitte hierzulande. Wäre aber besser, ihr schliefet die paar Nächte, die ihr noch braucht bis an die Blauen Berge, draußen im Busch. Man glaubt nicht, wie schnell sich manche Nachrichten verbreiten, auch unter den verstreuten Siedlern. Seid ihr denn gerüstet für das Leben in der Wildnis?«

Wir schwiegen beide.

»He, Tom«, sagte Bill, »du willst doch über die Berge ins Indianerland. Hast du alles bei dir? Flinte, Pulver und Blei? Habt ihr wenigstens einen Topf, eine Bratpfanne? Speck, Mehl und Salz? Tee und Kaffee? Könnt ihr überhaupt ein Feuer machen?«

»Hör auf!« rief Tom. »Hast ja recht, wir müssen noch vieles beschaffen. Aber erst müssen wir mal verschwinden . . .«

Bill lachte gutmütig. »Schon gut«, sagte er, »wollte euch nur ein bißchen die Augen öffnen, wie so was aussieht.« Er stand auf, sattelte July und holte ein paar kleine Säckchen aus der Satteltasche, die er uns gab. Es war Maismehl, Fett und Salz. »Mehr kann ich nicht für euch tun«, sagte er. »Aber denkt an meine Worte!«

Wir kamen uns ziemlich dumm vor. Tom sagte zwar hinterher,

als wir allein waren, er hätte unmöglich eine ganze Ausrüstung im Laden stehlen können, dann wäre alles aufgeflogen, noch ehe wir einen Schritt vor die Tür gesetzt hätten. Aber ich hatte einen gehörigen Schreck gekriegt. Ich hatte mich ganz und gar auf Tom verlassen und sah nun, daß wir uns benommen hatten wie kleine Kinder.

Es fiel uns gar nicht leicht, uns von Bill zu trennen. Er spuckte dreimal gegen den Wind, bevor er uns die Hand gab, und sagte: »Alle guten Geister! Sollen sie uns helfen, euch und mir, daß wir doch noch aus dem Loch herauskommen! Lebt wohl!«

»Leb wohl, Bill«, riefen wir gleichzeitig, »und viel Glück!«

Wir folgten dem Pfad nordwärts, in Richtung auf die Blauen Berge, die wir nun schon greifbar nahe liegen sahen. Bill war nach Süden geritten, und als wir uns nach ihm umsahen, hatte ihn der Wald bereits verschluckt. Wir hörten noch kurze Zeit den Takt von Julys Hufen, dann umgab uns Stille.

Als wir am Abend, der Weg war nach Nordwesten abgebogen und führte an einem Bach aufwärts, uns gerade einen Lagerplatz für die Nacht gesucht hatten und Holz für das Feuer sammelten, lief uns ein Mann in die Quere. Er trug eine Hacke auf der Schulter, einen breitkrempigen Hut und Kniehosen, die mir ebenso wie die Schnallenschuhe vertraut vorkamen. Hatte ich das Gesicht nicht schon irgendwo einmal gesehen?

»Hallo, Jungs«, sagte er mit Blick auf unser Feuerholz, »ihr wollt doch nicht etwa im Freien schlafen, fast vor meiner Haustür? Habt wohl nicht damit gerechnet, daß es hier noch Christenmenschen gibt? Nichts da, ihr kommt mit mir. Habe nicht viel, aber das Wenige gehört euch, und ein Dach über dem Kopf ist immer noch das beste!«

Da half kein Sträuben, wir mußten mit ihm gehen, und es waren wirklich nur wenige Schritte bis zu seinem Haus. Es war ein einfaches Blockhaus aus unbehauenen Stämmen, und es gab nur zwei Räume darin, wenn man den Dachboden nicht mitrechnete. Und die waren ziemlich voll mit seiner Familie, mindestens acht Kinder zählte ich, und sie sprachen deutsch.

Nach dem Abendessen, zu dem sich alle an dem schweren

Bohlentisch versammelten, sagte der Hausherr: »Wir kennen uns doch von der *Aurora.* Das freut mich, daß ihr in unsere Einsamkeit kommt. Gewiß seid ihr auf dem Wege zu euren Verwandten oder Freunden?«

Jetzt wußte ich auch, warum mir das Gesicht bekannt vorgekommen war. Es war eine der Tunkerfamilien aus dem Wittgensteiner Land, die mit über das Meer gefahren waren. Wir hüteten uns, ihnen zu erzählen, daß wir weggelaufen waren, aber ich fragte gleich nach Peter Büchsel.

Der sei weitergezogen an den Susquehanna, erwiderte der Hausherr. Eine Zeitlang sei er im Kloster Ephrata gewesen, das nur wenige Stunden von hier westwärts am Coalico liege. Aber er habe sich nicht mit Vater Friedsam vertragen, dem Gründer und Oberhaupt des Klosters.

»Besonders hat ihn wohl das Getue der Weiber dort geärgert, die er für verrückt erklärte, und die Lehre, daß Eigentum Sünde sei. Dann hätte er auch zu Hause bleiben können, pflegte er zu sagen, in der Pfalz, da sei er frei von Sünde gewesen. Es gibt ja leider viel Zank unter den Glaubensbrüdern hier im Neuen Land«, schloß unser Wirt bekümmert, »nicht nur bei uns. Aber wir leben hier in Frieden mit unsern Nachbarn und kümmern uns nicht um solche Streitereien.«

Wir schliefen auf dem Dachboden und wurden am andern Morgen, mit Reiseverpflegung versehen, freundlich verabschiedet. Nach Tolheo am Fuß der Blauen Berge, meinte unser Tunker, seien es höchstens noch zwei Tagemärsche. Wir sollten uns nur nach Nordwesten halten, dann kämen wir über Heidelberg. Dort gebe es viele Pfälzer, und wir würden gewiß ein Nachtquartier finden.

Das hatten wir nun ganz und gar nicht vor. Wir verbrachten die nächste Nacht im Freien und brauchten nicht mal ein Feuer anzuzünden, weil wir noch genug zu essen hatten. So kurz vor dem Ziel wollten wir uns nicht mehr der Gefahr aussetzen, erkannt und verraten zu werden.

Aber an Heidelberg kamen wir doch nicht vorbei. Schon morgens, als wir unseren Weg fortsetzten, fiel uns auf, daß uns mehrfach Reiter überholten, Männer und Frauen, manche in guten Kleidern.

Wir schlugen uns in die Büsche und ließen sie vorbei, und die meisten sprachen deutsch, mit einem Klang, der mir sehr vertraut vorkam. Je höher die Sonne am Himmel stieg, um so mehr wurden es, die da vorbeikamen, und schließlich passierte es, daß wir nicht schnell genug verschwinden konnten, weil es auf freiem Felde war, und sie sprachen uns an, ein Mann und eine Frau. Beide waren noch ziemlich jung, und sie sprachen gleich deutsch, denn sie glaubten wohl, wir gehörten zu der Gesellschaft, die sich offensichtlich irgendwo versammelte.

Als ich in meiner Mundart antwortete und sie merkten, daß wir nicht dasselbe Ziel hatten wie sie, sagte die Frau: »Das dürft ihr euch aber nicht entgehen lassen, so ein Hochzeitsfest. Kommt selten genug vor in dieser einsamen Gegend, und jeder ist herzlich eingeladen. Da gibt es gut zu essen und zu trinken, und ihr beide seht mir nicht so aus, als ob ihr das verschmäht! Wo ihr doch Landsleute seid, ich hör's an der Sprache!«

Tom war dagegen, aber mich trieb die Neugier oder was weiß ich sonst, vielleicht auch der Hunger, der sich mächtig regte. Jedenfalls gingen wir doch nach Heidelberg hinein, und wir konnten es nicht verfehlen, weil immer mehr Reiter von allen Seiten darauf zuritten. Und ich sagte zu Tom, es sei gar nicht gefährlich, wir wollten uns gleich unters Volk mischen und in der Menge untertauchen.

Es war eine weitläufige Siedlung, aber wir konnten unser Ziel nicht verfehlen, weil sich auf dem freien Platz neben der Kirche, einem kleinen Holzhaus ohne Turm, schon die Hochzeitsgäste drängten. Dazwischen gingen junge Mädchen und Burschen herum und reichten auf großen Zinnplatten Kuchen, richtigen Butterkuchen, dazu gab es süßen Most zu trinken. Wir griffen tapfer zu, aber immer, wenn uns jemand in ein Gespräch verwikkeln wollte, wichen wir aus und wandten uns in eine andere Richtung.

Plötzlich kam Bewegung in die Menge. Alle blickten zur Kirchentür, aus der in diesem Augenblick das Brautpaar trat. Das heißt, ich sah nur den Bräutigam, weil er die Menge um Haupteslänge überragte, die Braut konnte ich nicht sehen, sie war offenbar kleiner und von der Menge der Gäste verdeckt. Doch nun bildete sich eine Gasse, durch die das Brautpaar schritt, gefolgt von der kleinen Schar derer, die in der Kirche Platz gefunden und der Trauung beigewohnt hatten. Die Gasse führte fast auf uns zu.

Jetzt konnte ich das Gesicht des Bräutigams erkennen – aber das war doch der Uhl, der Änne auf dem Schiff gekauft hatte! Es ging mir durch und durch, als ich ihn erkannte, und nun drängte ich mich nach vorn, um mehr zu sehen.

Und dann sah ich auch die Braut. Sie wirkte klein neben Uhl, war ganz in Blau und Weiß gekleidet und trug einen richtigen Brautschleier, der ihr Gesicht halb verdeckte. Jetzt wandte sie den Kopf nach meiner Seite – und da blieb mir das Herz stehen, und dann tat es einen Sprung, daß ich die Faust in den Mund preßte, um nicht zu schreien: Es war Änne! Die Braut war meine Schwester Änne!

Tom hatte es auch gesehen. Er stand hinter mir und packte mich an der Schulter, um mich festzuhalten. Aber ich war ganz außer mir, riß mich los und rief, ja ich schrie, während ich mich in die Gasse durchdrängte: »Änne! Änne!«

Sie fuhr zusammen, weil sie meine Stimme erkannte, blieb stehen und griff sich mit beiden Händen an den Hals. Dann raunte sie dem Uhl zu, der sich besorgt zu ihr herunterneigte: »Es ist Henner, mein Bruder Henner!«

Doch da war ich schon bei ihr, und sie nahm meinen Kopf in beide Hände und sagte: »Henner! Du! Wie groß du geworden bist!« Dann fuhr sie leise fort, so daß die Umstehenden es nicht hören konnten: »Bist du frei? Richtig frei?« Und als ich den Kopf schüttelte, fragte sie: »Ausgerissen?«

Ich nickte und konnte kein Wort herausbringen. Aber der Uhl hatte begriffen, was los war, und sagte: »Geh voraus nach Tolheo, wir kommen nach, heute nacht oder morgen früh. Such dir einen Platz im Heu, wo dich keiner sieht. Morgen sehen wir weiter!«

Ich stand da wie ein begossener Pudel, aber der Uhl warf mir einen Blick zu, als wollte er sagen: Wenn du nicht gleich springst . . .

Änne blickte so traurig und hilflos drein, daß ich mich umwandte und zwischen den Gaffern hindurch in der Menge untertauchte. Ich schämte mich meiner Tränen und konnte doch nichts dagegen tun, daß sie mir die Backen herunterrannen. Deshalb lief ich immer weiter, an der Kirche vorbei und an den weitläufigen Häusern und Höfen, bis ich an einen Bach kam. Dort warf ich mich nieder und kühlte mein Gesicht im klaren Wasser.

Allmählich kam ich wieder zu Atem und zur Besinnung. Dann kam Tom und sagte: »Du bist ja gerannt, als wenn dir der Teufel im Nacken gesessen hätte. Aber wenn du noch länger geblieben wärest, so vor aller Augen, hättest du gleich freiwillig ins Gefängnis gehen können!«

»Gefängnis!« erwiderte ich trotzig. »Als ob es so was hier gäbe!« Dann kriegte ich es doch mit der Angst. »Meinst du, daß uns viele gesehen haben?«

»Uns? Mich nicht, aber dich! Du hast dich auffällig genug benommen.«

»Pah«, sagte ich, »das weiß doch keiner, was mit mir los ist, hier draußen an der Grenze!«

»Hoffentlich«, erwiderte Tom. »Vor zwei Tagen war der Steckbrief in Morganstown – weißt du, ob er nicht auch hier schon am Baum hängt?«

Er hatte recht, und es blieb uns gar nichts anderes übrig, als weiter nach Nordwesten auf die Berge zuzumarschieren, bis wir in dieses Tolheo kamen, wo Uhl seinen Hof hatte. Dort kamen wir am Abend an, es gab nur einen einzigen Hof, auf dem kein Mensch zu sehen war. Es war ein großes Blockhaus mit zwei Stockwerken und mehreren Scheunen und Stallgebäuden. Wir fanden den Heuboden über dem Kuhstall und legten uns mit Einbruch der Dunkelheit schlafen.

22. Kapitel

Ich fuhr aus tiefem Schlaf auf, weil Tom mich an der Schulter rüttelte. »Sie kommen!« sagte er.

Draußen waren Hufschlag und Stimmen zu hören. Sie klangen gedämpft, so daß ich nichts verstehen konnte. Vielleicht wollten sie uns nicht wecken.

»Wollen wir runter und sie begrüßen?« fragte ich.

»Still«, zischte Tom, »das sind nicht deine Leute!«

Jetzt hörte ich es auch. Es waren Männerstimmen, und sie sprachen englisch. Schritte näherten sich. Dann schlug etwas unten gegen die Stalltür, daß es dröhnte.

»Come out!« rief eine tiefe Stimme. »Henry Lindner, come on!«

Da wußte ich, was die Stunde geschlagen hatte. Einen Augenblick war ich wie gelähmt. Auch Tom hatte es die Sprache verschlagen. Dann flüsterte er: »Los, wir suchen eine Luke oder ein Dachfenster. Nur weg von hier!«

Aber das war sinnlos. Draußen war es schon hell. Wir konnten nicht weit kommen, sie würden uns abschießen wie die Hasen.

Wir? Uns? Wie ein Blitz kam mir der Gedanke: Sie wollten nur mich, nicht Tom! Von Tom wußten sie nichts!

»Bleib still, Tom!« zischte ich. »Versteck dich, wenn sie kommen! Ich geh allein!«

Wieder das Klopfen an der Stalltür und die Stimme, nun lauter, ungeduldiger: »Komm raus, Henry! Wird's bald?«

»Ja, ich komme!« rief ich, rutschte den Heuberg hinab, meine Tasche in der Hand, öffnete die Stalltür und trat hinaus.

Draußen empfing mich ein hochgewachsener Mann mit einem dunklen Backenbart. Er legte mir die Hand auf die Schulter und sagte: »Da haben wir dich, mein Junge. Man wird dir einen Denkzettel verpassen. Ein zweites Mal läufst du nicht weg!«

Es war der Sheriff. Zwei Männer, die ihn begleiteten, saßen auf ihren Pferden, jeder hatte eine Büchse in der Hand, deren Mündung auf mich gerichtet war.

»Kannst du reiten?« fragte der Bärtige. Als ich nickte, wies er auf das Pferd, das einer seiner Begleiter am Zügel führte. Es war eine Art Pony ohne Sattel. Als ich oben saß, legte er mir die Schlinge eines dünnen Seils um den Hals, dessen Ende er am Knauf seines Sattels festknotete, band mir die Handgelenke zusammen, drückte mir die Zügel in die Hand und stieg selbst in den Sattel. So wurde ich wie ein Verbrecher abgeführt und durfte noch froh sein, daß ich nicht auch noch den ganzen Weg laufen mußte.

Zunächst war ich erleichtert, daß sie nicht nach Tom gesucht hatten. Er war fürs erste sicher und würde bald die Freiheit dort jenseits der Blauen Berge, die ich über meine rechte Schulter im Morgenlicht liegen sah, erreicht haben. Für immer, denn dorthin würde ihm kein Steckbrief und kein Sheriff folgen. Lebe wohl, Tom!

Aber dann fiel alles über mich her, was nun auf mich wartete: Gefängnis, die Peitsche, vielleicht der Pranger und schließlich wieder das Sklavendasein. Sechs Jahre Knechtsdienst bei Herrn Appleby, das war so lang wie die Ewigkeit. Der ungewohnte Ritt auf dem ungesattelten Pferd rüttelte und schüttelte mich durch, mir war übel vor Verzweiflung und Hunger, zum erstenmal in meinem Leben wünschte ich mir, tot zu sein.

Wir mochten eine gute Stunde geritten sein, als uns eine Gruppe Reiter entgegenkam. Sie waren offenbar ziemlich ausgelassen und lärmten, daß man sie schon von weitem hörte. Es war die Hochzeitsgesellschaft oder das, was am Ende der Nacht von ihr übriggeblieben war. Als sie bereits nahe herangekommen waren, erkannte ich Änne und Uhl in ihrer Mitte. Sie saß hinter ihm auf der Kruppe des Pferdes, so daß sie mich erst sah, als Uhl sein Pferd zügelte und sich mit zornigem Blick dem Sheriff in den Weg stellte.

Änne schrie auf. Dann sprang sie vom Pferd, lief auf mich zu und schlang die Arme um mich. Gleich darauf wandte sie sich dem Sheriff zu und rief: »Er ist mein Bruder! Das dürfen Sie mir nicht antun! Er ist doch kein Verbrecher!«

»Er ist ein entlaufener Knecht und vor dem Gesetz strafbar!«

entgegnete der Sheriff. »Hindern Sie mich nicht, Madam, meine Pflicht zu tun!«

Inzwischen hatte die übrige Gesellschaft begriffen, was vor sich ging. Es waren lauter junge Männer, die nach altem Brauch den Bräutigam geleiteten, sie hatten die Nacht hindurch gefeiert, getanzt und getrunken und wollten nicht zulassen, daß dem Brautpaar Kummer bereitet würde. Sie nahmen eine drohende Haltung ein, es hätte nicht viel gefehlt, und sie hätten mich mit Gewalt befreit.

Aber da rief der Sheriff: »Zurück, Gentlemen, sonst lasse ich schießen!« Und seine Begleiter richteten ihre Büchsen auf die Männer.

Auch Uhl rief seine Freunde zur Vernunft, und wer weiß, was daraus geworden wäre, hätte er es nicht getan. Änne hob die Hände und sagte: »So laßt uns doch wenigstens Abschied nehmen! Wir haben uns doch noch gar nicht gesprochen.«

»Nun gut«, lenkte der Sheriff ein, »ich bin kein Unmensch. Aber ich warne euch: Wenn er wegläuft, wird geschossen!« Er löste meine Fesseln und hieß mich absitzen. Dann wandte er sich ab, nachdem er seinen Begleitern ein Zeichen gegeben hatte. Sie standen ein Stück entfernt und hielten ihre Büchsen schußbereit.

Auch Uhl war inzwischen vom Pferd gestiegen, Änne nahm meine Hand, und wir drei gingen ein paar Schritte vom Wege weg bis zu einem Nußbaum, an dessen Fuß wir uns setzten. Ich erfuhr, daß die Hochzeit bei Uhls Schwager in Heidelberg gefeiert worden war, dessen Frau die Stelle der Brautmutter vertreten hatte. Sie hatten gehofft, mich eine Zeitlang verbergen zu können, aber irgend jemand hatte den Steckbrief gelesen und mich verpfiffen. Er mußte die Szene vor der Kirche beobachtet und Uhls Worte, ich solle mich im Heu verstecken, gehört haben.

»Anders ist es nicht zu erklären«, sagte Uhl, »aber ich krieg's schon raus, wer's gewesen ist. Dem zahl ich's heim!«

»Laß nur, Martin«, sagte Änne, »das ändert auch nichts mehr. Er soll uns sagen, wer sein Herr war – oder ist«, fügte sie hinzu, »denn dorthin wird er ja zurückkommen, wenn alles vorüber ist.«

Ich erzählte, wie es mir ergangen war und daß ich bei Herrn Appleby geserbt hatte. Natürlich fragte Änne gleich nach Katrin, als sie hörte, daß ich in Philadelphia geblieben war, und ich berichtete, daß ich sie getroffen und daß ich von Katrin erfahren hätte, wo der Martin seinen Hof hatte.

Dann senkte ich meine Stimme zum Flüstern herab: »Ich bin nicht allein weg, der Tom ist dabei. Er ist noch im Stall, oben im Heu, von ihm wissen sie nichts. Ihr müßt ihm helfen!«

Das versprachen sie. »Wollte lieber, du wärst's, Bub«, sagte Änne, die Tränen standen ihr in den Augen, »und ich könnte dir weiterhelfen. Du mußt tapfer sein, Henner, und die Suppe auslöffeln, die du dir eingebrockt hast. Versprich mir, Bub, daß du auf dem graden Weg bleibst und nichts Schlechtes tust – was auch kommt! Es kann nur besser werden, und wir helfen dir, wo wir können!«

Mir war gottsjämmerlich zumute. Helfen? Mir konnte keiner helfen, schon gar nicht Änne auf dem einsamen Hof am Rande der Wildnis. Ich ergriff ihre Hand. Sie war rauh und rissig von schwerer Arbeit. »Geht's dir gut?« fragte ich.

Sie nickte und warf Martin einen Blick zu, der mehr als Worte sagte. »Wir sind zufrieden«, sagte sie. »'s ist viel Arbeit, aber der Boden bringt Frucht, und das Vieh gedeiht. Wenn uns die Heuschrecken verschonen und die wilden Leut'«, sie meinte wohl die Indianer, »werden wir's schon schaffen. Gelt, Martin?«

Der nickte. »Es fehlt noch viel«, sagte er, »im Haus und in der Wirtschaft. Wir leben einfach und hausen wie Einsiedler, aber es kommt immer etwas dazu.« Er stand auf. »Im Herbst komm ich einkaufen nach Philadelphia, und wenn wir jemanden finden fürs Vieh, bring ich die Änne mit. Dann kommen wir dich besuchen. Und nun wird's Zeit für dich, der Sheriff wird schon ungeduldig.«

Wir erhoben uns ebenfalls. Änne schlang die Arme um meinen Hals und flüsterte: »Leb wohl, Bub, und Gott befohlen! Auf Wiedersehn!«

»Denk an Tom«, sagte ich, »ihr müßt ihm weiterhelfen!«

Dann spürte ich eine schwere Hand auf meiner Schulter. Es war der Sheriff.

Er sagte: »Es wird Zeit. Komm jetzt, Bursche!«

»Wohin werden Sie ihn bringen?« fragte Martin.

»Er bleibt bei mir in Adamstown, bis ihn sein Herr abholt«, erwiderte der Sheriff. »Nehme jedenfalls an, daß er ihn holt. Sonst müssen wir ihn anderweitig verkaufen«, fügte er hinzu.

»Schrecklich!« rief Änne, aber da war ich schon unterwegs zu meinem Pony.

»Tut mir leid, Madam«, rief der Sheriff ihr über die Schulter zu, »aber die Gesetze müssen beachtet werden!«

Es war wie ein Schlag ins Kreuz für mich. Ich warf den Kopf in den Nacken und blickte mich nicht mehr um. Die Gesetze! Was waren das für Gesetze, die mich in diese Lage gebracht hatten? Gesetze wurden von den Reichen gemacht, in aller Welt, damit sie immer noch reicher wurden und die andern nichts abkriegten. Oder war es etwa gerecht, daß Tom und ich und der alte Bill Knechtsdienst leisten mußten, Sklavenarbeit auf viele Jahre, um den Reichtum der Herren Appleby und wie sie hießen zu mehren? Nur weil mein Vater und Toms Vater Elend und Willkür nicht mehr ertragen konnten und die Freiheit suchten, die man ihnen versprochen hatte? Und weil sie den Versprechungen derer, die doch nur an ihrem Unglück verdienen wollten, geglaubt hatten? War das Gerechtigkeit?

Eine hilflose Wut ergriff mich, ich drückte meinem Pferd die Hacken in die Weichen, daß es in Galopp verfiel. Denn inzwischen saß ich längst wieder auf dem Pferderücken und zockelte weiter.

»He!« rief der Sheriff. »Wo willst du hin?« Und die Schlinge um meinen Hals zog sich mit einem solchen Ruck zu, daß ich beinahe vom Pferd gestürzt wäre.

Das brachte mich in die Wirklichkeit zurück. Die Schlinge, in der ich steckte, fragte nicht nach Gerechtigkeit, sondern nur nach dem Gesetz. Und das Gesetz bestimmte, daß ich ins Gefängnis kam, bis mich Herr Appleby abholte oder ein neuer Sklavenhalter, der an meinem Unglück verdienen wollte. Was hatte

Änne zum Abschied gesagt? Gott befohlen? Vielleicht erwartete sie von ihm Gerechtigkeit. Ich nicht. Ich nicht mehr.

Ich wandte den Kopf und warf einen Blick zurück. Die Hochzeitsgesellschaft war nicht mehr zu sehen. Ein leichter Nebel lag über dem Land. Dahinter zog sich, den ganzen Horizont einnehmend, das blaue Band der Berge entlang. Der Berge, hinter denen die Freiheit lag. Fast hätte ich sie erreicht, ging es mir durch den Sinn. Fast.

23. Kapitel

So endete mein Ausflug in die Freiheit. Zu Herrn Applebys Ehre muß gesagt werden, daß er auf Pranger und Peitsche verzichtete. Eigentlich hätte ich auf dem Marktplatz von Philadelphia am Pfahl stehen und ein oder zwei Dutzend Schläge mit der Peitsche einstecken müssen. Statt dessen lag mir mein Herr den ganzen Weg über, auf dem Ritt von Adamstown und während der Bootsfahrt im Einbaum auf dem Schuylkill, mit vorwurfsvollen Reden in den Ohren: Wie undankbar ich sei, daß ich die Wohltaten in seinem Hause so wenig zu würdigen wußte. Wie gut ich es hatte, die beste Erziehung in einer christlichen Familie zu genießen, und daß sich manch einer die Finger danach lecken würde, eine solche Ausbildung in einem angesehenen Handelshaus zu erhalten.

Dies alles hörte ich nun täglich und stündlich und so oft, daß ich manchmal dachte, die Peitsche wäre mir lieber gewesen. Denn eine richtige Strafe erschien mir ehrlicher als die scheinbare Milde, die der Selbstgerechtigkeit entsprang und nur dazu diente, Herrn Applebys Großmut um so heller leuchten zu lassen. Aber es blieb dabei, auch als ich wieder in meine Dachstube eingezogen war und meine Fron wiederaufgenommen hatte. Ich hatte alle Güte und Freundschaft mit schnödem Undank beantwortet und meinem Wohltäter ein schweres Unrecht zugefügt.

Ich war das schwarze Schaf, und man betete für mich, daß Gott meinen Starrsinn erweichen und meinen Charakter bessern möge.

Vielleicht hätte ich es ändern können, wenn ich echte Reue gezeigt hätte. Ich sah ja, wie alle im Hause sich duckten und den Kopf einzogen und Herrn Appleby nach dem Munde redeten, Jacob und Richard, die beiden Gehilfen, der alte Sam, ja sogar Frau Appleby. Aber lieber hätte ich mir die Zunge abgebissen. So hätte ich wohl meine sechs Jahre in Herrn Applebys Haus abdienen müssen, wäre Mary nicht gewesen.

Sie stand eines Samstags im Oktober in der Ladentür, wippte auf den Zehenspitzen, und als sie mich erspäht hatte, legte sie den Zeigefinger auf die Lippen und wies mit den Augen hinter sich auf den Hof: Dort ging Herr Appleby gerade aus dem Tor.

Als er verschwunden war, fragte sie: »Bist du allein?«

Ich nickte. Natürlich war ich allein, jeden Samstag; denn Jacob war mit Sam zum Markt gefahren. Sprechen konnte ich nicht, so hatte ich mich erschrocken. Mary! Es war wirklich Mary.

»Hättest ruhig mal was von dir hören lassen können!« sagte sie. »Wir hatten doch keine Ahnung, daß du wieder hier bist. Glaubten, du wärest bei Änne.«

»Komm erst mal rein«, sagte ich und rückte ihr einen Stuhl zurecht. »Setz dich.«

Sie winkte ab, stemmte die Hände in die Seiten und fragte: »Was hast du dir eigentlich gedacht? Auf dem Markt warst du auch nicht!«

»Hör zu, Mary«, sagte ich, »ich durfte doch nicht aus dem Haus. Einmal habe ich Sam einen Brief mitgegeben an Katrin, aber es kam keine Antwort. Und beim zweitenmal hat er sich geweigert, er hat Angst . . .«

»Einen Brief?« Mary schüttelte den Kopf. »Der ist nie angekommen. Wer weiß, wo er den gelassen hat.«

»Wie habt ihr es denn erfahren?«

»Daß sie dich eingefangen haben? Uhl hat es uns erzählt, vorgestern . . .«

»War er hier?« rief ich. »Er hat versprochen, mich zu besuchen!«

»Er hat es versucht, aber Herr Appleby hat es nicht zugelassen. Erst müßtest du dein Verhalten ändern, hat er gesagt, er sei für deine Erziehung verantwortlich.«

»Und Tom? Was ist aus Tom geworden?«

»Erstmal: ich soll dich grüßen, von Katrin und von Änne und von Martin Uhl. Und du sollst endlich vernünftig sein und sehen, daß du mit deinem Herrn zurechtkommst . . .«

»Quatsch!« rief ich. »Sag mir endlich, was mit Tom ist!«

»Er ist frei. Sie haben ihn mit allem ausgerüstet, und er ist mit einer irischen Familie westwärts gezogen, die Land am oberen Susquehanna klären will.«

»Gut! Oh, ich beneide ihn!«

»Wirklich?« Sie blickte mich prüfend an. »Hast du überhaupt eine Vorstellung davon, wie es dort zugeht in der Wildnis? Wolltest du wirklich dort leben, so leben?«

»Natürlich!« rief ich, und dann erzählte ich ihr, daß wir vorgehabt hatten, zu ihrem Vater ins Juniatatal zu gehen. »Du warst doch dort«, sagte ich. »Wie ist es denn da?«

Mary stief einen tiefen Seufzer aus. So kannte ich sie gar nicht. Aber kannte ich sie überhaupt? Eigentlich hatte sie bislang nur in meiner Phantasie gelebt.

»Er ist mein Vater«, sagte sie leise, »und er braucht mich, von Zeit zu Zeit. Aber leben könnte ich dort nicht, nicht mehr. In der dunklen Hütte, in dem einzigen Raum, zusammen mit Judy . . .« Sie schwieg. Es fiel ihr offenbar schwer, darüber zu sprechen.

»Wer ist Judy?« fragte ich.

»Eine Indianerin. Er nennt sie Judy. Eigentlich heißt sie anders, ein unaussprechlicher Name. Sie kocht für ihn, versorgt ihn. Er lebt eben mit ihr, schon lange.«

»Gibt es noch mehr Indianer dort, wo er seine Hütte hat?«

»Natürlich, das ist es ja. Sie haben ein Dorf an der Mündung des Juniata in den Susquehanna, auf einer Insel, nur ein paar Stunden von uns entfernt.«

»Sieht man sie oft?« Wie beneidetete ich Mary um ihre Erlebnisse!

»Viel zu oft. Plötzlich sind sie da, man hört sie nicht und sieht sie nicht kommen. Manchmal bin ich zu Tode erschreckt, wenn auf einmal einer in der Tür steht oder im Raum und nimmt, was ihm unter die Finger kommt.«

»Jagst du sie etwa weg?«

»O nein, das wäre gefährlich. Vater hat es mir streng verboten. Es könnte leicht sein, daß sie wiederkommen und uns das Haus über dem Kopf anzünden.«

»Aber was kann man tun?«

»Wir müssen freundlich zu ihnen sein. Judy macht das schon, sie guckt ihnen auf die Finger. Aber mein Vater ist immer freundlich zu ihnen. Er sagt, sie sind seine Kunden.«

»Und Logan? Ist er auch so? Ich meine, nimmt er auch etwas weg?«

Jetzt lachte sie fröhlich.

»Aber nein, was denkst du! Logan ist der netteste Mann, den ich kenne. Er bringt immer etwas mit, ein Stück Wild oder einen großen Fisch oder Kräuter und Beeren, je nach Jahreszeit. Er würde lieber das Letzte wegschenken, als einem anderen etwas wegzunehmen!«

»Erzähl mir, wie es dort aussieht, die Umgebung, der Fluß, das Tal. Ist es schön dort?«

Sie überlegte einen Augenblick. »Schön? Ja, gewiß, das Tal ist sehr schön, die Wiesen, der Wald und die Berge. Morgens, wenn der Nebel über dem Fluß sich lichtet und die Sonne durchkommt. Und wenn dort mehr Weiße wohnten und keine Indianer, könnte ich am Juniata wohl leben. Natürlich in einem richtigen Haus«, fügte sie hinzu.

»Pah«, sagte ich, »als ob es darauf ankäme!«

Marys Gesicht veränderte sich plötzlich. Sie hob das Kinn, daß ihre kleine Nase in die Luft zeigte, zog die Augenbrauen hoch und sagte, während sie über meine Schulter blickte, spitz: »Geben Sie mir drei Rollen Bindfaden, von der starken Sorte wie neulich!«

Ich wandte mich um und sah Richard, den Schreiber, auf leisen Sohlen durch die Hintertür in den Laden kommen.

»Gern, mein Fräulein«, erwiderte ich mit übertriebener Höflichkeit, nahm die Rollen aus dem Regal und reichte sie ihr. »Ein Schilling sechs, bitte sehr.«

Sie nahm sie, kniff mir ein Auge zu, zahlte und wandte sich zum Gehen. An der Tür drehte sie sich noch einmal um und sagte: »Wenn die Qualität die gleiche ist, können Sie wieder mit mir rechnen.«

Das hieß, daß sie wiederkommen wollte. Und Richard, der Schleicher, hatte nichts bemerkt! Ich pfiff ein Lied vor mich hin und tat so, als ob ich das Regal aufräumte. Richard schlurfte noch einen Augenblick im Laden herum und verschwand dann, ohne ein Wort zu sagen. Es gab nichts, was er Herrn Appleby berichten konnte. Ich war froh, daß es so abgegangen war. Aber daß Mary gekommen war und daß sie wiederkommen wollte, änderte alles. Es war, als wäre an einem grauen Tag unverhofft die Sonne durchgekommen.

Das Winterhalbjahr war düster genug, ich hatte die wenigen Sonnentage bitter nötig. Mary kam ziemlich regelmäßig jeden zweiten Samstag, und sie wußte es fast immer so einzurichten, daß sie mich allein im Laden antraf – sie beobachtete uns genau und wußte, wann Jacob mit Sam in die Stadt geschickt worden war. Später hat sie mir erzählt, daß sie eigens einen Spion dafür beschäftigte, einen Jungen aus der Nachbarschaft. Zweimal brachte sie auch Katrin mit, ich freute mich darüber, aber noch lieber war ich mit Mary allein. Sie erzählte mir viel von ihrem Vater, und ich verstand manches besser, was ihre Einstellung zu ihm betraf. Bald kannte ich ihn ziemlich gut, obwohl ich ihn noch nie gesehen hatte.

John Milford war der Sohn eines angesehenen Kaufmanns in der Stadt. Er war ein lebenslustiger junger Kerl gewesen, nach dem sich die Mädchen die Hälse verrenkt hatten. Keiner tanzte so gut wie er, und viele Töchter wohlhabender Väter in Philadelphia und Umgebung machten sich Hoffnungen auf ihn. Doch er heiratete Johanna Memminger, ein hübsches, aber armes Mädchen aus Pirmasens, das im Haushalt seiner Eltern serbte. Sie war achtzehn und hätte noch drei Jahre zu dienen gehabt. Sein Vater hatte gedroht, ihn zu enterben, aber er machte sich nichts daraus und setzte seinen Willen durch. Der Vater, ein strenger Mann, nahm sich dies und die leichte Lebensführung seines einzigen Sohnes so zu Herzen, daß er sich hinlegte und starb. Der Sohn John Milford brachte in wenigen Jahren das blühende Geschäft zum Ruin und entging mit knapper Not dem Schuldgefängnis. Er verschwand mit Frau und Kind, der damals zweijährigen Mary, in der Wildnis. Dort baute er eine Hütte am Juniata und versuchte sich als Indianerhändler.

Jane Milford, geborene Memminger, starb nach einem Jahr an einem hitzigen Fieber oder, wie Mary glaubte, am Schmutz und an mangelnder Pflege. Der Vater wollte sich von seiner kleinen Tochter nicht trennen und verbrachte den Winter allein mit ihr in der Hütte am Juniata. Aber im März kam Maria Memminger, seine Schwägerin, machte ihm eine Szene und nahm die kleine Mary mit in ihre Apotheke *Zum Goldenen Pelikan,* die sie inzwischen gepachtet hatte.

So blieb Mary am Leben und wurde im Hause ihrer Tante erzogen. Der Vater blieb allein und handelte mit Rauchwerk und Fellen, die er von den Indianern gegen mancherlei Waren eintauschte, unter anderem gegen Rum. Das ging regelmäßig eine Zeitlang gut, weil er mehr Rum vertrug als seine Kunden, die Indianer. Bis er dann selbst betrunken in irgendeinem Indianerdorf lag oder vom Pferd stürzte oder auf eine andere Weise strandete. Judy, die er sich in seine Hütte am Juniata geholt hatte, mußte ihn dann wieder auf die Beine bringen. Dafür schlug er sie, wenn er aus seinem Rausch erwachte und keinen Rum mehr fand. Aber wenn der Anfall vorüber war, dann war John Milford ein ruhiger, eher gutmütiger Mann, der zur Schwermut neigte. Besonders deshalb war es wichtig, daß Mary einmal im Jahr zu ihm kam, und ihre Tante war damit einverstanden, wenn auch mit Bedenken.

»Ist er unglücklich?« fragte ich Mary, als sie wieder einmal davon sprach; es war an einem Samstag im April. Ich konnte mir gar nicht vorstellen, daß sich ein Mann in der Freiheit der Wildnis nicht glücklich fühlte.

»Ich weiß nicht recht«, erwiderte sie, und zwei nachdenkliche Falten bildeten sich über ihrer Nase. »Er sagt manchmal: Wenn er noch einmal von vorn anfangen könnte, würde er alles anders machen. Ich glaube, meine Mutter fehlt ihm sehr, er kommt nicht darüber weg. Deshalb gehe ich zu ihm, einmal im Jahr.«

»Du bist zu beneiden«, sagte ich und reckte die Arme, weil mir meine Jacke zu eng wurde und das graue Einerlei des Alltags. »Was würde ich darum geben, hier rauszukommen!«

»Wirklich?« Sie legte den Kopf auf die Seite und sah mich prüfend an. »Vielleicht sollten wir uns etwas einfallen lassen. Aber jetzt muß ich gehen.«

»Wann kommst du wieder?« fragte ich, enttäuscht darüber, daß die Zeit schon wieder um war.

»Ich weiß noch nicht. Mein Vater kommt, diese oder nächste Woche, dann muß ich mich um ihn kümmern. Du mußt ein wenig Geduld haben. Und Vertrauen«, fügte sie hinzu, tat einen Schritt nach vorn, hob sich auf die Zehenspitzen und küßte mich auf den Mund, einen kleinen, einen viel zu kleinen Augenblick lang. »Wiedersehn!«

Es war gut, daß sie sich gleich darauf umdrehte und aus der Tür huschte. Ich muß ein ziemlich dummes Gesicht gemacht haben. Doch das war mir egal, weil ich noch immer ihre kühlen, festen Lippen spürte. In der Zeit danach habe ich mich oft gefragt, ob es wirklich so gewesen war oder ob ich es mir nur eingebildet, ob ich geträumt hatte. Aber so nah kann man nicht träumen, sagte ich mir dann.

Zwei Wochen später mußte ich in Herrn Applebys Kontor kommen. Er empfing mich mit seinem Beerdigungsgesicht. »Hast du mir etwas zu sagen?« fragte er.

»Nein«, erwiderte ich; denn was ich ihm hätte sagen können, wollte ich lieber für mich behalten.

»Also, ich sehe, daß du deine verstockte Haltung nicht ändern willst. Auch meine Langmut hat schließlich einmal ein Ende. Da du dich offenbar in meinem Hause nicht wohlfühlst, habe ich beschlossen, dich zu verkaufen. Morgen kommt dein neuer Herr, um dich abzuholen.« Er nickte heftig mit dem Kopf und holte tief Luft: »Dann wirst du endlich erkennen, wie gut du es hier gehabt hast! Nun, wie gefällt dir das? Hast du mir nun etwas zu sagen?«

»Nein!« erwiderte ich. Und wenn es der Teufel war, der mich hier herausholte, ich wollte mit ihm gehen.

24. Kapitel

Es war aber nicht der Teufel, sondern John Milford, Marys Vater. Er kaufte mich für zwanzig Pfund, ohne zu feilschen, und Herr Appleby machte noch ein Geschäft dabei. Da ich inzwischen sechzehn war, hatte ich noch knapp fünf Jahre regulär zu serben. Hinzu kamen elf Monate fürs Ausreißen und die Kosten. Herr Appleby hatte sie fein säuberlich aufgeführt: Anzeigen und Steckbrief, Lohn für den Sheriff und seine Begleiter und die Verpflegung im Gefängnis von Adamstown, das eigentlich der Vorratskeller des Sheriffs gewesen war. Dazu die Zinsen, versteht sich. Damit nahm es Herr Appleby sehr genau.

»Ein stolzer Preis, diese zwanzig Pfund, Herr«, sagte ich, als wir draußen waren und den Weg zu Frau Memmingers Apotheke eingeschlagen hatten.

»Vergiß es«, brummte John Milford. »In unserem Geschäft rechnet man anders, wirst es schon merken.«

Er war groß und hager und ganz in Hirschleder gekleidet, von der pelzbesetzten Mütze bis zu den bestickten Mokassins. So sahen die Pelzjäger und Waldläufer aus, die um diese Zeit in Philadelphia ihre Einkäufe machten. Das halblange Haar war wohl einmal blond gewesen, jetzt hatte es die Farbe von nassem Sand. Das Gesicht wirkte, vielleicht weil er keinen Bart trug, jung, aber nur auf den ersten Blick. Die faltige, von Sonne und Wind gegerbte Haut und die harten Linien, die sich von den Mundwinkeln abwärts zogen, sagten es anders. Vor allem die Haltung ließ ihn älter erscheinen, als ich ihn mir vorgestellt hatte. Wie er da mit hängenden Schultern und krummen Knien neben mir herging, den Kopf vorgeneigt, den Blick vor sich auf den Boden geheftet, kam er mir wie ein alter Mann vor. Was mich an Mary erinnert hatte, waren die Augen, die gleichen tiefliegenden, hellen Augen. Nur daß sie nicht, wie bei Mary, lustig oder auch frech blickten, sondern eher müde.

»Liegt ja auch an dir«, nahm John Milford das Gespräch wieder auf, »ob der Preis hoch war oder nicht.«

»Eine Frage, Mister Milford: Haben Sie mich nur Mary zuliebe gekauft?«

»Unsinn!« knurrte er. »Hab mein Geld sauer genug verdient. Ich brauche einen Gehilfen. Es wird mir zuviel, immer allein herumzuziehen mit meiner Ware. Das meinte auch Mary. Sie hat gesagt, du würdest gern mit mir gehen. Stimmt das?«

»Und ob das stimmt, Mister Milford!« erwiderte ich. »Bei klarem Wetter konnte ich sie von meinem Fenster aus liegen sehen, die Blauen Berge. Immer habe ich mir gewünscht, einmal dort leben zu können, in der Wildnis jenseits der Berge, in der Freiheit . . .« Ich biß mir auf die Lippen. Wie konnte ich von Freiheit reden, schließlich hatte er mich gerade für zwanzig Pfund gekauft!

Aber er ging nicht darauf ein. »Ist ein verdammt hartes Brot«, sagte er, »wirst es bald merken. Muß mich auf dich verlassen können wie auf mich selbst, darauf kommt es an.« Leise fügte er hinzu: »Mehr als auf mich selbst.«

Ich fühlte, wie mir das Blut zu Kopfe stieg. Sagen konnte ich nichts, aber ich dachte: Ich verspreche es dir, Mary, du kannst dich auf mich verlassen, Mary!

Dieses Versprechen habe ich gehalten. Er hat es mir nicht schwergemacht in den drei Jahren, die ihm noch gegeben waren. Bis auf die Male, wenn ihn der Rumteufel überwältigt hatte. Aber wenn Mary zu Besuch kam, trank er nie einen Tropfen. Er war im Grunde ein gutmütiger, ja ein guter Mensch.

Als wir am übernächsten Tag aus der Stadt ritten, ich auf ei-

John. »Für Mary? Nein, die paar Wochen im Jahr wollte ich sie wirklich bei mir haben!«

Aber jetzt baute er gleich zwei Räume, einen für mich mit einer Tür nach draußen und einen für Mary mit einer Tür ins Innere, die wir mühsam in die Wand des Blockhauses schlugen und sägten. Und beide Räume bekamen eine Feuerstelle, Mary's sogar einen richtigen kleinen Kamin zum Heizen, wie in Herrn Applebys Haus. Marys Kammer hatte auch ein kleines Fenster mit einer Hirschblase darin, das von innen mit einer dicken Bohle verschlossen und verriegelt werden konnte. Bei mir genügte eine Schießscharte zwischen zwei Stämmen, die ich mit einem Keil sicherte.

Ich kriegte eine Pritsche, die ich mir mit Moos polsterte, ein paar Wolldecken und ein Bärenfell zum Schlafen. Ein Klotzstuhl aus einem Stück Baum und ein paar eiserne Haken an der Wand für Kleider und Ausrüstung vervollständigten die Einrichtung.

Für Mary aber bauten wir richtige Möbel: ein Bett mit vier Beinen, einen Tisch und zwei Bänke. Sogar ein Bord mit Haken, an dem ein Vorhang angebracht werden konnte, für die Kleider. Nur der Vorhang fehlte, er sollte später kommen.

Als Mary im Herbst kam und John ihr stolz die Neuerungen zeigte, fing sie an zu weinen und flog ihm an den Hals. Später sagte sie zu mir, auf meine Frage, warum sie geweint habe: »Ach, Henner, es war so komisch, so schrecklich gutgemeint und so primitiv – ich mußte einfach heulen!«

Aber wie sie dann mit dem wenigen, was sie bei sich hatte, ein wohnliches Zimmer daraus machte, darüber mußte ich staunen. Viel trug auch der Vorhang dazu bei, den Judy ihr heimlich aus bunten Stoffetzen geknüpft hatte, eine echt indianische Arbeit, wie John sagte. Mary war sehr glücklich darüber.

Es war Oktober, der Indianersommer lag über dem Land, der Bergwald prangte in den bunten Farben des Herbstes. Mary und ich saßen viele Stunden lang am Flußufer, sahen die Adler über uns kreisen und die Fische im Strom springen. Und ich erzählte ihr von meiner ersten Reise in die Indianerdörfer am Ohio, vom mühsamen Marsch über die Alleghenyberge, von reißenden

Flüssen und endlosem Regen und von der Schönheit der Wildnis. Und daß ich zunächst Angst gehabt hatte vor den Indianern, vor der Einsamkeit und den nächtlichen Stimmen des Waldes. Aber John kannte jeden Stein und die verborgenste Hütte, und wenn wir Indianer trafen auf dem Alleghenypfad, dann begrüßten sie uns freundlich, und oft mußten wir mit ihnen am Feuer sitzen und anhören, was sie zu erzählen hatten. Meist ging es dabei um die Franzosen, die den Indianerstämmen am Ohio Geschenke machten, um sie gegen die Engländer aufzuwiegeln. Denn in Europa drüben und auf den Meeren war wieder einmal Krieg, und er drohte nun auch auf die Kolonien überzugreifen.

Und Judy war mitgewesen, dann aber in der Schawanistadt Logstown bei ihrer Familie geblieben, während wir weitergezogen waren an den Biberfluß. Auf dem Rückweg hatten wir sie dann wieder mitgenommen.

»Bist du nun zufrieden«, fragte Mary, »oder bereust du es, daß du hierher gekommen bist?«

Ich nahm einen flachen Kieselstein und warf ihn über das Wasser, daß er wie ein Rindenkanu darüberhinglitt, bis er schließlich stehenblieb und versank. »Nein«, sagte ich, »ich bin froh, daß ich hier bin. Nie würde ich zurückgehen zu Herrn Appleby, ich käme mir vor wie im Käfig. Aber«, ich ergriff ihre Hand, »es wäre noch schöner, wenn du hier wärest, Mary . . .«

Heftig entzog sie mir die Hand. »Bist du verrückt? Was sollte ich wohl hier! Es genügt mir, wenn ich einmal im Jahr kommen muß, und wenn er nicht mein Vater wäre – he, mach nicht so ein Gesicht, was hast du denn gedacht?«

Ich war aufgestanden.

»Komm, Henner, bleib sitzen, sei nicht so empfindlich. Ich komm ja, jedes Jahr komme ich. Ach – du verstehst das nicht . . .«

Ich wandte mich ab und ging hinauf in die Hütte. Sie hatte mir gründlich die Stimmung verdorben. Ich holte meine Büchse und ging in den Wald und kehrte erst am Abend zurück. Mit einem Truthahn, den ich geschossen hatte. Meinem ersten.

25. Kapitel

Mit der Zeit glaubte ich Mary besser zu verstehen. Unser wildes Leben war nichts für sie. Sie lebte bei ihrer Tante in einem bequemen Haus, in dem es Bücher gab, Geselligkeit und sogar Musik. Und immer, wenn sie bei uns war, jedes Jahr im Oktober, stand ihr das Schicksal ihrer Mutter vor Augen, die hier, wie sie es nannte, verkommen war. Vielleicht hatte auch Frau Memminger dazu beigetragen. Sie hatte es John nie verziehen, daß er ihre Schwester in die Wildnis verschleppt hatte, wo sie untergehen mußte, anstatt allein zu gehen und Frau und Kind in ihrer Obhut zurückzulassen.

Aber was verstand Frau Memminger schon davon? Marys Mutter hatte gewußt, daß John nicht ohne sie leben konnte, und sie hatte ihn einfach geliebt. Und er – ich sah ja, wie er litt, sich mit Selbstvorwürfen quälte und nicht damit fertig wurde. Er lebte eigentlich nur von einem Besuch Marys zum anderen. Nicht umsonst trank er von Zeit zu Zeit, und ein paarmal hat er auch versucht, in mir einen Gesellschafter zu finden. Aber ich hab's ihm rundweg abgeschlagen. Denn Mary hatte mir gesagt: »Wenn du damit anfängst, sind wir fertig miteinander.«

Im Sommer kauften wir Hirschhäute, im Winter Biber- und Otterfelle, die dann am schönsten waren. Die Hirschdecken brachten wir nach Lancaster, das damals schon eine Stadt war, die Winterpelze im Frühjahr nach Philadelphia. Manchmal machten wir auch drei Reisen im Jahr, eine davon bis an den Muskingum. Aber wir verbrachten auch viel Zeit mit dem Aufbereiten der Felle in der Hütte. Dann umsorgte uns Judy, kochte für uns, räucherte Wildbret, das wir erlegten, und nähte uns neue Kleidung aus Hirschleder. Sie hatte einen kleinen Garten angelegt, in dem sie Bohnen und Kürbis zog, und dahinter ein Maisfeld. Sonst sammelte sie Kräuter und große Mengen von Beeren, die sie trocknete. Sie wirkte im stillen, immer freundlich, mit schier unerschöpflicher Geduld. Auch wenn John einmal unleidlich war.

Über drei Jahre war ich nun schon bei John Milford, lebte in seiner Hütte und zog mit ihm über den Alleghenypfad, im Sommer und im Winter, bei Regen und bei Sonnenschein und unter klirrendem Frost, zu den Indianerdörfern am Ohio, am Biberfluß und am Muskingum. Längst waren mir ihre Hütten und Lagerfeuer vertraut, die Namen und Gesichter der Dorfältesten, mit denen wir handelten, und ich konnte ihre Sprache leidlich verstehen. Das war nun das Leben in der Wildnis, von dem ich geträumt hatte, und eigentlich hätte ich damit zufrieden sein müssen.

Aber da war etwas in mir, was unbefriedigt blieb. Und es war nicht die Mühsal des wochenlangen Marsches in Wind und Wetter, was mich an unsere Hütte denken ließ und an Judys kleinen Garten. Da war noch etwas anderes. Vielleicht hing es mit der alten Rodung zusammen, die John vor vielen Jahren angelegt hatte und die nun wieder verwilderte. Vielleicht auch mit der Wiese, die voll saftiger Gräser war und die niemand mähte. Oder mit der Eichelmast, die Jahr für Jahr im Wald verfaulte, weil niemand seine Schweine dort laufen ließ.

Eines Abends, es war kurz vor unserer letzten gemeinsamen Reise, sprach ich mit John darüber. Ich stand am Rande der Rodung und sah über das brachliegende Land und mußte an meinen Vater denken – er hätte es nicht so liegen lassen.

Da trat John neben mich und sagte: »Läßt dir wohl keine Ruhe, das Brachfeld, wie?«

»Warum bestellst du es nicht? Wie kann man roden, ohne zu bestellen?«

John lachte. »Man kann, du siehst es ja.« Dann wurde er ernst. »Hab's versucht, aber ich tauge nicht dazu. Wenn Jane noch lebte, wäre es anders gekommen. Aber so? Wofür?«

Ja, wofür? Ich wußte es auch nicht, selbst wenn ich an Mary dachte. Und doch ließ es mir keine Ruhe.

Am andern Tag kam Logan. Er war lange nicht dagewesen, und er blieb auch nicht lange. Er kam von Shamokin, an der Gabel des Susquehanna, wo er seinen Vater begraben hatte. Der alte Shikellamy war ein großer Mann gewesen, Vizekönig des Irokesenbundes in Pennsylvanien und ein treuer Freund der Engländer. Auch sein Sohn Logan, der später ein berühmter Mingohäuptling wurde, war ein Freund der Weißen. Jetzt war seine Miene sorgenvoll.

»Es kommen immer neue Siedler«, sagte er, »auch hierher an den Juniata. Sie roden die Wälder und schießen das Wild ab oder vergrämen es. Einst war dies einer der reichsten Jagdgründe des roten Mannes. Wo jagt er jetzt? Er zieht der sinkenden Sonne nach, auf der Suche nach dem Wild, immer weiter muß er westwärts wandern. Ist das der Lohn für unsere Freundschaft? Auch Logan wird weiterziehen an den Schönen Fluß, wo sein Volk ist. Zu lange schon hat er es allein gelassen.«

Es war das letztemal, daß wir ihn sahen. Als wir zwei Tage danach an seiner Hütte vorbeikamen, stand sie bereits leer.

Wir hielten uns länger in Kuskuskies am Biberfluß auf, als wir beabsichtigt hatten. Die Stadt bestand aus vier Siedlungen, und in jeder mußten wir Freunde besuchen, uns ihre Geschichten anhören und nächtelang am Feuer sitzen, bis wir unser Geschäft abschließen konnten. Und jedesmal danach wurde gefeiert, mit viel Rum, John ließ sich nicht lumpen und trank tapfer mit. Als wir schließlich den Heimweg antreten konnten, der immerhin mit unserer Last an Hirschdecken drei Wochen in Anspruch nahm, war es Mitte September. Und im Oktober kam Mary.

Daran lag es wohl, daß wir schneller ritten, als gut war. Besonders für John, der sich hundsmiserabel fühlte und ganz übler Laune war, weil er keinen Tropfen Rum mehr hatte. Ich versuchte, ihn zur Vernunft zu rufen, aber er beschimpfte mich und sagte, ich wollte ihn nur vor Mary blamieren. Deswegen läge mir daran, daß sie eher zu Hause ankäme als wir. Also ließ ich ihn reiten und bemühte mich, wenigstens das Packpferd mit der Ware heil über Wurzeln und Steine zu bringen.

In der Furt durch den Salzbach fand ich ihn dann. Er lag halb im Wasser, unter seinem Pferd, das auf den glitschigen Steinen ausgeglitten war. Ich riß die Mähre am Zügel hoch und sah gleich, daß er beide Beine gebrochen hatte, die Füße lagen so seltsam verdreht.

»Beiß die Zähne zusammen!« sagte ich, denn ich mußte ihn ja aus dem Wasser ziehen. Aber das schlimmste war, daß es ihm nicht weh tat: unterhalb des Gürtels war alles gefühllos und tot, das Rückgrat mußte gebrochen sein.

Er wußte das und sah mich ganz seltsam an. »Begrab mich auf dem Hügel«, sagte er, »damit ich die Berge hinter dem Fluß sehen kann, über die ich immer gezogen bin . . .«

»Unsinn!« widersprach ich und bettete seinen Kopf auf eine Decke. »Ich hole Hilfe. Wir machen eine Trage und bringen dich nach Haus!«

». . . und grüß Mary«, fuhr er unbeirrt fort, »sie wird schon da sein, wenn du kommst. Ich habe etwas für sie bereitgelegt, Judy weiß, wo.« Er versuchte sich aufzurichten, sank aber wieder zurück.

»Bleib liegen, John«, sagte ich, »bin gleich wieder da!« Ich pflockte sein Pferd an und das Packpferd und ritt durch die Furt und den Pfad entlang bis zu den Hütten der Delawarenfamilie, die am Südrand des Erlenwaldes wohnte. Der alte Munki war sofort bereit und brachte zwei Söhne mit, die eine Trage bei sich führten.

Wir ritten zügig, denn es dämmerte schon. Als wir uns der Furt näherten, fiel ein Schuß. Ich erschrak, zügelte mein Pferd und spähte voraus, ob uns vielleicht eine Bande von Roten entgegenkam. Schließlich waren wir tief im Indianerland.

»Indianer?« fragte ich Munki, der neben mir hielt. »Auf dem Kriegspfad?«

Der Alte warf mir einen ernsten Blick zu. »Roter Mann nicht schießen auf Verletzte. Komm!« Er ritt voran durch die Furt.

John lag auf dem Rücken. Ich hatte nicht daran gedacht, ihm die Pistole wegzunehmen. Sie war ihm aus der Hand gefallen und war noch warm. Aus seiner Schläfe sickerte Blut, die Haare waren versengt. Ich kniete nieder und drückte ihm die Augen zu.

»So besser«, sagte Munki. »John wissen, daß nie wieder über Berge ziehen. War guter Mann, hat nie betrogen armen Indianer.«

Das war eine kurze Grabrede für John Milford, aber keine

schlechte. Wir begruben ihn auf dem Hügel, wie er es gewünscht hatte, und ich sprach ein Gebet über seinem Grab, bevor wir es zuschütteten, weil ich an Mary dachte.

Es war ein trauriger Heimweg, und ein schwieriger dazu. Allein mit meinen drei Pferden und der Last, die ich auf die beiden ledigen verteilt hatte, und mit meinen Gedanken. Dabei saß mir die Zeit im Nacken, weil Marys Besuch bevorstand. Wie sollte ich es ihr beibringen, und wie würde sie es aufnehmen? Und dann, was sollte nun werden?

Zum Glück kannten die Pferde den Weg ebenso gut wie ich, und ich fand meist Quartier bei Bekannten am Wege, roten oder weißen, die mich gut aufnahmen. Und ich hörte kein böses Wort über John Milford. Und alle sagten, ich sollte den Handel weitermachen.

Als ich endlich die Hütte vor mir liegen hatte mit der Wiese davor, die Nachmittagssonne lugte noch über den herbstbunten Wald auf den Hang, sah ich schon von weitem, daß Judy vor der Tür stand und nach mir ausschaute. Nach mir? Arme Judy, ging es mir durch den Sinn.

Ich hatte Schwierigkeiten, die Pferde durch die Wiese zu bringen, weil sie gleich anfangen wollten zu grasen. Deshalb sah ich erst, als ich schon halb oben war, daß es nicht Judy war, die da auf mich wartete, sondern Mary. Ich glitt aus dem Sattel und ließ die Pferde laufen.

»Mary!« sagte ich, hob die Hände und ließ sie wieder sinken. »Du bist schon da! Eine traurige Heimkehr ...«

»Ich weiß«, sagte Mary. »Hat er sehr leiden müssen?« Sie kam mir entgegen.

»Leiden? Nein, er hat sich dagegen entschieden. Aber wieso weißt du es schon?«

»Judy hat es mir gesagt, gestern, als ich kam. Ihre Familie hat ihr eine Nachricht geschickt. Sie laufen schnell, die Nachrichten der Indianer, und du hattest eine mühselige Reise. Komm jetzt!«

Sie ergriff meine Hand, und wir gingen die Wiese hinauf. Sie führte mich in die Hütte, sie war leer.

»Wo ist Judy?« fragte ich.

»Fort. Sie wußte, daß du heute kommen würdest, ihre Nachrichten haben es ihr gesagt. Als ich heute morgen hier hereinkam, war sie schon weg. Aber sie hat etwas dagelassen. Sieh, hier!«

Auf dem Tisch lag ein lederner Beutel, so groß wie eine Männerfaust. Daneben lag ein Papier. Ich dachte erst, es wäre eine Karte. Es war aber keine Karte.

»Ich soll dich grüßen von John«, sagte ich. »Und er hat etwas für dich hinterlassen, Judy weiß wo, hat er gesagt.«

»Hier ist es«, sagte sie, »heb es auf!«

Ich wog den Beutel in der Hand, er war ziemlich schwer.

»Es sind Goldstücke«, sagte Mary, »spanische Dublonen und französische Louidors. Ich hätte es ihm nie zugetraut. Es ist kein Vermögen, aber für den Anfang reicht es.«

»Für welchen Anfang?« fragte ich.

»Und dies geht dich an.« Sie nahm das Papier und sah hinein. »Du bist jetzt neunzehn Jahre alt, Henry Lindner, und hast noch zwei Jahre zu serben, hier steht es. Ist dir das klar?«

»Allerdings!« Was sollte das?

»Ich bin John Milfords einzige Erbin«, fuhr sie unbeirrt fort, »Tante Maria wird es bezeugen. Dies alles gehört nun mir, die Hütte, dieser Beutel, dein Kontrakt und das Land . . .«

»Das Land!« entfuhr es mir. »Was wolltest du wohl damit anfangen! Die paar Morgen!«

»Komm mit«, sagte sie. Wir gingen zur Tür. Sie machte eine weit ausholende Bewegung mit der Rechten, von der Biegung des Flusses über den Bergwald bis an die Klippen oberhalb von uns. »Er hat überall sein Zeichen gemacht mit dem Beil. Judy hat gestern mit mir die Grenze abgeschritten, wir haben zwei Stunden gebraucht. Das meiste ist Wald, gewiß . . .«

»Das muß nicht so bleiben«, entfuhr es mir, »ich könnte jedes Jahr ein Stück roden!« Daß John davon nie gesprochen hatte!

»Der Boden ist gut, sagt Judy, Kalkstein, gut für Korn . . .«

»John hat schon vorgearbeitet«, ich wies auf die alte Rodung, »erst mal dieses Stück, es sind vier Morgen, ein schöner Schlag Weizen!«

»Ich habe das Geld gezählt«, sagte Mary. »Natürlich muß man es einteilen. Ein Paar Ochsen muß her und ein Pflug. Zwei Kühe für den Anfang . . .«

»Und Schweine«, rief ich, »der Wald liegt voll von Eichelmast!«

»Außerdem brauchen wir das Nötigste für den Haushalt . . .«

Was hatte sie gesagt? »Wir – hast du *wir* gesagt? O Mary!« Doch dann überfiel mich ein Gedanke: »Und die Apotheke? Sollst du nicht die Apotheke übernehmen?«

Sie lachte unbekümmert. »Das soll von mir aus die Katrin machen, die versteht sich besser aufs Pillendrehen.«

»Mein Gott, Mary«, sagte ich, »würdest du wirklich hier bleiben, in der Einsamkeit . . .?«

»Allein natürlich nicht, wo denkst du hin!«

»Aber mit mir, Mary, wir beide . . .«

Sie machte ihr hochnäsiges Gesicht. »Mit einem verbundenen Knecht? Am Ende sitze ich daher – du bist schon einmal ausgerissen!«

»Kannst mich ja freilassen, wo du mich geerbt hast.«

Sie wiegte den Kopf. »Das kommt mich teuer. Nach dem Gesetz stehen dir zwei Garnituren Bekleidung zu, zwei Hacken, eine Axt und neuerdings sogar ein Pferd, wenn du entlassen wirst.«

»Doch nur, wenn ich bis zu Ende serbe. Wir könnten das verrechnen.«

»Also gut, ich lasse dich frei, Henry Lindner!«

Aber sie schlang die Arme um meinen Nacken, als wollte sie mich nie mehr loslassen.

Dies ist nun das Ende meiner Geschichte. Ich war am Ziel meiner Wünsche, hatte die Freiheit erlangt und nichts Eiligeres zu tun, als mich für mein Leben zu binden.

Dazu brauchten wir einen Pfarrer, und weil auch John Milfords Tod, Marys Erbschaft und meine Freilassung Amt und Siegel erforderten, brachen wir am nächsten Tag nach Philadelphia auf. Von dort kehrten wir im Frühjahr, als alles erledigt war, mit einem geliehen Planwagen, zwei Ochsen, zwei Kühen und dem nötigsten Gerät an den Juniata zurück. Wir fanden die Hütte unversehrt und gingen an die Arbeit.

Oft denke ich, wenn ich am Abend auf der Bank vor unserm Haus sitze und mein Blick über die Felder bis an den nun fernen Waldrand geht, an die Zeit unseres Anfangs zurück. Es waren harte Jahre, aber wir waren glücklich. Bald konnte ich den Handel, der uns über die mageren Zeiten hinweghalf, ganz aufgeben. Wir erhielten Nachbarn, und mit den Jahren entstand dort, wo einmal John Milfords Hütte einsam in der Wildnis gelegen hatte, eine stattliche Gemeinde. Wir halfen uns gegenseitig, und als der Franzosenkrieg die Indianer auf den Kriegspfad brachte, blieben wir verschont, nicht zuletzt, weil meine roten Freunde dafür sorgten.

Doch das blieb nicht immer so. Unser erstes Haus, das wir bauten, brannte eine Horde Cayugas im Jahre 77 nieder. Damals waren die meisten Männer schon fort, bei der Miliz oder bei den Regulären, wir mußten froh sein, Frauen und Kinder nach Harrisburg in Sicherheit bringen zu können. Danach haben wir wieder, sechs Mann hoch, in Johns alter Hütte gewohnt, aber im nächsten Jahr um so größer gebaut, ein Steinhaus. Mary wollte nicht länger warten. Sie war es auch, die mitten im Krieg den Bau einer Kirche durchsetzte und das Grundstück dafür hergab. Sie liegt auf dem Hügel über den Klippen, man hat von dort einen schönen Blick das Tal hinauf.

Noch vor Kriegsende bekamen wir sogar einen eigenen Pfarrer. Eigentlich hätten wir nun zufrieden sein können, wäre Mary nicht gewesen. Sie ruhte nicht, bis der neue Pfarrer auch eine kleine Schule eingerichtet hatte, und den Unterricht, mit Ausnahme der Religion, mußte ich übernehmen. Erst sträubte ich mich dagegen. Aber als David, unser Ältester, zurück war – er hatte als Milizhauptmann lange in Pittsburg gelegen – und mehr und mehr die Wirtschaft übernahm, fand ich Gefallen daran.

Ja, Mary. Sie hat mich freigelassen, um mich desto sicherer zu binden. Es war mein Glück. Sie schenkte mir sechs Kinder, vier

Söhne und zwei Töchter. John, unser Zweiter, kämpfte unter General Washington und fiel bei Yorktown. Georg hat ein Stück Land gerodet in Bedford County, und Thomas, unser Jüngster, erlernt den Kaufmannsberuf in Philadelphia. In einem angesehenen Importgeschäft mit Namen Appleby. Er fühlt sich dort wohl und führt sich besser auf, als sein Vater es getan hat.

Maria, unsere älteste Tochter, lernt in der Apotheke *Zum Goldenen Pelikan,* die meiner Schwester Katrin gehört. Judith, unsere Jüngste, ist noch bei der Mutter, wenn sie nicht gerade bei ihrer Tante Änne in Tolheo ist, die dort mit Martin Uhl noch immer die Wirtschaft führt.

Tom, mein Freund Tom – ja, seine Spur ist verweht wie so viele in diesem riesigen Land. Er sei weit nach Westen gegangen, in die Prärie, heißt es, und vielleicht lebt er noch irgendwo am Wabash oder jenseits des Mississippi. In meiner Erinnerung jedenfalls lebt er, und ich meine, ein wenig auch in diesen Blättern. Lebe wohl, Tom!

Alle paar Jahre kommt ein Brief vom Lindnerhof aus der alten Heimat in der Pfalz. Sie haben es schwer dort. Der Hof ernährt nur eine Familie, und wer sonst zu Besitz kommen will, muß außer Landes gehen. Und Glück haben – wie wir, Änne, Katrin und ich. Daß unser Vater dies nicht erleben konnte, stimmt mich manchmal traurig. Hier hätten sein Fleiß und seine Tatkraft Früchte getragen! Freilich, die Jahre der Knechtschaft wären hart für ihn gewesen. Aber er hätte gewußt, daß für die Freiheit kein Preis zu hoch ist.

Worterklärungen

Achterkastell	ursprünglich Aufbau über dem Achterdeck auf Kriegsschiffen; später Bezeichnung für Quartiere im Achterschiff
Backsdeck	Vorderdeck, über dem Mannschaftslogis
Backschaft	Tischgemeinschaft (von Back, niederdt. = Schüssel)
Bilge	Kielraum; unterster, nicht mehr nutzbarer Raum über dem Kiel
Bugspriet	schräg nach vorn über den Bug hinausragende Stenge (Rundholz)
Cayuga	indianischer Stamm aus der Sprachfamilie der Irokesen
Fockmast	vorderster Mast
Galion	erkerartiger Vorbau am Bug
Gallone	altes engl. Hohlmaß, damals 3,785 l
Glasen	halbstündliches Anschlagen der Schiffsglocke; jede Wache dauert 4 Stunden und hat 8 Glasen
Großmast	Haupt- oder Mittelmast eines Schiffes
Großsegel	unterstes Segel am Großmast, an der *Großrahe* angeschlagen
Gulden	im Mittelalter Goldmünze, später auch Silbermünze; im 18. Jh. im Wert eines halben Talers (60 Kreuzer)
Häusler	Dorfbewohner, die im eigenen Haus leben, aber ohne oder mit geringem Grundbesitz auf Lohnarbeit angewiesen sind
Indianersommer	Nachsommer, der noch im Oktober eine Schönwetterperiode bringt
Jakobsleiter	See-Fallreep, Strickleiter außenbords
Klampen	hier: Profilhölzer zur Lagerung der Beiboote an Deck

Kombüse	Schiffsküche
Kranbalken	Balken zum Anbordhieven oder Löschen schwerer Lasten
krängen	seitlich neigen, überlegen
Kuhl	Deck zwischen Fockmast und Großmast, noch im 18. Jh. tiefer gelegen als Backsdeck und Quarterdeck
Kutter	großes Rettungsboot mit Segeleinrichtung
Last	Raum für Ladung unter Deck
Leggins	gamaschenähnliches Beinkleid aus weichem Leder
Nagelbank	Bank aus Bohlen zu Füßen der Masten mit Pflöcken zum Belegen des laufenden Gutes (Tauwerks)
Neuländer	Agent, der im Auftrag von Grundbesitzern, Reedern, Kaufleuten Auswanderer in das »Neue Land« anwirbt
Niedergang	durchgehende Treppe zwischen den Decks
Pfund (Sterling)	engl. Münzeinheit; 1 Pfund = 20 Shilling, 1 Shilling = 12 Pence
Poller	Holz- oder Metallpfosten zum Befestigen der Taue
Quarterdeck	hinterer, erhöhter Teil des Schiffsdecks, von dem aus gesteuert wurde
Reede	Ankerplatz außerhalb des Hafens
Roßbreiten	subtropischer Hochdruckgürtel in 25–35° nördl. und südl. Breite; Gebiete schwacher Winde
Scharbock	Skorbut
Schawani	(Shawnee) indianischer Stamm aus der Sprachfamilie der Algonkin (der auch die Delawaren angehören)
Schebecke	(von arab. schabbak = Schiff) dreimastiges schnelles Schiff im Mittelmeer mit Lateinsegeln
Stückpforten	verschließbare Pforten in der Bordwand zum Ausfahren der Geschütze
Wanten	seitliche Stütztaue für Masten

Anmerkungen
für Leser, die mehr wissen wollen

1. Kapitel
PENNSYLVANIA, englische Kolonie in Nordamerika. William Penn (1644–1718), der sich schon als junger Mensch den Quäkern anschloß, erbte eine hohe Schuldforderung seines Vaters an die englische Krone und ließ sich dafür ein großes Gebiet am Delaware als Eigentum übertragen. Er gründete 1683 Philadelphia, verkündete in seiner Kolonie religiöse Toleranz und Glaubensfreiheit und rief, besonders in Deutschland, alle wegen ihrer religiösen Überzeugung Verfolgten zur Auswanderung nach Pennsylvanien auf. 1709 kam es zur ersten großen Massenauswanderung aus Deutschland, besonders aus der Pfalz, die schließlich von der englischen Regierung gestoppt wurde. In den folgenden Jahrzehnten strömten viele Auswanderer nach Pennsylvanien, großenteils aus Deutschland, so daß um 1750 etwa ein Drittel, nach anderer Schätzung fast die Hälfte der Bevölkerung dieser Kolonie deutscher Abstammung war. Noch heute wird dort das Pennsylvaniadeutsch gesprochen, das überwiegend auf der pfälzischen Mundart beruht.
Schreckenszeiten MELACS: Im Pfälzischen Krieg (1688–97) ließ Ludwig XIV. durch General Mélac die Pfalz verwüsten. Zahlreiche Städte wurden eingeäschert, das kurfürstliche Schloß in Heidelberg niedergebrannt und das Land verheert. Das Kriegselend dauerte bis zum Ryswyker Frieden 1697 an.
Während des Spanischen Erbfolgekrieges (1701–14), des Polnischen Thronfolgekrieges (1733–35) sowie des Österreichischen Erbfolgekrieges (1740–48) zogen immer wieder Heere der kriegführenden Parteien durch die Pfalz.

2. Kapitel
Die GEBÜHR für Auswanderung oder »Entlassung« beruht auf der Leibeigenschaft (Erbuntertänigkeit). Von der »Leibesherrschaft« konnte der Leibeigene sich freikaufen, z. B. bei Auswanderung. Er hatte dann, für die Entledigung von der Leibeigenschaft, die »Manumissionsgebühr« zu entrichten, die zu jener Zeit etwa 12% des festgestellten liegenden und beweglichen Vermögens betrug. Außerdem war der sogenannte »Abzug« zu entrichten für alles außer Landes gebrachte Vermö-

gen; er betrug 10% (der »zehnte Pfennig«) und wurde mit der tatsächlichen Ausfuhr fällig. Bei geringem Vermögen erhob man eine Pauschale, oder man entließ gratis.
Unerlaubte Auswanderung war praktisch nur denjenigen möglich, die Vermögen weder zu verlieren (Beschlagnahme) noch zu erwarten (Erbschaft) hatten. Nachträgliche Entlassung war möglich, aber zumeist teurer.
ZOLL: Mittelberger, der 1750 den Rhein abwärts und nach Pennsylvanien gereist ist, schreibt: »Die Ursache ist, weil die Rheinschiffe von Heylbronn aus bis nach Holland an 36 Zollstationen vorbey zu passiren haben, bei welchen die Schiffe alle visitirt werden, welches mit gelegener Zeit derer Zoll-Herren geschiehet. Unterdessen werden die Schiffe mit den Leuten lange Zeit aufgehalten, daß man vieles verzehren muß, und bringt demnach nur mit der Rheinfahrt 4, 5 bis 6 Wochen zu.«

3. Kapitel

TUNKER, Täufer, nicht ganz zutreffend meist Wiedertäufer genannt, sind eine kleine Sekte, deren erste Gemeinde 1708 in Schwarzenau an der Eder gegründet wurde. Sie vollziehen den Taufakt nur an Erwachsenen, und zwar kniend durch dreimaliges Untertauchen. Wie die Mennoniten und die Quäker lehnen sie Eid und Kriegsdienst ab. Die Grafen von Wittgenstein hatten zu Anfang des Jahrhunderts allerlei aus Glaubensgründen Verfolgte aufgenommen, so daß sich in dem kleinen Ländchen Hugenotten, Wiedertäufer, Pietisten, Inspirierte und Herrnhuter zusammenfanden.
Denn im Frieden zu Münster und Osnabrück, der den 30jährigen Glaubenskrieg in Deutschland beendete, waren nur die drei großen Konfessionen im Deutschen Reich bestätigt worden, Katholiken, Lutheraner und Reformierte. Alle die zahlreichen Gruppen und Sekten, die ihren Christenglauben nach ihrer Überzeugung anders zu gestalten suchten, wurden mehr oder weniger unterdrückt oder gar verfolgt.
Daher war das Motiv der religiösen Überzeugung eine der Hauptursachen für die Auswanderung gerade nach Pennsylvanien, wo William Penn unbedingte Glaubensfreiheit zugesagt hatte und verwirklichte. Daneben war es vor allem wirtschaftliche Not, was die Menschen nach einer neuen Heimat suchen ließ.
Das STAPELRECHT am Rhein wurde hauptsächlich denjenigen Städten verliehen, in denen die Kaiser öfters ihr Heerlager aufschlugen. Es diente zunächst und vor allem dessen Finanzierung. Später entwickelten sich daraus wichtige Einkunftsquellen der Landesherren, Städte und Schiffergesellschaften. Alle Schiffe mit stapelbaren Gütern mußten – so

in Mainz und in Köln – landen und ihre Waren drei Tage lang im Kaufhaus zum Verkauf auslegen. Darauf waren feste Abgaben zu entrichten. Die nicht verkauften Waren wurden auf andere Schiffe oder auf Achse zur Weiterbeförderung verladen. Veränderte Verhältnisse beschränkten im Laufe der Zeit die Stapelrechte.

4. und 5. Kapitel

KONTRAKT deutscher Auswanderer mit einem Schiffskapitän im Jahre 1803:

Wir EndesUntergeschriebene ich J. Alfcan Kapitain vom Schiff Favorite zur einer / und wir Passagieren zur anderen Seite / nehmen an / und verpflichten uns hiermit wie Leute von Ehr

Fürs ersten wir Passagieren um mit obengemeltem Kapitän ________unsere Reise von hier anzunehmen nach __Philadelphia__ in Nordamerika / uns während der Reise still / und als gute Passagiers verpflichtet sind zu getragen / und mit der hier unten gemeldte / zwischen dem Kapitain und uns übereingekommene Speise vollkommen zufrieden zu seyn / und in Ansehung des Wasse(r)s und weitere Provisionen / wenn es die Nothwendigkeit durch conträren Wind oder lange Reise erfordert / zu schicken nach den Maßregeln / zo der Kapitain nothwendig finden wird.

Zum anderen nehmen wir an unsere Fracht auf folgende Condition zu bezahlen:

Die / so imstande sind selbige in Amsterdam zu bezahlen / geben ein Person / es sey Mann oder Weib

Kinder unter 4 Jahr alt / sind frey

Von 4 bis unter 14 Jahren zahlen ____Sechs und eine halbe Guinee

Von 14 Jahren / und älter zahlen ____Dreizehn Guinee

Die / so hier nicht bezahlen können / und in Amerika _____bezahlen wollen / geben

Kinder unter 4 Jahren sind frey

Von 4 bis unter 14 Jahren zahlen ____Sieben und eine halbe Guinee

Von 14 Jahren / und älter zahlen ____Dreizehn Guinee

Die / so ihre Fracht in Amerika zahlen / sollen gehalten seyn / selbige in 10 Tägen nach Ankunft beyzubringen. Keinem Passagier soll erlaubt seyn ohne Fürwissen des Kapitains in Amerika vom Schiff zu gehen / und insonderheit Solche / so ihre Fracht noch nicht bezahlt haben. Soll einer der Passagiere auf der Reise mit dem Tod abgehen / so soll die Familie eines solchen / wenn er von hier aus über die Halbscheid des Weges stirbt / verpflichtet seyn / seine Fracht zu bezahlen; stirbt er aber an diese Seite des Halbweges / soll der Verlust Für Rechnung des Kapitains seyn.

Dahingegen verpflichte ich Kapitain J. Alfcan mich / die hierunter gezeichnete Passagier von hier getreulich (wenn Gott mir eine glückliche Reise gibt) überzuführen nach Philadelphia in Nordmerika / ihnen die nöthige Bequemlichkeit im Schif zu machen / und ferner zu versehen mit den am Fuß dieses gemeldten Speisen / für welche Ueberfahrt mir die obengemeldte Fracht muß bezahlet werden / und wofór täglich unter denen Passagiers soll ausgetheilet werden / nemlich einer ganzen Fracht / eine halbe aber in Proportion / und Kinder nichts /

Sonntag: Ein Pfund Rindfleisch mit Gersten.
Montag: Ein Pfund Mehl, und ein Pfund Butter für die ganze Woch.
Dienstag: Ein halb Pfund Speck mit Erbsen gekocht.
Mittwoch: Ein Pfund Mehl.
Donnerstag: Ein Pfund Rindfleisch mit Ardäppfell.
Freytag: Ein halb Pfund Reis
Samstag: Erbsen, ein Pfund Käß / und 6 Pfund Brod für die ganze Woche / und ½ Pfund Speck.

Ein Maß Bier / und ein Maß Wasser per Tag; auch soll Essig ebenfalls auf dem Schiff mitgeschickt werden / nicht allein dasselbige reinlich zu halten / um allezeit gute und frische Luft zu schöpfen / sondern auch insonderheit zur Erquickung der Leute.

NB (handschriftlicher Zusatz)
Da das Bier auf der See sauer wird und für die Passagieren äußerst (?) schädlich ist, so wird nur für einen (erg. Teil) der Reise Bier mitgenomen und wenn dieses aus ist, doppelt Portion Wasser ausgegeben. Die Halbscheid des Wassers muß zum Kochen hergegeben werden.
Actum in Amsterdam den 29. August 1803.
(Es folgen Unterschriften)

6. Kapitel

Die SCHIFFSHYGIENE lag noch im 18. Jahrhundert sehr im argen. Seife war bis 1787 an Bord der britischen Marine unbekannt. Waschwasser mußte von der Trinkwasserration, ein viertel bis ein halbes Liter täglich, abgezweigt werden und zur Reinigung des Körpers und der Kleider ausreichen. Andere Getränke gab es dafür reichlich. So hatte die spanische Armada 1588 insgesamt nur 57000 Liter Wasser, aber 82000 Liter Wein an Bord; bei den Engländern gab es 4 bis 5 Liter Dünnbier pro Tag, solange der Vorrat reichte, und überall Branntwein, Rum oder Arrak. Kein Wunder, daß die Trunksucht der »Aussatz der Matrosen« genannt wurde.

Seewasser war zum Waschen ungeeignet, Seewasserseife gab es erst gegen Ende de 19. Jahrhunderts. Das Trinkwasser faulte in den hölzernen Fässern und wurde erst nach einigen Wochen durch Algen wieder klarer. Deshalb galt die Seemannsregel: Wasser muß dreimal faulen!
ABTRITTE in der Galion wurden von der Mannschaft benutzt. Für die Offiziere waren Plumpsklos in Form von kleinen Erkern am Heck des Schiffes angebracht. Außerdem gab es Nachtstühle, z. B. in der Kapitänskajüte. Früher und bis ins 18. Jahrhundert war es üblich, bei schlechtem Wetter in die Bilge, den mit Ballastsand und Sickerwasser halbgefüllten Kielraum unter der Last, zu defäkieren. Küchenabfälle, Kot, Urin entwickelten giftige Gase und wurden zur Ursache von Seuchen, wozu die Ratten noch beitrugen. Die Bilge, die ihren Gestank durch das ganze Schiff verbreitete, wurde von Zeit zu Zeit gelenzt, das heißt durch Aus- und Einpumpen von Wasser verdünnt, und mit Wacholder ausgeräuchert.
Auf den mit Auswanderern überfüllten Schiffen müssen zusätzlich Abtritte mit Kübeln, Eimern usw. eingerichtet worden sein. Daß die aus Holz gebauten Schiffe von Flöhen, Wanzen und Kakerlaken wimmelten, versteht sich. Läuse brachten immer irgendwelche Passagiere mit, oft auch gepreßte oder vor den Toren der Gefängnisse aufgelesene Seeleute.

9. Kapitel

Die Geißeln der Seefahrt waren das sogenannte SCHIFFSFIEBER, die Ruhr und der Skorbut. Der Skorbut oder Scharbock, eine Mangelkrankheit, tritt erst bei längeren Reisen auf. Er beruht auf dem Mangel an Vitamin C. Die Symptome sind Gewichtsverlust, Zahnausfall, Schwellungen und Blutungen des Zahnfleisches, der Haut, in Magen und Darm sowie allgemeine Hinfälligkeit. Vorbeugung und Behandlung mit an Vitamin C reicher Nahrung war schon früh bekannt, aber erst von 1795 an gehörte in der britischen Marine Zitronensaft zur Ausrüstung des Schiffsarztes. Fortschrittliche Kapitäne bedienten sich schon früher solcher Mittel.
Unter dem Namen »Schiffsfieber« (in Pennsylvanien damals allgemein »Palatine fever« genannt) verbirgt sich eine Anzahl von seuchenartigen Krankheiten, deren Erkennung und Unterscheidung nach dem damaligen Stand der Medizin noch nicht möglich war. Nach den Berichten englischer und französischer Schiffsärzte aus dem 18. Jahrhundert scheint der Hauptanteil der Seuchen außerhalb tropischer Gewässer vom Fleckfieber gestellt worden zu sein, das durch die Kleiderlaus übertragen wird. Doch waren Fieber und Ruhren stellvertretend füreinan-

der, ebenso gehen Typhus, Paratyphus und bakterielle Ruhr durcheinander.
Da es um die Mitte des Jahrhunderts zwar in der britischen Kriegsmarine Schiffärzte (surgeon, vor allem Wundarzt) gab, aber nicht auf Handelsschiffen, oblag die Medizin an Bord der Auswandererschiffe dem Kapitän oder allerlei zweifelhaften Elementen, die sich für kundig ausgaben oder einfach dafür bestimmt wurden. In Frankreich wurde immerhin 1746, in Marseille, eine Schule zur Ausbildung von Heilkundigen auf Schiffen gegründet. Aufgenommen wurden Vierzehnjährige, die lesen, schreiben und – rasieren konnten! Unter solchen Voraussetzungen konnten auch die Krankheitsverläufe von Skorbut und Fieber aller Art kaum voneinander getrennt werden.
Die Seekrankheit war zwar ein lästiges Übel, verlief aber nie tödlich. Allerdings führte sie bei langer Dauer zu gefährlicher Unterernährung und Kräfteverfall.

13. Kapitel
EIDESFORMEL der Pfälzer in Philadelphia (vor 1738):
»Wir Unterzeichnete, geboren und zuletzt wohnhaft gewesen in der Rheinischen Pfalz, wollen Seiner Majestät dem König Georg II. sowie seinen Nachfolgern, den Königen von Großbritannien, wahre und treue Untertanen sein. Auch wollen wir den Eigentümern dieser Provinz Treue halten, uns friedlich betragen und die Gesetze Englands und dieser Provinz streng beachten und halten.«

14. Kapitel
ANZEIGEN aus der 1762 gegründeten deutschsprachigen Zeitung »Staatsbote« über deutsche Ankömmlinge in Philadelphia:

Philadelphia, den 9. November 1764

> Heute ist das Schiff »Boston«, Capitän Matthäus Carr, von Rotterdam hier angelangt mit etlichen Hundert Deutschen, unter welchen sind allerhand Handwerker, Tagelöhner und junge Leute, sowohl Manns- wie Weibspersonen, auch Knaben und Mädchen. Diejenigen, welche geneigt sind, sich mit dergleichen zu versehen, werden ersucht, sich zu melden bei David Rundle, in der Front-Straße.

Der Philadelphische Staatsbote

Oft enthalten die Anzeigen Berufe oder Gewerbe der Einwanderer, deren Fracht und sonstige Schulden zu bezahlen sind und die sich dafür verdingen müssen. Ein besonders sprechendes Beispiel dafür ist das folgende:

Es sind eben angelangt in dem Schiffe »London Paquet« Capitän John Cook: Ueber hundert wohl aussehende deutsche und englische Leute, Männer und Knaben, worunter die unten gemeldeten Handwerker sind, und deren Fracht zu bezahlen ist an Jeremiah Warder und Söhne:
Bauren, Schröter, Netzmacher, Backsteinbrenner, Pflästerer, Schneider, Schreiner, Seiler, Vergülder, Grobschmiede, Geelgießer (Gelbmetallgießer), Schreiber, Weber, Färber, Wollkämmer, Bäcker, Zimmerleute, Strumpfweber, Haarfrisirer, Säger, Kunstschreiner, Kupferdrucker, Maler und Vergülder, Schnallenmacher, Schuhmacher, Bewerfer, Bildschnitzer, Metallputzer, Buchdrucker, Maurer, Müller, Bootbauer, Gerber, Küfer, Hutmacher, Tabackspinner, Hosenmacher, Gärtner, Schiffszimmerleute u.s.w.

Pennsylvanischer Staatsbote, 3. Jan. 1775

15. Kapitel

Die gekaufte Dienstzeit wurde ein Handelsartikel, und oft geht auch aus dem Text der Anzeige unverhüllt hervor, daß es der Mensch war, der hier verkauft wurde:

> Es ist zu verkaufen einer deutschen verbundenen Magd Dienstzeit. Sie ist ein starkes, frisch und gesundes Mensch, nicht mehr als 25 Jahre alt, ist letzt verwichenen Herbst in's Land gekommen und wird keines Fehlers wegen verkauft, sondern nur weil sie sich nicht für den Dienst schickt, in welchem sie jetzt ist. Sie versteht alle Bauernarbeit, wäre auch vermutlich gut für ein Wirthshaus. Sie hat noch fünf Jahr zu stehen.
>
> Staatsbote, 4. August 1766
>
> Es ist zu verkaufen die Dienstzeit einer verbundenen Magd. Sie ist groß und stark, einige Arbeit zu thun, und kann sowohl die Stadt- als Landarbeit verrichten. Sie wird keines Fehlers wegen verkauft, nur darum, weil ihr Meister so viel von dem weiblichen Geschlecht beysammen hat. Sie hat noch vier und ein halb Jahr zu stehen ...
>
> Staatsbote, 25. März 1775

Die andauernden Mißstände des Systems führten 1764 zur Gründung der »Deutschen Gesellschaft« in Philadelphia, der ersten ihrer Art in Amerika. Sie erreichte bereits wenige Monate nach ihrer Gründung den Erlaß eines Gesetzes, das die heillosesten Mißbräuche unter Strafe stellte. Bereits in einem 1750 erlassenen Gesetz war festgelegt worden, daß der Platz für die Schlafstätte des Passagiers mindestens 6 Fuß lang und 1½ Fuß breit sein mußte. Das neue Gesetz bestimmte die Höhe des

Schlafraumes mit 3 Fuß 9 Zoll im vorderen Teil des Schiffes und 2 Fuß 9 Zoll im Zwischendeck. Außerdem enthielt es Vorschriften über Wundarzt, Arzneien und Schiffsreinigung. Der Proviantmeister sollte sich mit 50% Profit für seine Waren begnügen und niemandem mehr als 30 Shilling auf Borg geben. Der Inspektor mußte bei Ankunft des Schiffes einen Dolmetscher mitnehmen, der allen deutschen Passagieren das zu ihrem Schutz erlassene Gesetz vorlesen und erklären sollte (aber beim Verdingen war kein Dolmetscher dabeigewesen!). Zwar wurde auch dieses Gesetz vielfach nicht beachtet; aber die Gesellschaft gewährte in den kommenden Jahrzehnten deutschen Einwanderern Rechtsschutz und hat wesentlich zur Ausbildung einer Einwanderungsgesetzgebung in den USA beigetragen.
1782 gab in ihr Pastor Kunze bei einer Festrede ein lebhaftes Bild von den Zuständen bei der Einwanderung, wie sie vor der Gründung der Deutschen Gesellschaft vielfach herrschten:
»... Auf manches Schiff wurden 900 Personen getan, davon 400 vor Erreichung ihres Zieles starben. Im Lande wurden sie für ihre Fracht auf gewisse Jahre als Knechte und Mägde verkauft, und die Summen, auf die sich gemeiniglich ihre Schuld belief, übertrafen alle Erwartung und Billigkeit. Fand sich nicht sogleich ein Käufer, so mußten sie ins Gefängnis. Starb jemand auf der See, so schien es, daß der übriggebliebene Geist beim Kaufmann doch noch immer zur Kost gegangen, denn der Rest der Familie mußte für die völlige Zahlung stehen. Starben die Eltern den Kindern weg, so war das Meer der höllischen Lethe (Strom des Vergessens) nicht ungleich, denn nachdem das Schiff herübergefahren war, hatte jedermann die Umstände der Verstorbenen vergessen, und die Kinder kamen um ihr Vermögen. Beim Verbinden der nun verkauften Dienstboten zur Knechtschaft für ihre Fracht ging alles gerichtlich, advokatenmäßig und englisch zu. Der Deutsche setzte seinen Namen unter eine englische Schrift, von der ihm vorher ein Dabeistehender eine landesmäßige freie Übersetzung gab. Der Neuankommende versteht hier weder Sprache noch Gesetz, noch Kunstwörter, und ich habe von guten und ehrlichen Deutschen sehr vielfältige Beteuerungen gehört, daß ihnen ihre Verbindungsschrift (Kontrakt) anders ausgelegt worden, als sie befanden, nachdem sie Englisch gelernt ...«
Etwa um 1820 brach das Redemptionisten-System zusammen. Eine besondere Rolle spielte dabei das Gesetz vom 9. Februar 1820, wonach die für Lehrlinge gültigen Vorschriften auch auf die Käuflinge anzuwenden waren. Damit war dem Geschäft der Boden entzogen. Bis dahin aber gibt es eine Fülle von Berichten über Mißstände.

16./17. Kapitel

Die QUÄKER sind eine Religionsgemeinschaft, die um die Mitte des 17. Jahrhunderts in England von George Fox gegründet wurde. Sie nannten sich »Freunde« oder »Kinder des Lichts«, der Name Quäker (Zitterer) war ursprünglich ein Spottname. Sie stellen die innere Erleuchtung als Quelle der Gotterkenntnis über die Schriften und Formen der Kirche. Religion und Leben sollen eins sein. Daher lehnen sie alle Sakramente ab, auch Taufe und Abendmahl. Sie verwerfen die offizielle Kirche, das Priestertum, den Eid, Militärdienst, Klassen- und Rassenkampf, alle Vergnügungen und leeren Höflichkeitsformeln. Jegliche Zeremonie, Liturgie, Gottesdienstordnung, gemeinsames Gebet und Bekenntnis lehnen sie ab. Ihren Gottesdienst verrichten sie in schweigender Andacht in ihren schmucklosen Meetinghäusern und warten mit bedecktem Haupt auf die innere Eingebung. Kommt dann der Geist über ein Gemeindemitglied, sei es Mann oder Frau, dann legt es von dem inneren Erlebnis Zeugnis ab. Kommt er nicht, geht man schweigend auseinander.

Auch in Haus und Familie sowie in der Kleidung herrscht Einfachheit, jeder, auch der Hochgestellte, wird mit du angeredet, der Hut wird nicht gezogen außer im direkten inneren Gebet zu Gott.

Unter Cromwell wurden die Quäker zunächst bekämpft und verfolgt. William Penn eröffnete seinen Glaubensbrüdern ein Asyl in Pennsylvanien. Im Laufe des 18. Jahrhunderts setzte in Amerika eine allmähliche Auflockerung der Grundsätze ein, es kam zu einem fortschreitenden Verfall, dem im 19. Jahrhundert eine Erneuerung in verschiedenen Zweigen folgte.

Schon 1758 hatten die Quäker in Philadelphia die Beibehaltung der Sklaverei seitens ihrer Glaubensgenossen mit dem Ausschluß aus der Gesellschaft bedroht. Bereits 1718 hatte, unter dem Einfluß der Quäker, Pennsylvanien als erster Staat die Einfuhr von Negersklaven verboten. Dem kaufmännischen Sinn der Quäker entsprach es, daß viele sich auf andere Weise schwarze oder mehr noch weiße Sklaven verschafften. Der äußere Wohlstand war die sichtbare Segnung ihres irdischen Lebens.

18. Kapitel

Daß Käuflinge oder Redemptionisten billige Arbeitskräfte waren, bestätigt der Schwede Peter Kalm im Bericht über seine Reise nach Nordamerika 1748/49:

»Dergleichen Dienstboten nimmt man vor den übrigen, weil sie nicht so teuer sind. Denn um einen schwarzen Sklaven oder sogenannten Neger zu kaufen, wird zuviel Geld auf einmal erfordert. Und Knechte und Mägde, denen man einen jährlichen Lohn geben muß, kosten auch zu-

viel. Hingegen sind diese Ankömmlinge für das halbe Geld und einen noch geringeren Preis zu haben. Denn wenn man für die Person vierzehn Pfund in Pennsylvanischer Münze bezahlt, so muß sie gemeiniglich vier Jahre dienen. Und darnach ist das übrige Verhältnis zu berechnen. Es beträgt also der Lohn nicht viel mehr als drei solcher Pfunde im Jahr.«
1722 wurden Pfälzer Käuflinge mit 10 Pfund für 5 Jahre Dienstzeit gehandelt. Um 1750 wurden durchschnittlich 3 bis 4 Pfund pro Jahr gezahlt, 14 Pfund für 4 Jahre. Dagegen mußten einem freien Arbeiter jährlich 15 bis 20 Pfund an Lohn gezahlt werden. Für den Kauf eines Negersklaven rechnete man zwischen 40 und 100 Pfund, für Kinder 8 bis 14 Pfund.

19./20. Kapitel
Es versteht sich von selbst, daß bei der großen Zahl verbundener Knechte – Käuflinge, Sträflinge, Deportierte und Schuldner – Ausbrüche an der Tagesordnung waren. Gefängnisse gab es wenig in Pennsylvanien, und von den vorhandenen waren viele unzureichend gesichert. Der Bedarf an Arbeitskräften war groß, weshalb man als Strafe lieber Zwangsarbeit verhängte als kostspielige Haft. Mit Zwangsarbeit bestraft wurden Einbruch und Brandstiftung an Häusern, Wäldern, Heuschobern und Kornspeichern, es sei denn, daß der Verursacher den Schaden ersetzte. Konnte er das nicht, so hatte ihn der Sheriff meistbietend zu versteigern.
Hinzu kam die große Gruppe der aus dem englischen Mutterland Deportierten, sowohl wegen krimineller Vergehen als aus politischen Gründen. Die größte Gruppe aber stellten die Schuldner, die freiwillig oder laut Gerichtsurteil Zwangsarbeit leisteten, um ihre Schulden zu bezahlen oder dem Gefängnis zu entkommen.
Die Zeitungen der Kolonien enthielten Woche für Woche reihenweise Anzeigen über entlaufene Knechte oder Sklaven. Der ständige Mangel an Arbeitskräften in den aufstrebenden Kolonien seit Beginn des 18. Jahrhunderts machte Gesetze notwendig, die das System der vertragsgebundenen Knechtschaft regelten. Sie bestimmten, daß der Knecht für jeden Tag der unerlaubten Abwesenheit fünf (nach anderen Quellen zehn) Tage nachzudienen hatte; daneben mußte er seinem Herrn alle Kosten ersetzen, die diesem durch seine Flucht und Ergreifung entstanden waren. Alle Entlaufenen mußten, wenn sie ergriffen wurden, zum Sheriff des Bezirks gebracht werden. Wurden sie innerhalb 10 Meilen vom Ort des Besitzers aufgegriffen, dann betrug die übliche Belohnung 10 Shilling, bei größerer Entfernung 20 Shilling. Wer einem entlaufenen Knecht Unterschlupf gewährte, mußte für je 24 Stunden 20 Shilling

Strafe zahlen. Wenn ein Richter nicht innerhalb 24 Stunden, nachdem ihm Anzeige erstattet worden war, Haftbefehl erließ, mußte er 5 Pfund Buße zahlen und für jeden weiteren Tag Verzug die gleiche Summe. Gab der Sheriff die Nachricht von der Ergreifung des Flüchtlings nicht sofort an den Besitzer weiter, so wurden für jeden Tag Verzug 5 Shilling Buße fällig.
In diesen Gesetzen spiegelt sich die Bedeutung, die das System für die Sicherung der Arbeitskräfte in den Kolonien hatte, ebenso wie der kaufmännische Sinn der Gesetzgeber, die stets nicht nur das Recht, sondern auch die Kosten im Auge behielten. Diese Kosten waren nicht selten so hoch, daß der Entlaufene, wenn er ergriffen wurde, das Mehrfache seiner ursprünglichen Dienstzeit abzuleisten hatte.
Hinzu kamen die üblichen Strafen, vor allem Auspeitschen, für welche die Bestimmungen über Deportierte und Kriminelle aus dem englischen Mutterland die Richtschnur gaben. Schließlich wurde ein Gesetz erforderlich, nach dem für jedes einzelne Vergehen nicht mehr als 10 Peitschenhiebe zulässig waren.
Die Härte der Strafgesetze für säumige Schuldner wurde nach der amerikanischen Revolution zwar hier und dort gemildert. Aber die Verhängung von Kerkerstrafen und Knechtschaft wegen Verschuldung wurde erst durch Gesetz vom 12. Juli 1842 aufgehoben.

Literaturverzeichnis

Dugbatey, Kwesi: Die Schiffskrankheiten in der »Medicina Nautica« von Thomas Trotter. Dissertation. Düsseldorf 1976.

Fletcher, Stevenson Whitcomb: Pennsylvania Agriculture and Country Life 1640–1840. Harrisburg 1971.

Hacker, Werner: Auswanderungen aus dem früheren Hochstift Speyer nach Südosteuropa und Übersee im XVIII. Jahrhundert. Schriften zur Wanderungsgeschichte der Pfälzer, herausgegeben von der Heimatstelle Pfalz, Kaiserslautern, Folge 20. Kaiserslautern 1969.

Häberle, Daniel: Auswanderung und Koloniegründung der Pfälzer im 18. Jahrhundert. Kaiserslautern 1909.

Hanna, Charles A.: The Wilderness Trail, or The Ventures and Adventures of the Pennsylvania Traders on the Allegheny Path. New York 1911, 1971.

Herrick, Cheesman Abish: White Servitude in Pennsylvania. Indentured and Redemption Labor in Colony and Commonwealth. Philadelphia 1926.

Kalm, Peter (sive Pehr): Reise nach dem nördlichen America (1748/49). Göttingen 1754, 1757, 1764.

Kapp, Friedrich: Die Deutschen im Staate New York. New York 1867.

Lang, Josef Gregor: Reise auf dem Rhein. Koblenz/Frankfurt 1790, 1791.

Mittelberger, Gottlieb: Reise nach Pennsylvania im Jahr 1750. Frankfurt und Leipzig 1756.

Ried, Walter: Deutsche Segelschiffahrt seit 1470. München 1974.

Schadewaldt, Hans: Geschichte der Schiffahrtsmedizin und Marinepharmazie. In: Wehrdienst und Gesundheit, Bd. IX. Darmstadt 1963.

ders. – ferner die Aufsätze, passim:
Der Schiffsarzt. 1955
Die Wasserversorgung an Bord. 1963
Zur Geschichte der Schiffshygiene. 1966
Bordernährung in vergangener Zeit. 1971
Die Lebensbedingungen der Seefahrt in vergangener Zeit. 1973
Der Mensch an Bord. 1974.

Schiller, Gerhard: Die Schiffsmedizin in den »Observations on the Diseases Incident to Seamen« von Gilbert Blane (London 1785) Dissertation. Düsseldorf 1973.

Seidensticker, Oswald: Bilder aus der Deutsch-Pennsylvanischen Geschichte. New York 1885.
ders. –: Geschichte der deutschen Gesellschaft von Pennsylvanien. Philadelphia 1876.
Schwarz, Kurt: Die Typenentwicklung des Rheinschiffs im 19. Jahrhundert. Köln 1928.
Watson, John Fanning: Annals of Philadelphia and Pennsylvania in the olden time. Philadelphia 1850.

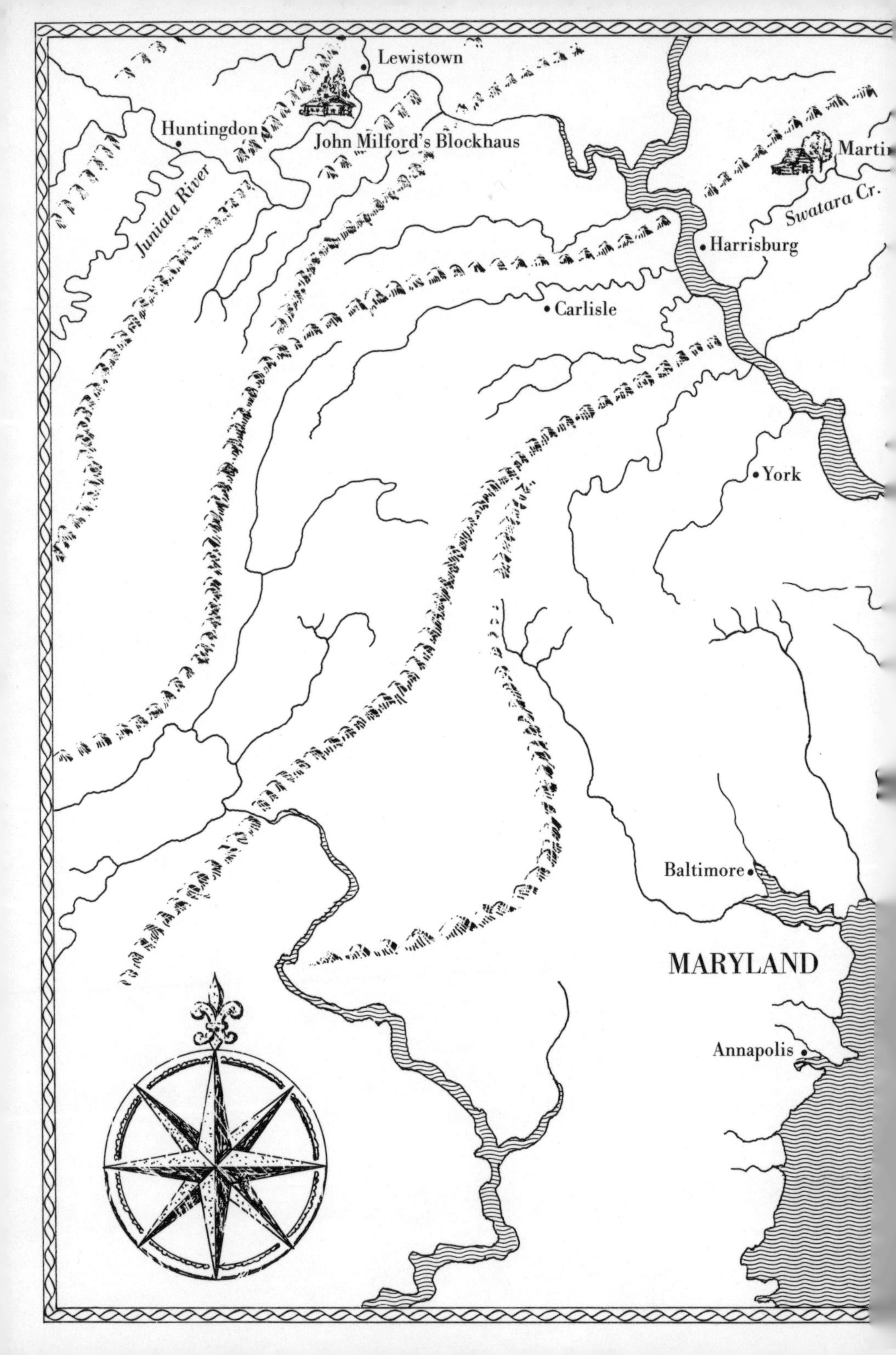
Lewistown
Huntingdon
John Milford's Blockhaus
Juniata River
Harrisburg
Swatara Cr.
Carlisle
York
Baltimore
MARYLAND
Annapolis